绝色煙柳 下

風 文創 081

一半是天使 著

目錄

風
文創
081

第一百三十五章　別有無恙來

原本有些清冷的皇宮因為住進了十二位閨秀，突然一下變得熱鬧了不少，每日胡皇后都會召見幾位閨秀，邀其賞賞花，吃吃茶，再敘敘話，總之氣氛融洽，受邀的閨秀也興奮地回來和大家分享著與皇后和一眾公主們見面的細節。

等了將近半個月，柳芙卻還是沒有收到邀請。

推開窗，看著院落中悄然綻放的迎春花樹，柳芙只覺得入宮這半個月來竟是自己重生後過得最舒服的一段日子。

除了跟在身邊伺候的巧紅和小常貴，幾乎沒有其他人前來打擾。每日睡到自然醒已是日上三竿，再混著午膳一起飽飽地享用一頓宮中美食，下午的時候拿起筆練練字，或翻看詞書打發時間……這樣的清閒，這樣的無憂無擾，柳芙竟有些捨不得了。

「柳小姐。」

正托著腮在樹下一邊吃茶，一邊隨手翻著詞書，聽到耳邊巧紅的說話聲，柳芙抬了抬眼。「算了，妳告訴小常貴，紅棗蜜餞糕太甜，不如昨兒個那個桃花芙蓉糕來得清甜，正好這時候桃花盛開，吃著也應景。妳趕緊追上他，讓他找師傅換成這個。」

巧紅看著眼前慵懶的柳芙，那粉腮桃杏般的玉顏之上有著異於常人的淡然和冷靜，自個兒就不由自主地替她著急起來。「柳小姐，奴婢說句逾矩的話，和您一起入宮來的十一位閨秀，有十位都收過皇后的帖子，每人都去坤寧宮陪了皇后娘娘一天時間。可這都要十五天了，您卻遲遲未曾受到邀請。您就不擔心被落下嗎？」

知道這巧紅是真心替自己擔憂，柳芙也不怪她，只擺了擺手，淡淡道：「不去湊那些熱鬧對我來說更好。」話雖如此，柳芙卻在心底暗暗冷笑著。這十幾天來，閨秀們一個個都去過了坤寧宮，唯獨卻漏了自己。要說這是胡皇后的疏忽，她絕不相信。唯一的可能，就是這胡皇后想要試探一下自己。

胡皇后這一招對付一個懵懂不知世情的十四歲少女或許有效。拿來考驗自己這個死過一回，又知道未來歷史走向的人卻不太好使。

反正最後胡家的目的都是送自己北上和親，那她在宮裡表現得如何，結果都是一樣，毫無區別。

這一點，姬無殤不知道，所以被自己斬釘截鐵的保證所迷惑，將信將疑，答應了配合自己的計劃。這一點，胡家人同樣不知道，所以她便能占得先機，可以好好為自己的和親之路盤算些籌碼。

一旁的巧紅見柳芙只擺了擺手就不理自己了，不由得也釋然了。

皇帝不急太監急什麼，這個臨時主人是個好相與的，又大方，自己還求什麼呢！於是也不多言，乖乖地揮動著手裡的團扇，又繼續為柳芙驅趕起蚊蟲來。

偏偏天不遂人願，柳芙在宮裡頭的清靜日子，今天也算正式到頭了。因為常挽殿來了一位訪客。

一身湘妃紅的錦繡幅裙，外罩月牙白的掐絲軟緞褙子，腰繫寶石藍的團花錦帶，面若芙蓉、身若楊柳的素妃娘娘步步而進，看向柳芙的表情也溫暖得像是一個和藹的長輩。

巧紅一抬眼就看到了立在院中的人影，竟是宮中最為受寵的素妃娘娘，完全沒想到她會出現在這偏遠的常挽殿，一驚之下，幾乎忘了行禮。

「素妃娘娘，您……」

柳芙此時也看到了素妃，忙放下手中的書冊，起身迎了過去。「民女見過素妃娘娘，娘娘怎麼有空來看望民女，真是惶恐呢。」

素妃看得出柳芙臉上雖然有著意外，卻並無一絲一毫的驚訝和不妥，不由得從心底對她又多了幾分欣賞。

要知道後宮裡最重要的是什麼？

是「勢」！

這個「勢」是誰給的？無非就是受寵與不受寵的區別罷了。自己身為皇上身邊幾乎算唯一的寵妃，比起皇后的尊貴雖略有不及，但「勢」上卻早已超越了。

皇后沒有召見柳芙，自己卻親自上門，明眼人都知道自己這是在為這個看似失了勢的柳芙重新造勢。可偏偏，她自己卻不慍不火、不鹹不淡，甚至看到自己的時候連一點想像中的興奮都沒有，這讓素妃看在眼裡，未免有些淡淡的失望。

但這種失望的背後，卻是更加的欣賞，素妃當然不會真的介意柳芙的淡然態度，反而讓自己的笑容更顯得柔和親切。「柳小姐真真是個妙人兒，剛才我進來時，見妳托腮垂目，仔細看著膝上的書冊，映著晚霞和綠蔭，就像一幅畫似的，都不忍來打擾呢！」

看到素妃如此親切，柳芙也綻放出來一抹愉悅的笑意。「娘娘真是說笑呢，芙兒該臉紅了。」

「好啦，我來呢，除了問候一下妳，卻是專程請妳去一趟御花園，皇上在那兒設了宴，想和柳小姐說說話。」

等素妃將真實的來意道出，別說巧紅傻了眼，就連柳芙也露出了一絲驚訝之色。

姬奉天身為天子，要召見個入宮暫住的閨秀已是驚人，竟然還要請自己一同入席飲宴！這就實在讓人難以相信了。

看到柳芙臉上終於露出了驚色，素妃心裡頭小小的樂了一把，她還道這個小姑娘真是觀音轉世，萬事無心呢。這樣的反應，才算是個正常人嘛！

想到此，素妃笑著上去，親熱地挽了柳芙的手。「走，我幫妳挑一挑衣裳，咱們再一起過去赴宴。妳這身雖然好看，可太過素淨了些，面聖可不太合禮數……」

第一百三十六章　另一種可能

暖春的傍晚是極美的，天邊一縷縷金黃色的夕陽透過雲朵蔓延而出，雖不至於像盛夏那樣染紅了整個天際，卻渲染出一種水樣的明媚來。

和素妃走在宮中，柳芙宛然含笑，淺言輕語，不時逗得素妃一樂，頓時那銀鈴般有些肆無忌憚的笑聲便迴響在了悠長的宮牆之間，飄然遠蕩，不知傳入了哪一個的耳裡。

柳芙看得出這是素妃有意為之，那毫無遮掩甚至有些招搖的舉止和笑聲，好像巴不得讓宮裡頭所有人都知道，她親自陪伴了一個身分毫不起眼的閨秀去往御花園赴宴。

素妃步伐極快，一手更是親自挽住了柳芙。「快快快，妳聽，皇上無聊了呢，都開始獨自吹起了笛。」

柳芙也聽到了漸漸變得響亮的笛聲，很有幾分氣勢在裡面，暗道果然是天子弄笛，別有一番與眾不同的感覺。

進入御花園，氣溫驟然涼爽了不少，風過，甚至還有一絲涼意從腳底升起。

「好了，我這個領路人的任務算是完成了，柳小姐……」素妃停住了腳步，笑意滿滿地看著柳芙。「我還是叫妳一聲芙兒吧，顯得親近些。妳自個兒沿著這條雨花石小徑直去，盡頭處有一個涼亭，皇上在那兒等著呢。」

「民女獨自一人去？」柳芙總算再次露出了驚訝之色。

「我知道這是有些嚇唬人。」素妃掩口笑了笑。「不過啊，皇上說他有話要單獨問妳，我在一旁也不合適。妳別擔心，皇上都是五十多歲的人了，不會打妳這個小姑娘的主意的！」

聽得素妃打趣，柳芙臉色有些尷尬。

素妃見柳芙模樣有些露怯，倒是心疼了起來。「妳這丫頭，皇上召見，哪有妳猶豫的分兒？快些去吧，我最多在這兒等著妳，再送妳回去，行嗎？」

對於素妃竟會如此照拂自己，柳芙很是感激，朝她點點頭之後便提步往前而去了。

獨自坐在涼亭中的姬奉天眼神遠飄，唇角微垂，臉上的擔憂之色即便是柳芙離得還有一丈遠，卻也能敏銳地捕捉到。

步步走近，柳芙停在了亭邊，福禮道：「民女柳芙，見過皇上，皇上金安。」

「妳的規矩是誰教的？」姬奉天回過頭來，看著晚霞中亭亭而立的柳芙，突然覺得此女一直給他某種似曾相識的感覺。

柳芙這才驚覺，宮裡頭到現在為止還沒有開始所謂的特訓，所以今天她所行的這個宮裡特有的禮儀，也超出了她可知的範圍。

於是仰起頭，柳芙用微笑掩飾住了心底的小慌張，柔聲答道：「之前素妃娘娘親自接了民女過來，路上閒來無事，娘娘親自指點了一些宮中禮儀規矩給民女。民女現學現用，在皇上面前獻醜了。」

擺擺手，此等小事姬奉天自不會放在心上。「過來坐吧，陪朕先用晚膳。」

「民女還是在一旁伺候皇上，為皇上布菜吧。」柳芙哪敢真的落坐，直接走到了姬奉天的身側立著，順手就提起了桌上的茶壺，替他斟了個滿杯。

「柳小姐，今兒個您是皇上的客人。」立在皇帝身後的李公公趕緊上前攔住了柳芙。「有老奴在，哪能煩勞您來親自動手伺候呢。」

「快坐下，這兒除了妳也沒其他人，朕只想好好吃一頓飯，再問問妳一些事情而已。」姬奉天臉上的表情也帶著幾分柔和，看向柳芙的神態中甚至透露出細微的慈祥來。

既然姬奉天都開了口，柳芙只能來到桌對面，又行了一禮，這才落坐。「多謝皇上賜宴，民女雖然惶恐，卻也覺得三生有幸。先以茶代酒，敬皇上一杯。」

「此茶是太子敬奉，妳且嚐嚐味道如何。」姬奉天指了指柳芙面前的杯盞，裡頭湯色清亮，幽香撲鼻的茶水，正是柳芙每年賣給太子的白牡丹。

「果然清洌甘甜，飲後更是齒頰留香。」柳芙只當不曾常飲，輕啜了一口隨即便讚道。

「太子孝心可表，但同樣是朕的兒子，老四卻顯得呆笨了些。」姬奉天卻突然間提及了姬無殤。

柳芙聽了，莞爾一笑，下意識地便反駁道：「若是裕親王也算是呆笨的，那天底下就沒幾個聰明人了。」

「哦！」姬奉天挑了挑眉。「聽妳的口氣，應該很瞭解朕這個兒子。」

「沒有，民女只是隨口說說罷了。」柳芙總覺得姬奉天話裡有話，而今天將她單獨召見在這兒，似乎也和姬無殤那廝有些牽扯和關聯才對，於是趕忙就否認了。

「你下去催催御膳房，怎麼還不把飯菜端上來！」姬奉天突然對身側伺候的太監吩咐了這一句，聽起來明顯是有意要支開他。

領會了主子的意思，這李公公自不會不識趣，趕緊就行了禮悄然退下。

等沒了第三者，姬奉天這才臉色一變，變得威儀十足。「柳芙，無殤已經把你們之間達成的協議悉數告訴了朕。」

「請皇上恕罪。」柳芙一聽，哪裡還坐得住，趕緊就起身向著姬奉天的方向屈身福禮下去。

「妳何罪之有啊？」姬奉天悶悶地哼了一聲。「有罪的，是朕這個好兒子！」

「先不說民女計劃能不能成事，若是能，那另當別論；若不能，這事兒也與裕王殿下沒有一點兒關係。」柳芙可不敢再打太極，解釋了起來。「裕王他一心為了大周皇朝，為了天下百姓能免於戰火，絕無半點私心，還請皇上明鑑！」

「還說妳不瞭解他？」姬奉天突然語氣就放鬆了，甚至帶了一絲笑意在裡面。「其實，今日朕邀妳過來，就是要討妳一句真心話的。」

「皇上，您的意思是？」柳芙有些不明白，抬眼，水眸中含著疑惑的神色。

「和親的人選，朕隨便找一個就行。」姬奉天向前傾了傾身子，微瞇著眼盯住柳芙。

「若妳願意，朕便將妳賜給無殤為裕王妃，妳可願意？」

第一百三十七章　已別無選擇

夜幕漸漸降臨，將原本被紅霞渲染的天際一點一點吞噬而盡，只剩下絲絲殘留的熱氣不曾散去，昭告著白日裡曾經有過的光明。

「主子，您真的不需要屬下去探探消息？」常勝一身暗紅的勁裝，看著立在窗前一動不動的姬無殤，忍不住還是開了口。「屬下知道這是逾矩了，可皇上單獨召見柳小姐說話，難道主子您就不好奇嗎？」

姬無殤冷冷地看著院中一株搖曳著吐露出新蕊的花兒，只抬了抬手。「你再聒噪半句話，本王就發配你去邊疆掃牛糞。你若覺得無聊，自己去練功房蹲一個時辰馬步，時候到了本王自會去看望你。」

常勝對著姬無殤的背影翻了翻白眼，只得灰溜溜地一閃身，消失在了原處。

面對滿桌佳餚，柳芙卻一丁點兒胃口也沒有，只因為姬奉天剛剛的話實在一時半會兒讓她難以消化。

姬奉天揚了揚眉。「好了，菜也上齊了，柳小姐是否該給朕一個答案了？」

趁著李公公帶了御膳房送膳的內侍過來，柳芙才得以能喘口氣的時間去仔細想該怎麼回答，可如今真要開口的時候，自己卻還是遲疑了。

原本以為自己已經想好了未來的路該如何走下去，哪怕再次面對北上和親的艱難困境，也不能有絲毫的遲疑，更不能有前生那樣愚蠢的行動，以自盡來結束痛苦……

可面對姬奉天提出的選擇，柳芙卻有些怦然心動了。

若是自己答應皇帝的賜婚，嫁給姬無殤為妃，那可以肯定的是，自己將成為未來大周皇朝的皇后，母儀天下，享盡榮華富貴不說，更能憑藉這個尊貴的身分給家人和自己在乎的人一個最好的未來。

事實上，姬無殤那個霸道的吻，勾起的並非只是他心底的慾火，更讓柳芙正視了那顆掩埋已久，悄然生根發芽的懵懂情種。

正是因為自己對姬無殤的情，才讓柳芙退縮了。

成為那樣一個男人背後的女人，毫無疑問自己只能成為配角，卑微地活在他給自己製造的陰影之中。若他也喜歡自己，那她還能快活個幾年吧。但身為天子，他的身邊不可能只有自己一個女人，當源源不斷的、年輕貌美的少女們輪流爬上那張龍榻之時，可以想像，那種感受絕對會讓自己心碎一地的。

想到此，柳芙彷彿真的感受到了心底那一陣陣的刺痛，所以當她抬眼，對上姬奉天探究和等待的目光時，臉上流露出的卻是一抹麻木。「民女何德何能，豈敢奢望嫁給裕王為妃？皇上若是不相信民女能做到您和裕王給予的重託，那放民女離開宮中即可。民女保證，不會洩漏關於那個計劃的半個字。」

仔仔細細、認認真真地盯著柳芙的臉，姬奉天好半晌才開了口。「朕看得出，妳之前對朕的提議是有一絲動心的。可為什麼還是拒絕了？妳寧願選擇未知的險境拿命去賭，卻不願選擇現成的最好的歸宿，告訴朕，為什麼？」

搖搖頭，柳芙自然不可能告訴皇帝胡皇后此舉背後的深意，只能淡淡地笑著。「沒有為什麼。民女只想靠自己的努力，換取家人的平安。民女和裕王已經達成協議，若三年內助他平息北疆戰亂，他就以長公主之儀仗接民女回到京城，並賜封民女的母親沈氏為一品夫人。」

「妳若接受朕的提議，一樣可以給妳母親最好的保障，不是嗎？」姬奉天早已知道了柳芙母女的真實身分，所以故意反問她。

看得出皇帝清楚自己母女的來歷，柳芙苦笑著，這才垂目柔聲道：「民女雖然身分卑微，卻想要一個『願得一心人，白首不相離』的婚姻。很顯然，裕王殿下不可能做到，所以，民女也就不去困擾所謂的選擇了。」

說到這兒，柳芙抬眼，水樣的眸子裡射出了幾點別樣的光彩來。「那種只有你和我的感情，平淡相依、真實相守的日子，才是民女想要的。」

看得出柳芙所言句句屬實，姬奉天也能理解。她經歷過被親生父親拋棄的遭遇，那種心痛，別人是很難有同樣體會的。

想到此，姬奉天嘆了口氣，換上了一抹輕鬆的表情，指了指柳芙面前的醋溜芙蓉片。「好了，朕已經有了想要的答案。咱們開始用膳吧，都冷了。」

「其實，民女要多謝皇上。」柳芙也隨著放鬆了些，伸手挾了菜。「您若是只為了要之前那個問題的答案，本沒有必要如此大費周章，請了民女過來一起用膳的。」

「妳是個心思剔透的，也應該知道朕的想法是什麼。」姬奉天沒有否認，只是顧自地吃著菜，歇了歇，才又道：「無殤在朕面前力薦妳，可朕還是有些不放心。為妳造造勢，讓妳達成目的，也是兩贏的。所以，吃頓飯還真不算什麼。重要的是，妳能憑藉朕給妳造的這個勢，如何加以利用，達成目的……對嗎？」

柳芙放下筷子，神色嚴肅地點了點頭。「皇上放心，民女一定不會讓您失望的。」

「好了，朕也累了，妳先下去吧。」姬奉天抬了抬手，示意柳芙跪安。

柳芙自不敢再多待，起身行了禮便退下了。

姬奉天看著柳芙的身影走遠直至消失在夜色之中，這才揚起唇角，笑著朗聲道：「別說朕沒有為你著想，剛才她的話你應該聽得一清二楚吧。」

一陣風過，涼亭邊樹影晃動，一個人影隨即從黑暗中露了出來，不是別人，正是姬無殤。

第一百三十八章　嘆息了無言

看不出是風動，還是樹影在晃動，就在這瞬息之間，姬無殤已經掠步而來，徑直坐到了姬奉天的對面。

低首看著柳芙曾用過的碗盞，姬無殤蹙了蹙眉，抬眼。「父皇，兒臣的私事還請您別再過問了。」

「怎麼，生氣了？」姬奉天卻一邊飲著酒，一邊神色中透露出淡淡的輕鬆姿態來。

姬無殤卻輕鬆不起來。

願得一心人，白首不相離……當他親耳聽見柳芙所言之後，心底原本已經放開的淡淡情愫似乎又被撩動了。

他本來就不是那種喜歡醉倒在溫柔鄉中的人，有意的克制，加上整日操心各種事務，更讓他身邊連一個暖床的人都沒有。

所以，將來即便他能順利得到那個「位置」，所謂後宮佳麗三千，也不會是他的選擇。若可以，他寧願後宮虛空，也不會任由第二個胡皇后再出現。再或許，他能遇見一個讓他覺得與之相處十分舒服的女子，許她皇后的位置，一生獨寵。

不禁想來，若柳芙知道他的心思，或許……

甩甩頭，姬無殤將那個可能又重新壓制住，臉上恢復了冷然的神色。「父皇，比起這些兒女情長之事，兒臣有更重要的事情要做。柳芙此女，兒臣也需要她達成北疆之行的目的，助我們一舉平息北亂。幸而之前她沒有答應父皇您的提議，若是她留下來了，兒臣還真難找到第二個可以取代她的『和親公主』。」

「傻小子，朕是一國之君，卻同樣是你的父親。」姬奉天卻苦笑了起來，似乎對姬無殤這樣冷靜和淡漠有些心疼。「此女聰慧，性子也是柔中帶韌的，若是有這樣的賢內助站在你身後，將來對你的好處也是莫大的。而挑一個合適的人北上和親，相比起來卻更加簡單。所以，趁著還能抉擇，無殤，你要想清楚啊。」

眼底有些感動的情緒浮現而出，卻又瞬間被堅毅和冷漠所取代，姬無殤斬釘截鐵地道：「此女心智，比之兒臣所見過的所有女人加在一起還要高出一籌。北疆之事，非她莫屬，其他人，兒臣不放心。」

說著，姬無殤從位子上站起身來，走到涼亭邊，抬眼看著夜色中那重樓宮牆邊搖曳的燈火，冷然道：「況且，大事未成，兒臣豈能顧及個人小事？一切，還是等三年之後再說吧。」

「你以為朕不想先成就大事再說？」姬奉天放下手中杯盞，也起身來到姬無殤的旁邊，語氣很是無奈。「可是無殤，父皇可能無法陪你太久了。」

回過頭，看著夜色中父皇那張略顯蒼老的臉，姬無殤眉頭深鎖。「父皇，您……」

「你且聽父皇說。」姬奉天打斷了兒子的擔憂，悶哼了一聲。「即便貴為一國之君，朕也仍舊無法逃脫病魔的折磨。朕這些日子是大不如前了，就是每日一根紫蔘那樣當飯吃都沒多少起色。所以近日來，朕總是在想，對於一個人來說，什麼才是最重要的。」

停頓了片刻，姬奉天以手拍著姬無殤的肩頭，才又道：「以前，朕給了你很多壓力，希望你改變整個皇朝的格局。可回過頭來想，三百多年啊，那麼多姬家先人都無法做到的事情，如今壓在你一個人身上，是不是太為難你了？若是給你一個寬裕的環境，讓你循序漸進地去做這件事，會不會對你更好？」

「兒臣明白父皇的意思。」姬無殤看著父親眼中的慈愛，意志卻益發地堅毅起來。「可天生我命，不由人。太子已經無法從困局之中抽身，胡家蠢蠢欲動，再加上父皇您……只有兒臣全力相搏，才能讓大周皇朝免於改朝換代的危險處境，不是嗎？況且，兒臣並非獨自一人，除了陳妙生和常勝這兩個左膀右臂，還有文師傅，還有整個影閣做後盾。特別是文師傅，您這些年有意疏遠，讓他免於胡家人的監視之中，有文師傅這個絕對的智囊，天下還有什麼事情能難得住兒臣！」

「你能想通就好，不要等父皇不在了，還來埋怨父皇。」有些驕傲的看著自己的兒子，姬奉天又拍了拍他的肩膀，不再多言什麼，轉身便踏著夜色離開了。

獨自留在御花園的涼亭之中，姬無殤一動也不動，不自覺地，眼神遠遠飄向了常挽殿的方向，目色深沈得幾乎已被染成了墨色。

第一百三十九章　偏自討無趣

春末夏初，枝頭盈綠，雀鳥吱喳，天藍得更是看不到一絲雲，透明得好像一汪清水，洗滌著人們的雙眼。

柳芙坐在園子裡頭，身著嫩黃色的掐絲水紋素裙，外罩一件藕荷色繡白玉蘭團花的小坎肩，整個人看起來清清爽爽，卻不失貴氣穩重，像極了那春日裡斜斜綻放的嬌嫩花枝，透著一股子鮮嫩水靈。

此時她正含著笑，看著迎面而來的十一位閨秀們。

「看看，我說的沒錯吧，妳們還當是傳聞呢。」為首的正是柳嫺，旁邊還有一個女子，身姿高眺，眼梢上揚，一股風情不自覺的透出了那張粉黛未施的素顏，讓人眼前一亮。

「我怎麼看不出柳小姐有什麼不一樣呢？」這個女子好像與柳嫺有些不和，聽了她的話，眼底閃過一抹輕蔑。

「南宮小姐這是不瞭解這位柳芙。」柳嫺說著，上前踱步而來，全然不顧柳芙坐在她們的面前，竟指著她評頭論足起來。「按理，受皇后冷落大半個月，這位柳小姐應該灰頭土臉晦氣難掩才對。可大家看看，人家渾身上下可都透出一股子鮮亮呢。那意氣風發的呀，我站在這一丈之外都能聞到那股子……對了，那股子騷味兒呢！」

柳嫺此話一出，好幾個和她一夥的閨秀都掩口輕笑了起來，一時間這常挽殿的氣氛顯得尤為尷尬。

「小姐，對不起，奴婢說了小姐不見客……」立在一旁的巧紅和小常貴臉上也滿是焦急的神色，很明顯，兩人一起去擋客來著，卻沒有成功。

柳芙悠閒地拿起旁邊石桌上的茶盞，輕啜了一口，淡淡道：「我當什麼東西那樣聒噪，原來是枝頭一窩小家賊搬家呢。罷了，由牠鬧上兩天，過幾日應該就清靜了。」

「什麼家賊，芙姊姊，妳這話是什麼意思？」當著所有人的面，柳嫻不好太明顯，仍舊端了笑意，故意張口問來。

「嫻妹妹不是什麼都懂嗎？怎麼連小家賊都不知道是什麼東西？」柳芙放下杯盞，雙手交叉搭於膝上，只笑盈盈地看著柳嫻和一眾閨秀們，有意不起身。

之前說話的那個女子卻張口就「咯咯」笑了起來。「麻雀搬家，唧唧喳喳。柳小姐這比喻還真是貼切得很呢。」

柳嫻杏目圓瞪，看著身後笑得花枝亂顫的南宮珥，這才回頭狠狠地盯著柳芙。「什麼！妳說我是麻雀！」

「哦，我說什麼東西聒噪而已，妳是什麼東西呢？」柳芙卻只笑笑，抬眼柔柔地看著柳嫻。

「我是什麼東西，我是妳姑奶奶！」柳嫻抑制不住心底的火氣，突然就爆發而出，話一出口，卻才發覺自己先失了冷靜，丟了臉面，不由得粉拳緊握，臉色由紅轉白了起來。

「哦，原來嫻妹妹想早些出嫁，好聽人稱呼一聲姑奶奶。」柳芙卻只是揚揚眉，隨口笑著打趣兒一下柳嫻，眼神卻落到了後面的南宮珥身上。「這位小姐眼生得很，請問怎麼稱呼？」

「我姓南宮，單名一個珥字。」南宮珥見柳芙和自己說話，停住了笑意，上前幾步來到柳芙的面前。「柳小姐看起來年紀比我小些，我便稱呼妳一聲芙妹妹，可好？」

柳芙這時候終於從石凳上站起來了，施施然走到南宮珥的面前，略頷首算是見了禮。「稱呼只是外相，比如那小家賊，便是麻雀，姊姊隨意稱呼妹妹便好。」

眼見這柳芙和南宮珥竟當著自己的面寒暄起來，沒兩句話就姊姊妹妹的極為親暱，柳嫻還沒來得及消化之前貿然動怒的丟臉，直接上前一步攔在兩人中間。「柳芙，我也不和妳客氣了，今日和姊妹們前來，是想看望看望妳。將來等妳飛上枝頭變鳳凰，再趾高氣揚吧，現在，妳還沒有囂張的資格。」

說起來，這些閨秀跟了柳嫻過來，一部分是想看看柳芙到底是什麼樣兒，一部分則是隨大夥兒湊熱鬧，想知道昨兒個傳聞皇上單獨召見此女，消息是否屬實。

所以眼瞅著柳嫻屢屢挑釁柳芙，大多數人還是選擇了事不關己高高掛起，只有這南宮珥偏生跳了出來，似乎有意攪局。

「對了，剛才芙妹妹說了個歇後語，是麻雀搬家，唧唧喳喳。」南宮珥鳳目流轉，纖指抬起輕輕點了點小巧若玉的下巴，彷彿沒有聽到柳嫻剛剛那一段惡言惡語似的，「咯咯」又連連笑出了聲。「姊姊我卻又想到個應景的，說給妹妹聽。」

對於南宮珥的攪局，柳芙樂得配合，同樣連正眼都沒有瞧柳嫻一下，只對著南宮珥道：

「姊姊不如過來坐下，咱們一邊吃茶，一邊說話，莫辜負了這初夏的美景。」

「也好，也好。」南宮珥見柳芙這麼配合，聲量也益發大了。「麻雀這東西可有趣得緊，什麼麻雀落在牌坊上——東西不大，架子不小；麻雀鼓肚子——好大的氣……這些以前都是聽過就忘了。可今日卻覺得咱們老祖宗形容得真是絕妙呢！」

任誰都聽得出，這南宮珥所說的「麻雀」，正是明指一個人在那兒獨自生氣的柳嫺，偏偏形容得有趣，品來又十分妥貼，便紛紛忍不住再次掩口竊笑了起來。只是這次嘲笑的對象，卻是之前趾高氣揚來尋事兒的柳嫺。

雖然柳嫺是尚書千金，但閨秀們也不是吃素的，這南宮珥乃大理王的獨生女，這柳芙又得天獨厚，隱隱有素妃和皇帝撐腰。於是之前一邊倒的情形再次上演，所有的閨秀們都齊齊圍到了樹下，妳一言我一語地和兩人說起話來。

被獨自晾在一旁的柳嫺只覺得臉皮上止不住的火辣感覺，那種羞辱感，從出生開始到現在也從未體會過。

第一百四十章　有緣成知己

暖風微送，樹影搖曳，樹蔭之下十二位俏麗佳人圍坐一團，妳一言來我一語，將這原本靜得發慌的常挽殿變成一處「茶園子」。

勉強笑著應付這些心思各異的女子，直至柳芙聽到一位閨秀提及姬無殤之事，這才稍微聚攏了些精神。

「妳們可知道裕親王搬回了宮中？」

說話的是一位身材高眺的女子，她的臉色並沒有其他閨秀那樣白皙，只透出健康紅潤的光澤來。

「真的嗎？妳怎麼知道？」

一直安安靜靜的公孫環聽見自己心上人的名字被提及，忍不住就接了話，臉上顯出兩團紅暈來。

而其他閨秀一聽，也都來了濃厚的興趣，紛紛睜大眼睛望著透露這個消息的女子。

「就憑我父親是當朝太尉！」說話的女子很有些傲色。「每日御林軍的侍衛長都會送來簡報給我父親過目，我呀，偷偷在他的書房裡看到的。裕王殿下會搬到玉挽宮暫居，御林軍還專門為此加派了人手過來巡防呢。」

「玉挽宮？」另一位閨秀接了話。「呀，我聽說玉挽宮和常挽殿可是前朝一對雙胞胎姊妹花妃嬪所居的住處，那豈不是離得芙姊姊這常挽殿十分近！」一個閨秀隨即便附和著，眼裡充滿了對柳芙的羨慕。

「喲，我說柳小姐怎麼偏偏為了獨居，要住進這清冷無人的常挽殿，敢情，人家是早有預謀呢。」說話的是柳嫻，雖然此時她的語氣柔和了不少，可字裡行間還是少不了對柳芙的挑釁和不滿。

「哦，是嗎？」柳芙卻仍舊盈盈如水地微笑著，點點頭。「既然嫻妹妹都這樣說了，那我不帶著點兒禮物過去拜望一下裕王殿下，豈不是無禮了？」

「哼，我倒是聽說太子殿下每日都派人過來，想請芙姊姊去東宮作客呢。您卻連連讓太子殿下的貼身太監吃閉門羹。看來，還是裕王殿下更得姊姊您的芳心吧。」

柳嫻不笨，反而很聰明，她知道這十二個閨秀中幾乎有一半是中意太子的，剩下一半則是夢想做裕王妃的，這樣不鹹不淡的一句話出來，當即就讓柳芙成了「眾矢之的」！

「嫻妹妹怎麼知道太子每日都派人過來？」柳芙收起了淡然的笑容，故作驚訝狀。「剛剛妳還說我這常挽殿地處偏僻呢，難不成，妳也天天派人過來，若是並非給我下帖子，而是……」

「妳什麼意思？」柳嫻被柳芙反咬一口，很是不悅。「我可沒工夫監視妳。而是太子每日都會去皇后娘娘的坤寧宮請安，我和太子哥哥是表親，和他說話的時候他主動告訴我的。」

「表親？」柳芙露出了恍然大悟的表情，連連道：「對啊，令堂乃皇后娘娘的妹妹，太子乃皇后娘娘長子，算起來，嫻妹妹確實和太子有親戚關係，還真是親呢！」

柳嫻一聽柳芙這樣說，臉色「唰」的一下就白了。

身為胡家的外孫女兒，嫁入宮裡乃是必經之路。胡家對於這事一直都是費盡心機、想方設法的，只是大家心知肚明卻不敢明說。

柳芙這看似無意，實則一箭穿心的話，讓柳嫻當場就下不了臺。

感覺到周圍的閨秀們都用著異樣的眼神看著自己，柳嫻的臉色由白轉紅，哪裡還待得下去，只覺得渾身上下都充滿了羞辱感，只大叫了一聲，便掩面直接從常挽殿的庭院中衝了出去！

大家都被柳嫻這樣反常的舉動給驚了一下，頓時也失去了聒噪的興致，紛紛向柳芙這個主人告辭道別。

只有南宮珥，看到其他閨秀都陸續離開了，還不肯挪動一下，悠閒地吃著茶。伸手輕輕舉杯碰了碰柳芙面前的茶盞。「咱們交個朋友，可好？」

柳芙看著南宮珥。「看姊姊說的，妳我不是已經成為朋友了嗎？咱們在宮裡的日子還有些長，等三個月後，成了知己也說不定呢。」

南宮珥有些興奮地拍了拍桌子。「真好，沒想到入宮還能結交到一位合我脾性的閨中好友，真是不虛我從大理跋涉這千里過來接受勞什子的什麼特訓。」

柳芙主動為南宮珥斟了茶。「南宮姊姊有空，還請常來常往，我這常挽殿別的沒有，茶水管夠！」

「哈哈，芙妹妹妳真有意思！」南宮珥接了茶，一邊飲，一邊笑著，看得出是打心眼兒裡喜歡柳芙，想要與其結交。

第一百四十一章　沈醉若芬芳

天氣漸熱，柳芙讓巧紅收拾了稍厚些的錦裙壓箱底兒，從輕薄的春裳中挑出一件藕荷色繡白羽飛花的裙衫出來，配了一件寶藍色的對襟小褙子換上，未施粉黛，便出了常挽殿而去。

巧紅和小常貴一個在旁伺候，一個在前領路，都不敢對柳芙直接去往太子東宮表示出任何的驚訝和懷疑。

柳芙入宮的這半個月時間裡，太子不止一次讓身邊的貼身太監過來相邀，卻每每吃了閉門羹。可饒是如此，太子也未曾死心，今兒個一大早就又遣了方公公過來，說是今日太子在東宮設了桃花宴，聽說柳芙喜歡吃桃花芙蓉糕，特請她過去一敘。

柳芙知道，歇息了這半個月，姬無殤也等不及了，這才有意搬入宮裡，還找了毗鄰自己的玉挽宮居住。用意十分明顯，那就是想要在一旁監督自己，給自己無形中的壓力，逼迫自己不得不主動出擊。

想了想，這個姬無殤自己得罪不得，心裡的盤算又不能全盤托出，只得稍微動一動，好安撫安撫他。

於是穿戴打扮了一番，柳芙也沒有提前給東宮那邊兒送個信，直接就帶著一個素白紋的梅瓶出了門，裡頭插了她常挽殿新開的一簇粉白相間的杜鵑，權當禮物準備送給太子。

東宮位於皇宮內院的東北角，離得柳芙所居的常挽殿不算太遠，但臨近中午，柳芙一路步行而去，還是微微發了點兒汗在額上，臉蛋兒也紅撲撲地，透出一抹光潤來。

「哪個宮的？留步！」

守門的太監高大威猛，柳芙只看了一眼就想起姬無殤所言，這東宮不但四十六個侍衛乃武林高手，就是伺候的太監、宮女也都是練家子中的翹楚，不由得想，為了入宮保護太子，這些會功夫的竟然願意自斷命根子做太監，這犧牲未免也太大了點兒……

柳芙怔愣的這一瞬間，那守門的太監已經露出了不耐之色，冷冷一哼。「咱家不管妳是哪個宮裡的，也不管妳是小主還是妃嬪，速速離開吧，太子東宮可不是任憑妳遊覽觀賞的地兒！」

正待巧紅和小常貴都有些著急害怕的時候，柳芙卻柔柔一笑，從袖口中掏出一個權杖遞給那太監。「這位公公，太子說哪天我若入宮，可隨時憑此去找他說話玩耍。您看看，我可有憑藉？」

太監一愣，一把從柳芙手上奪過權杖，翻來覆去仔細看了好半晌，似乎在確定其真假。

「這位……」

「我家主子乃皇后娘娘親自邀請入宮暫居的十二位閨秀之一，這位公公，您若是檢查好了，還不趕快放行！」最後還是小常貴麻著膽子上前一步，給柳芙「撐了腰」。

小常貴沒注意那內侍臉上閃過的一絲殺意。還好對方確認了權杖的真假，這才朝著柳芙行禮道：「這位小姐，請問您是否乃文府的千金，柳小姐？」

點點頭，柳芙略揚了揚下巴，並未開口應答。

眼見柳芙如此高傲，又確認了她就是太子吩咐一定要放行的那個千金小姐，這太監不敢再多言，側開身子。「柳小姐請進。」

小常貴眼見東宮大門對自己敞開，正要邁步先行領路，卻被那內侍拎小雞似的一手攔住給丟開去。「太子說了只柳小姐可以入內，其餘人等，去外面等候。」

姬無淵正獨自面對一桌桃花宴發呆，遠遠便看到柳芙手捧一只白玉瓷瓶款款而來。那瓶中所插的杜鵑花瓣隨風輕顫，不及柳芙緋紅光潔的臉蛋，在柔柔陽光照耀之下，彷彿花中幻化而來的仙子，有著一抹讓人挪不開眼的嬌豔欲滴，芬芳若醉。

「芙兒貿然前來，未曾稟過，還請太子莫要見怪。」

柳芙嫣然一笑，走動間裙襬輕揚，那染在裙角的片片白羽像是活了起來，悠悠若雲，使得裙衫主人恍如踏在雲端。

看到柳芙已然走進，姬無淵眼底的迷離終於消散而去，被一抹驚喜之色所替代，直接起身，大踏步走出了涼亭，親自迎了上去。「芙妹妹，妳讓我好等啊！」急匆匆、忙慌慌、樂悠悠之間，姬無淵竟然連自稱也去了「本宮」，直接和柳芙「妳我」相稱起來。

第一百四十二章　郎且有情意

姬無淵看著坐在對面的柳芙，笑顏清淺，淡若雛菊，卻偏偏骨子裡透著勾人攝魄的魅力，讓自己幾乎無法挪開眼。

柳芙沒有注意到對面射來的關注目光，略低首，正一口一口地吃著桃花芙蓉糕，一邊讚嘆，一邊卻又抱怨不止。「為何都是御膳房做的糕點，我在常挽殿吃到的略顯澀硬，並無東宮這般柔滑適口呢？看來御廚們也是見人做活兒的，偏生給太子您就用心些。」

「這倒不是原因。」姬無淵瞅著柳芙唇邊星點一粒糕屑，忍住了想要替她擦拭乾淨的衝動，柔柔一笑。「只因為我這東宮有單獨的膳房，御廚現做現端了出來，咱們拿著就吃，自然比起放置了一會兒再送入各宮的要新鮮有滋味些。說起來，可不關御廚們什麼事兒。」

「太子宅心仁厚，這些小處都能為伺候的人主動說話。」柳芙笑了笑，伸手主動替對面的姬無淵斟了茶。

「妳若喜歡，日日都來我這兒便好。」似乎和柳芙在一起特別容易讓自己忘卻身分，姬無淵再次開口依舊以「妳我」相稱著。「妳之前連連拒絕，我還以為，妳是有意躲著我呢。」

「那怎麼好。」柳芙客氣地搖搖頭。「太子東宮，豈是芙兒可以隨意來往的。而且芙兒剛剛入宮，連地都沒踏牢實，若那樣大剌剌地就來了，被其他閨秀們看在眼裡，像什麼話呢！況且……」

「況且什麼？」姬無淵聽了柳芙的解釋，勉強接受了。

「況且，歇了半個月，皇后娘娘那邊已經遣了人過來通報，說明日起就得開始特別的宮規訓練了，恐怕，就是芙兒想來，也來不了了呢。」柳芙默許了太子對自己親近，語氣也隨之輕鬆愜意了不少。

「芙妹妹……」姬無淵頓了頓，神色略顯出幾分尷尬和侷促。「妳可知，這次母后召集閨秀們入宮特訓，所為何事？」

柳芙一聽，停下筷子，也紅了紅臉，略垂目，小聲道：「聽坊間傳言，許是……」

「許是什麼？」姬無淵清亮的眸子因柳芙的羞赧而益發明亮了幾分，語氣中也含著明顯的期盼。

「許是……」柳芙的嬌羞有三分是故意，七分是自然而然。「許是為了太子選妃吧。」

「那芙妹妹，妳的意思呢？」姬無淵聽得心弦一顫。「妳也是這十二名閨秀之一，若是母后挑中了妳，那妳可願意……」

柳芙兩腮緋紅，垂目不敢抬首，雙手交握，在姬無淵眼裡看來，就像個待嫁的小嬌娘，讓人想要攬入懷中好生呵護一番。

「罷了罷了，芙妹妹，是太子哥哥唐突了。」姬無淵彷彿已經得到了想要的答案，語氣中有著難以掩飾的一抹激動。

柳芙聽得對方此言，心裡頭一股子澀意不知不覺地就浮了起來，連忙抬眼，擺了擺手。

「沒有，太子哥哥這是真性情呢。比那些個藏著心底事兒的忸怩男子好了不知多少倍！」

「芙妹妹真覺得我好？」姬無淵眸子微動，唇角揚起，那明亮的笑容竟有幾分豁然開朗的感覺。

這樣的太子，看在柳芙的眼中，益發對其多了幾分愧疚，帶著些許的不安，這桃花芙蓉糕再好吃，也如同嚼蠟了。於是起身來，福了福。「叨擾了太子哥哥這麼久，芙兒也該告辭了。」

「怎麼不再多坐會兒！」姬無淵眼看柳芙竟突然提出要離開，因為自己確實太過唐突，臉上露出了著急的神色。「對不起芙妹妹，我本不該多言此事，實在抱歉。」

面對一個傾心於自己的男子，又是姬無淵如此容貌俊朗、性情和悅，身分更是高人一等的，柳芙哪裡能對他生出半分怨氣，只朝他柔柔的一笑。「著實是因為明兒個要趕早，芙兒想早些回去準備準備，這才要告辭呢。若太子哥哥不嫌棄，芙兒得空又來，可好？」

「妳可要說到做到才是，別讓我在這兒癡等，空費了這初夏的好光景呢。」

姬無淵聽得柳芙主動說還來，樂得放下了擔心，起身來輕輕扶起施禮未起的她。「走吧，我送妳回常挽殿，咱們順而賞賞路邊庭院綻放的各色時令鮮花。」

「芙兒怎敢煩勞太子哥哥親自相送，您請留步吧。」柳芙婉言謝絕道：「況且，若是被人撞見，豈不又會有閒言流傳開去。芙兒的名聲不要緊，若是累及太子聲名，被皇后娘娘知道了，那芙兒恐怕只有捲鋪蓋走人了呢！」

柳芙的話雖然是玩笑，可聽在姬無淵耳朵裡，真覺得有幾分忐忑。

若是自己毫不遮掩地和柳芙雙雙出現在外面，傳到胡皇后的耳朵裡，豈不會對柳芙不利！

想到此，姬無淵只得忍住衝動，點了點頭，故作輕鬆道：「聽芙妹妹這話說的，本宮想和誰在一起，他人哪敢亂嚼舌根呢。不過，我倒是想起等會兒還有一件事兒，這就送芙妹妹到宮門口吧。」

姬無淵要送自己到門口，柳芙卻不好再推辭。「那就多謝了。」

於是兩人並肩而行，隨意交談著，偶爾發出些笑聲，引得東宮中四處潛伏的侍衛都豎起了耳朵，他們負責值守東宮安危，哪裡曾看到過有女子隨意進出，還能和太子高聲談笑的。

當然，柳芙自然不會像表面那樣輕鬆，一邊走，一邊暗暗熟記下路，和腦海中的那幅絹圖一對比，果然分毫不差，不由得心底驚色愈濃。

並未察覺身邊人兒的小心思，眼看已將佳人送到宮門口，姬無淵有些遺憾地放緩了腳步。「芙妹妹，這次妳來停留的時間太短，下次妳早些過來，我帶妳參觀參觀這東宮的景致，也好盡盡地主之誼。」

姬無淵此言，正合了自己心底之意，柳芙展顏而笑，正要開口，卻聽得宮門外響起了幾聲熟悉的爭執。

第一百四十三章　惡形露惡狀

身穿一件水藍色的對襟小坎，內襯一條楊柳綠的百褶襦裙，柳嫻難得素淨打扮，俏臉卻露出一抹戾氣，看起來彷彿減了幾分原本應有的美色。

「對不起了，柳小姐，咱家知道您身分高貴，可太子東宮並非人人都可以叩門相請入內的，除非太子親自下了吩咐，否則，咱們做奴才的豈敢違命！」

這守門的太監一臉堅決冷漠的表情，高挺著身板兒，雖然口稱奴才，卻一點兒都沒有恭敬的模樣，看著怎麼不叫柳嫻生氣呢。

「哼，我來的時候分明看到常挽殿的那個小宮女在前頭迴廊處左顧右盼，問她幹什麼死也不鬆口說話。」

柳嫻雙手插腰，使了勁兒地仰起頭，想要和這守門的討厭太監齊高。「那迴廊只通向這東宮，你說說，若非那柳芙進去了，伺候她的宮女又怎會等候在外呢？」

守門的太監有些無語，皮笑肉不笑地扯了扯嘴角。「那可不一樣，太子殿下專程吩咐了奴才，柳小姐若是來了，一定要相請入內的。」

柳嫻冷哼一聲，看到這樣一個閹人也敢對自己冷嘲熱諷，心底的怒氣抑制不住就上了頭。「本小姐可是胡皇后的親甥女兒，柳尚書家的嫡出長女，也是唯一的女兒，難道還比不上那個來歷不明、連姓什麼都和文府不一樣的文家乾孫女兒?!」

宮門內，姬無淵和柳芙將柳嫻的話聽得是一清二楚。

兩人原本都極有默契地停住了腳步，也收了聲，是不想讓柳嫻撞見這樣的情形。可姬無淵聽得柳嫻字字句句都針對著柳芙的身世，侮辱謾罵，毫無根據，只覺得臉上臊得慌，當即就想開門將柳嫻喝止住。

可柳芙卻一把將姬無淵給攔住，對他淡淡的搖了搖頭，示意他不用為自己出頭。

但柳嫻如今就在東宮門前謾罵，毫無淑女之風，更無規矩可言，姬無淵若不出去阻止她，說不定更難聽的話也說得出來。

於是轉回頭，姬無淵給了柳芙一個「妳放心」的眼神，示意她待在宮門內，自己上前一步，將宮門拉開一道縫，便獨自閃身出去了。

「嫻兒，妳怎麼來了？」

姬無淵雖然克制著心頭的不舒服，但面對小小年紀，且容貌異常美麗，又有親緣關係的柳嫻，還是沒有說重話。「這個時候，妳不是應該在自己的宮殿裡用膳嗎？」

「太子哥哥，你來得正好！」柳嫻一見自己朝思暮想的人終於出現了，臉色一喜，隨即又變得委屈和無辜。「你這個守門的太監，竟瞧不起我。你告訴他，我這個柳小姐難道還不比那柳芙來得尊貴？為什麼她能進去，我就不能進去！對了……柳芙是不是來找您了？」說著說著，柳嫻一驚，似乎是想起了這碼子事兒來，那樣子，就像前來捉姦的悍妻。

姬無淵身為太子，豈容柳嫻如此當面指責質問。再加上對方那一聲「太子哥哥」，實在矯揉造作得過分，比起柳芙叫起自己來簡直是聽著讓人起雞皮疙瘩，於是臉色一沈。「你，直接送柳小姐回宮，莫要再讓任何閒雜人等靠近東宮。下次若再有類似事件，格殺勿論！」

「是！奴才遵命！」這守門的太監一聽，心裡頭那個樂啊，早就看柳嫻不順眼了，主子既然下了吩咐，哪裡還會遲疑半點，大掌一伸就朝柳嫻過去了。

「你敢！」柳嫻也不是吃素的，對方一個卑微的太監而已，竟對著自己目露凶光。太子雖然有此吩咐，看樣子也只是生了氣而已，並非當真，自己豈能就範！「太子哥哥，嫻兒不是有意前來打擾，只是因為看到那個小宮女在前頭迴廊處鬼鬼祟祟的，所以過來看看罷了。您若真不喜歡，那嫻兒自己走便是，您又何必這樣凶嫻兒呢……」

說著，柳嫻已經「嚶嚶」地哭了起來，那梨花帶雨的嬌俏模樣，姬無淵哪裡還狠得下心來，只有些煩躁地朝那太監擺了擺手，示意他退下。

走上前去，姬無淵掏出袖兜裡的絹帕，遞到垂淚不止的柳嫻面前。「嫻兒，本宮不是非要趕妳走，而是妳這樣在東宮門口一鬧，不用到明兒，只今晚肯定都會被母后知道此事。妳還是快收起委屈，早些回去吧。」

略抬了抬眼，看到姬無淵眼裡露出了淡淡的憐意，柳嫻打鐵趁熱，借著拿絲帕的機會順勢就往對方的身前靠了過去，用著嗚咽的聲音呢喃道：「太子哥哥，嫻兒知道你不會這樣狠心的。嫻兒是想不通，覺得委屈罷了。」

柳嫻柔軟的身子靠在自己身前，姬無淵本想推開，可她細如鶯語的聲音灌入耳際，又讓他心軟了，只得抬手輕輕拍了拍她的後背。「好了好了，別再哭了，再哭，等會兒回去一雙紅棗兒似的眼睛，豈不是和兔子一樣？那就誰都知道妳在外邊流過眼淚了。」

第一百四十四章　交鋒誰能勝

立於東宮門內，柳芙臉上露出了嫌惡的表情。

對柳嫻此女，柳芙說不上有多恨，但她一言一句，一行一動，皆流於下等，自己還犯不著與這樣的人計較什麼。

可自己站在此處，將外間動靜聽得一清二楚，分明是姬無淵制止這柳嫻的行為不成，反被其抓住機會耍賴撒嬌。

冷冷一抹笑意浮在唇邊，柳芙知道自己此時若不出現，那就沒機會了，便上前一步，伸手輕輕推開了半掩的宮門。

吱嘎——

一聲門響，在午後的靜謐中顯得異常刺耳，也讓東宮門前摟抱著的兩人都回了神。姬無淵於是趕緊將身前的柳嫻給推開，不想讓柳芙誤會什麼。

柳嫻則是轉身一看，見柳芙提步而出，目光神色間竟對自己含著幾分鄙夷，不由得咬了咬唇。「原來是芙姊姊，妳待了這麼久，總算願意出來了嗎？」

聽柳嫻此言，好像是早就猜到自己在門內一樣，柳芙露出一抹意外之色。「嫻妹妹這話是什麼意思？太子哥哥，您可聽懂了？」

之前姬無淵和柳芙一起站在門內，不想和柳嫻面對面起衝突，此時聽得兩人妳一言我一語，自然覺得有些尷尬，上前輕輕拉開了柳嫻。「嫻兒，時候不早了，妳也該回宮去了。」

「嫻兒自然是要回去的。」柳嫻對上太子，自然不會再擺譜，但眼角還是忍不住掃過了柳芙。「哪像有些人，死皮賴臉，真叫人覺得好笑呢。」

「太子哥哥，芙兒感謝您相邀，也準備離去了，正好，和嫻妹妹一路吧。」

柳芙提了裙角，從臺階上下來，對於柳嫻的暗諷卻並不接招，只柔柔對著姬無淵笑了笑，施了一禮。

「芙妹妹千萬別生氣，嫻兒小性兒那是出了名的，本宮又和她有親緣關係，自然縱容些的。」姬無淵臉色還是免不了有些尷尬，對於柳嫻的話，只能粉飾幾句。

柳芙唇角微翹，她要的就是姬無淵在柳嫻面前說這句話，不由得笑意益發柔和輕緩了起來。「芙兒就多謝太子哥哥款待了，這廂且告辭。」

「等等！」柳嫻明顯極不服氣，畢竟當著太子的面，自己被柳芙占了上風，這樣丟臉的事情還真是讓人難以下嚥。可對方畢竟是太子，自己撒撒小嬌或無妨，若非要鬧起來，那被胡皇后知道了，自己也少不了討一頓痛罵，只好偃旗息鼓。「讓太子哥哥為難，是嫻兒的不對，嫻兒……這就告辭離去。」說完，帶著一臉的委屈，柳嫻朝姬無淵施了一禮，這才依依不捨地轉了身。

「妳別得意。」柳嫻冷冷地主動先開了口，真恨不得上前去撕裂了柳芙那張過分恬淡安靜的臉。

此時四下無人，柳芙也不用裝了，只側眼掃過身邊的柳嫻。「怎麼，妳就那麼想當太子妃不成？」

柳嫻冷笑著反問道：「妳厚著臉皮貼上太子，難道不是覬覦那太子妃之位？不過，妳也不想想妳的身分，憑妳那狐媚子母親，怎能和我這個尚書府正兒八經的千金小姐相比！妳若聰明，好好和妳娘一輩子抱著那個見不得人的秘密過下去，別來招惹我柳嫻看上的東西！」

或許退回去兩年，被柳嫻這樣說自己和母親，柳芙還會生氣反駁。如今，她早已看開身世之事，只淡淡一笑。「我若告訴妳，我無意太子妃之位，妳相信嗎？」

「妳別欺哄我！」柳嫻卻不信，語氣刻薄。「當初妳靠上文家，我娘確實不敢輕易動妳們。怎麼，如今妳還想靠上皇家，靠上太子？妳難道就不怕我娘、不怕胡家對妳們這對來歷不明的母女動手嗎？要知道，龍有逆鱗，太子妃的位置，向來都是胡家的女兒才能坐穩，妳憑什麼！」

「柳嫻，妳還真有意思。」柳芙將她的威脅聽在耳裡，只覺得有些好笑。「這樣在宮裡明目張膽的說話，就不怕隔牆有耳？」

柳嫻愣了一愣，隨即明白過來，笑道：「妳是怕被別人知道了妳的身分吧？」

柳芙聽在耳裡，不得不承認自己這半個「妹妹」還真是有些小聰明的，總是能一下子就找準回擊自己的靶子，毫不含糊的射來冷箭繼續嘲諷自己。

和這樣的人說話又有什麼意思呢？柳芙甩了甩頭，竟理也不理會柳嫻，加快步子就往前徑直走開而去。

「妳……」被獨自晾在原地，柳嫻找了個自討沒趣，看著柳芙的背影，真是恨得牙癢癢。

第一百四十五章　閨言摻密語

隨著夏季的來臨，原本冷寂的後宮變得有些躁動，特別是枝頭吱喳的雀鳥，連晌午也不曾歇，叫個沒完。

柳芙接受宮裡的特訓已經一段時日了，和前生記憶中的幾乎沒什麼兩樣，對於她來說，不過是溫習功課罷了，學起來十分輕鬆，也贏得了皇后和坤寧宮教習嬤嬤的一致讚揚。

心裡明白這不過是送自己北上和親之前的鋪墊罷了，皇后未必真心喜歡自己，所以柳芙看得極淡，得了賞賜並不驕傲，得了嬤嬤庇護也並不跋扈，仍舊和其他閨秀們保持著距離，既不過分親熱，也不過分疏離。

但這裡頭有一人，和柳芙算是極投緣的，那就是之前曾經主動為了她和柳嫻針鋒相對的南宮珥。

坤寧宮裡的功課在每日上午，用過午膳下午時間便是自由行動，柳芙邀了南宮珥在常挽殿碰頭，一起在樹蔭下吃茶歇涼，畢竟只有她才單獨住在一個寢殿中。

「南宮姊姊，妹妹覺著奇怪。」柳芙托腮，側頭看著打扮素淨的南宮珥，發覺她其實生得極美，微微上翹的眼梢含著萬種風情，與其表面颯爽俐落的性子很是違背。但就是這樣的矛盾，卻讓人想要更加去瞭解她、讀懂她。

「奇怪什麼？」南宮珥顧自喝著茶，悠閒的樣子很是放鬆。「嗯，還是妹妹這裡的茶好喝。皇后以為我是從西邊來的，只賜了普洱茶。卻不知我喝夠了黑茶，吃著綠茶卻覺得新鮮，滋味也清爽些。」

對於南宮珥時常過來「蹭茶」，柳芙是極歡迎的，畢竟找到個合得來談得來的人太難，特別是在這後宮裡，於是主動替她斟了茶。「姊姊問我奇怪什麼，那妹妹就直言不諱了哦！」

「妳若惹怒了我，我便天天過來吃妳的喝妳的就行了。」南宮珥微瞇了瞇眼，語氣仍舊極為放鬆。

「那倒沒問題。」笑得十分輕柔，柳芙點點頭。「那我便說了哦。」

「其實我知道妳要說什麼。」南宮珥卻突然眨了眨眼，表情露出一抹調皮。「妳想問我，怎麼獨獨與妳交好，而不像其他人那樣，去巴結那胡家的外孫女兒、尚書府的千金小姐柳嫻，對嗎？」

柳芙「嘿嘿」一笑。「也對，也不對。」

「那妳說！」南宮珥來了點兒興趣，放下杯盞，也雙手托腮，睜著大眼睛看向對面的柳芙。

「我覺得奇怪的是，大家都明哲保身的時候，妳卻主動因為我和柳嫻槓了起來。想必，是妳們進宮之前就有過糾葛吧？」

柳芙雖然是問句，語氣卻十分的肯定，聽得南宮珥直甩頭。「我說妳這個機靈鬼，怎麼就那樣通透呢！」

「這麼說，我猜對咯！」柳芙安然地接受了南宮珥的調侃，笑得眉眼彎彎。

「有些話我不能告訴妳，但有一個道理，身為姊姊的我倒是可以和妳分享的。」南宮珥突然認真了起來，往柳芙面前湊了湊，隨即又壓低了些聲音。「外人看胡家，風光無限，可我爹卻極為不屑胡家人的作為。身為外戚，弄權干政，難道身為皇朝統治者的姬家會一直漠視不管？胡皇后雖然是胡家的女兒，可她已經嫁給了姬家，就應該為姬家著想，而不是時時刻刻想要保全胡家的地位。所以啊……」

說到這兒，南宮珥又語氣一鬆，笑道：「但凡是和胡家有干係的，我敬而遠之還來不及呢，哪會湊到人家跟前去呢！這個答案，妹妹可滿意？」

柳芙聽得南宮珥的話，只覺得對方實在性子太過俐落，竟直爽到在自己跟前數落胡家的不是！

但就因為南宮珥這性子，柳芙卻感到極對胃口，直接也咧開嘴一笑。「姊姊這話，妹妹記在心裡頭了，但姊姊最好還是別在其他人面前提及，免得被人賣了都不知道。」

「我這不是信任妳才告訴妳的嘛！」南宮珥癟了癟嘴，倒是想起來，反問柳芙。「妳且給我說說，那柳嫻怎麼處處找妳的麻煩？聽聞太子很是青睞於妳，還曾屢次邀請妳去東宮作客。可柳嫻有胡皇后撐腰，她怕妳什麼？不是姊姊我看不起妳，就妳那文府的背景，恐怕要和柳嫻爭太子妃的位置還不夠格吧。柳嫻那樣驕傲聰明的一個人，犯不著和妳為難才是啊！」

「誰知道呢！」柳芙當然不會把真實的情況告訴南宮珥，只雙手捧了杯盞湊到唇邊，輕輕呷了一口搖搖頭。「我猜想，或許是她想不通太子為何看中了我，所以她是在嫉妒吧。」

「嫉妒?!」南宮珥冷冷一笑。「她想做太子妃，難道還不知道其中利害？太子妃可是未來的皇后，後宮三千佳麗，還得一個個親自挑了送上夫君的龍床呢。她要是想那個位置，最不應該有的情緒便是嫉妒。看來，胡家的女兒並非個個都是真的聰明呢。」

「姊姊怎麼想？」柳芙睜大了眼。「都傳言這次皇后欽點十二位閨秀入宮，是為了給太子選妃呢。姊姊也是其中之一，說不定，被皇后看上了，讓妳做太子妃呢？」

「做就做啊，我無所謂的。」南宮珥倒是很大方，直言道：「身為藩國郡主，將來的歸宿必定是要嫁給皇子的。為妃也好，為妾也好，我也沒有什麼資格去選擇。總之我看太子也是個敦厚純良的，嫁給他也不算吃虧。」

「姊姊倒是個真性情的。」柳芙也被她豁達的態度影響了，不由得綻放出一抹極為清爽的笑容來。「倒是我，只願求一個一生一世一雙人的歸宿。什麼太子妃的，卻是從未想過。」

柳芙本就極美，此時一笑，如夏風拂面，溫暖如歌，看得南宮珥搖了搖頭。「恐怕啊，有些事兒不是妳想就能實現的。這兩個字反過來，妹妹還是『現實』些比較好。」

第一百四十六章　不期然而遇

雖然有前生的記憶為基礎，但柳芙每日參加坤寧宮的特訓並不輕鬆。加上天氣逐漸熱了起來，所以用午膳前柳芙會讓巧紅準備好熱水，沐浴之後才勉強有胃口多吃些飯菜。

此時泡在花香味極濃的浴池裡，柳芙舒服地輕聲呻吟了起來。

別看這常挽殿地處偏僻，宮殿也因為久無主人而稍顯破敗，但這裡頭卻有一間單獨的沐浴室，裡頭有著用花崗岩砌成的一個寬大浴池，放滿水後，幾乎可以讓一個成人在裡頭橫躺。

加上初夏繁花盛開，一池水的面上都漂滿了香馥馥的花瓣兒，如此享受，讓柳芙幾乎覺得自己入宮來是享福的了。

這些日子以來，姬無殤突然沒了消息。

之前他用信鴿給自己傳訊，讓自己抓緊時間熟悉東宮地形，原本以為他會過來問問情況，或者傳訊給自己，可半個月過去了，卻沒有再和他接上頭，這讓柳芙覺得有些蹊蹺。

「難道他寒毒發作了？」

柳芙想到了這個可能，不由得猛地睜開了眼，卻看到池水邊立著一個高挺的身影，嚇得自己雙目圓瞪，差些就尖叫了起來。「什麼人！」

「妳倒是會享受的……」

說話間，那人影緩緩轉身，一身絳紅色的薄綢袍子，長髮輕束在耳後，那玩味的眼神，冷冷的微笑，不是別人，正是姬無殤！

「你怎麼在這兒！」柳芙看到竟是姬無殤，驚訝得忘了自己還赤裸著身體泡在浴池之中，伸手指著「高高在上」的他，質問道：「你是怎麼進來的！你到底，看到了什麼！」

眼神掃過柳芙裸露在水面的半抹香肩和一隻伸出水面直指自己的手臂，那掛著水珠的肌膚微微泛紅，卻透出一股異樣的白皙光澤來，讓姬無殤微瞇了瞇眼。「妳想本王看到什麼？」

回神過來，柳芙趕緊收回手，護住肩頭的風光，畢竟水面有花瓣覆蓋，他就是想看，也看不到水下的光景。「你再看，我就叫人了。讓別人知道堂堂的裕親王竟潛入一名閨秀的浴室偷窺，那於名聲恐怕不太好吧。」

雖是威脅，可柳芙的語氣卻一點兒也不堅定。畢竟姬無殤與自己關係特殊，若被人知道兩人這樣相處在一起，壞的可不僅僅是對方的名聲，自己的也好不到哪兒去！

或許看出了柳芙的不確定，姬無殤勾起唇角，淡淡一笑。「怎麼，妳都住了這常挽殿一個月了，難道不知道隔壁的玉挽宮與此處是相通的？」

「相通?!」柳芙這下才是真的嚇到了。「怎麼可能！」

「兩宮殿本就是當年的妃嬪姊妹花所居，自然有些與眾不同之處。」姬無殤語氣卻很是平淡。「不然，妳以為這裡的浴池怎會這樣大！還不是為了方便姊妹花一起沐浴的。」

「你的意思，兩宮相通之處，就是這浴室？」柳芙臉色更差了，雖然濛濛的熱氣蒸騰而上，卻掩不住臉上漸漸發白的徵兆。

看得出柳芙在想什麼，姬無殤冷冷一哼。「妳別胡思亂想了，本王還不至於無恥到每天悄悄過來偷看妳沐浴。」

「那你今日為什麼突然出現？還挑我正在沐浴的時候！」柳芙氣極了，也忘了稱呼，小臉微微鼓起，在姬無殤看來，竟隱隱有種撒嬌的姿態，不由得愣了一愣。

趕緊收回神思，姬無殤蹙了蹙眉，快速地又轉身背對柳芙。「妳先起來。妳不介意裸著身體和本王說話，本王卻害怕明兒個長個針眼出來！」

抓緊機會，柳芙哪敢耽擱，伸手拉過池邊的浴袍就趕緊「上了岸」。等檢查自己全身上下已經裹牢之後，這才開口道：「裕王您有什麼吩咐，不能等到下午民女得空的時候過來嗎？」

對於柳芙話裡的諷刺之意，姬無殤並不在乎，只轉過身來，盯著她。「妳以為我願意這個時候過來被妳誤會嗎？只因為本王明裡絕不能和妳有任何接觸，而妳只有這個時候在此處沐浴，本王也只能挑了這個時機，妳也別見怪。」

「怎麼了？可是宮裡出了什麼事兒？」柳芙見姬無殤語氣有些硬，也收起了先前委屈和不悅的心思，反問道：「不然，你也不會親自過來，對嗎？」話裡的意思，就是——你還可以飛鴿傳訊給我，幹麼面談。

「北疆戰事一觸即發，北上和親之事，恐怕要提前了！」

姬無殤看著柳芙光潔如新的面龐，那微濕的黑髮緊貼在耳邊，還有一綹悄然鑽入了頸間，竟襯得她肌膚柔白如玉，細膩如水，心底，便漸漸有了一抹不忍。「所以，妳得加快盜取朱果的進度了，最遲三日之內。」

「三日！」柳芙還未完全消化北上和親提前的事兒，聽見姬無殤竟要求自己三日之內就將朱果拿到手，不由得一愣，隨即苦笑起來。「也罷……東宮那邊，我進入是無虞的。有了裕王給民女的地圖，找到藏寶的密室並不難。三日後您再來吧，能不能成事，到時候就能知道了。」

「妳不用擔心，本王給妳三日時間，只需要妳查探朱果放置之處。」姬無殤倒沒有預料柳芙會答應得如此爽快，上前一步，主動解釋了起來。「要妳三日之內盜取朱果，要不被發現那是絕無可能的。妳只需從太子口中套取朱果所在，本宮會讓安插在裡面的內應去盜取的。」

「可我怎麼問！」柳芙知道自己只需要套取訊息，心底一鬆。「若突然問了，朱果緊接著又被人偷了，再愚蠢也知道與我脫不了干係吧！」

「這個簡單。」姬無殤從懷裡掏出一個東西，看樣子是一本小冊子，遞給了柳芙。「妳看了就知道怎麼辦。」

第一百四十七章 巧計且唬人

也不知是因為正值晌午，還是因為浴室裡熱氣氤氳的緣故，抑或是手中小冊子所書內容太過讓人羞赧，柳芙原本就白裡透紅的雙頰更是益發的燒燙起來。

「這脈案是何人的？怎麼……記載的全是女兒家月信之疾？」

強忍住害羞的情緒，柳芙咬了咬唇，抬眼看著姬無殤，想知道他為什麼要把這樣的東西給自己。

「妳且把脈案的內容記牢了。」姬無殤被柳芙害羞的樣子惹得挑了挑眉，倒是感到有些新鮮，暗道這柳芙平日裡淡然冷性，骨子裡卻不過還是個少女罷了，也會臉紅和羞赧……

「為什麼要記下來這脈案上的東西？」柳芙益發覺得有些奇怪，睜大眼睛，一臉疑惑。

「妳吃下這一粒藥丸。」姬無殤還是沒有正面回答，反而從腰際的荷囊中取出一顆顏色殷紅的藥丸遞給了柳芙。

看著手心的藥丸，柳芙湊到鼻端聞了聞，一股辛辣含著腥臭的味道順著呼吸就鑽了進來。「什麼藥丸？這樣噁心的味道。」

「妳放心，吃不死人的。」姬無殤見她蹙眉，也眉頭緊鎖。「這藥丸妳吃下去，在未來的三天之內，妳身上就會出現這脈案中所記載的症狀。」

「可我為什麼要自己有……」柳芙不好意思開口說女子來月信後腹痛之症，轉而道：

「那樣的症狀呢？」

「因為三天後太醫院的院判會過去東宮，為太子例行把脈。」姬無殤也覺得和柳芙談及女子月信之事頗為彆扭，抬手掩了掩鼻下。「院判是個醫術極高明的，到時候妳在場，他一眼便能看出妳身有頑疾。」

「裕王是想讓太子以為民女有這脈案上所記錄之疾？」柳芙有些明白了，可還是不明白。「但這與那火龍朱果的下落又有何干係呢？難道火龍朱果能治癒此類婦人之疾？」

「妳猜得沒錯。」姬無殤對於柳芙終於想通，點了點頭表示肯定。「院判不但醫術高明，且心懷慈悲。他若見了妳，絕不會袖手旁觀，一定會現場為妳把脈。到時候，太子便會透過他的診斷，知道妳有此類婦疾。而所有藥中，只有火龍朱果能立竿見影地祛除妳身上的那種疾病。」

「民女知道了……」

雖然無法完全預料和掌握吃下這藥丸之後的情況，但柳芙卻明白，這的確是知道火龍朱果下落最容易也最不會被姬無淵察覺有異的方法。

畢竟自己有病，是太醫無意中看到的，而正好火龍朱果又能治癒這種病，太醫也一定會提出來。到時候若太子主動提出贈與朱果，那全部便得來不費功夫。若是東宮並無朱果，那太子也肯定會透露出來給自己知道。算是一舉兩得吧！

想到此，柳芙也沒有耽擱，仰頭就將這顆著實難聞的藥丸吞下了。

三日後——

柳芙強忍著腹痛，換上一身湖水藍繡綠萼纏枝花樣的薄裙，一路向東宮而去。

走在路上，柳芙雙頰潮紅，額頭和嘴唇卻異樣的沒有血色，看起來有些奇怪，此刻她心裡頭一直在痛罵著始作俑者姬無殤。

這藥丸著實折騰人，柳芙自吃下去的當晚開始就突然來了月信，這還不說，小腹猶如針扎似的，痛得讓人幾乎說不出話來。不僅如此，過了一天，腹痛更是加劇到自己連下床走動都沒有力氣，渾身虛脫得像是要死掉一樣。

因為沒有力氣，她只得向胡皇后告假三日，惹得對方大為不滿。偏偏今兒個還得趁著藥效未過，去東宮見姬無淵，免得讓自己白受了這個罪。

旁邊伺候的巧紅有些搞不清狀況，心疼地攙扶著柳芙。「小姐，您都難受成這樣了，不如改日再去東宮赴宴吧。」

「不行，這次太子說他找到一本前朝大儒的親書孤本，妳也知道我乾爺爺最喜歡收藏這些古書，若我不去，怎好開口討要。」

暗道還好姬無淵送來帖子，不用自己找藉口……柳芙說話間又覺得腹痛難忍，便擺了擺手，示意巧紅不用多言，自己也加快了腳步想要早些到東宮，好坐下來歇歇。

不一會兒，柳芙已經走到了東宮門口，守門的太監看到是她來了，表情和上次完全不同，笑著便迎了上去。「柳小姐，您可來了，太子殿下都託方公公過來問了好幾次呢。」

勉強地笑了笑，柳芙跟著已候在宮門前多時的方公公一路往宮裡而去，並沒有開口說話。

柳芙這樣的情形，看在方公公眼裡，心底很是不爽，還以為她仗著太子看中便小瞧了自己，不由得暗暗詛咒，叫這小妮子將來坐不上太子妃的位置才好。

「芙妹妹，妳來啦！」

一身銀色挑絲的素水紋薄衫，未著朱紅的姬無淵看起來不像是國之儲君，倒像是個風流倜儻的書生，整個人儒雅俊逸了許多。

他遠遠便看到柳芙來了，主動上前三步，將其迎入了花園的涼亭內。「妹妹稍坐，等院判大人為本宮診過脈，本宮便帶妳去書房一觀。」

「太子殿下！」

柳芙行過禮，抬眼果然看到太子身後立著一位白鬍子老頭兒，看樣子清淡平和，慈祥得很，便知這是院判，又主動上前福了福。「柳芙見過院判大人。」

「咦……」這院判捋了捋雪白的長鬚，蹙眉上前虛扶了一下柳芙，轉而向姬無淵行禮道：「殿下，微臣見這位柳小姐面色有異，可否為殿下例行診脈之後，再為其把把脈？」

「大人可是當真？」姬無淵哪裡還會讓太醫先為自己把脈，當即就伸手輕輕挽了柳芙過來，指了指亭內石凳。「芙妹妹，妳先坐下，讓房太醫為妳看看。」

柳芙自然要婉拒一下。「那怎麼敢，房太醫乃院判大人，民女卑微，豈敢煩勞了大人，而且還是在耽誤大人為太子診脈的前提下。」

「這有什麼，本宮不過例行接受房太醫診脈罷了。」姬無淵卻堅持要柳芙過來坐下。

表面上有些不好意思，柳芙露出勉強順從的樣子，剛要過去落坐，卻被房太醫一把給攔住了。「柳小姐且慢，切不可坐這冰涼的石凳！」

第一百四十八章　得來費功夫

坐在墊了厚厚錦緞的石凳上，柳芙只覺得額前和後背都在冒汗，卻不是因為午後的燥熱，而是熱氣蒸騰，讓自己的腹痛更加難忍起來。

隔著一層薄薄的絲絹，房太醫正仔細地為柳芙把著脈，時不時地蹙一下眉頭，略嘆一聲氣，看得一旁的姬無淵心都揪了起來。

終於等房太醫放開了柳芙的細腕，姬無淵趕緊開口問道：「怎麼樣，柳小姐的身體可好？」

房太醫看了看姬無淵，似乎對其焦急的樣子有些意外，但對方身為太子，中意哪個姑娘並非是他應該關心的事兒，便轉而看向了柳芙，直言道：「柳小姐，恕老夫無禮了，您可是正在月信期間？」

聽見房太醫提及這兩個敏感的字眼，姬無淵原本焦急的表情被一抹尷尬所替代，也望向了柳芙，一時間不知該怎樣說話了。

「醫者父母心，芙兒自不會怪房太醫的。」柳芙也微微有些臉紅，房太醫是大夫，自然沒什麼，但當著另一個男子的面，還是太子姬無淵，這樣被問及此類女子隱秘之事頗為尷尬。但太子畢竟是關心自己，於是點了點頭，默認了房太醫的問話。

「這就對了。」房太醫鬆了口氣。「柳小姐此症一般在月信期間隨之發作，腹痛難忍，四肢冰冷，此乃典型的宮寒表徵。還好柳小姐年輕，好好用藥，以補氣血，調養幾年，將來應該能生養無虞。」

「房太醫，你是說，柳小姐這個病若是調理不好，會影響她……」姬無淵沒忍住，還是插嘴過問了起來。「那你趕緊給柳小姐開方子，讓她從現在就開始調理！」

「其實女子婦症，選老母雞，輔以當歸、黨參、功勞木、金櫻根、雞血藤等藥材清燉，長期服用便可逐漸恢復原本的體質。但是……」

說到這兒，房太醫頓了頓，看向柳芙，似是詢問。「柳小姐似乎自從月信來潮就沒有怎麼好生調理身子，所以您的症狀稍微有些棘手。若柳小姐一直待在後宮，老夫可每七日為您把脈開方，可您在後宮只是暫住，恐以後再問診多有不便啊。」

「這倒是！」姬無淵點了點頭。「無緣無故，芙妹妹也不可能隨時入宮來的。而房太醫身為太醫院院判，是不允許給皇室以外的人診脈的……」

「沒關係，太醫您都說了，我這病症其實是很普遍的宮寒之疾，想來民間亦有良醫可治的。我回頭再尋醫問藥便是，就不煩勞房太醫了。」

柳芙從石凳上站了起來，忍著腹痛向房太醫行了一禮。

「不行！」房太醫卻斬釘截鐵地擺了擺手。「柳小姐年紀尚輕，症狀就已經如此嚴重了，若不能由老夫來親自調理，除非……」

說著，房太醫看向了姬無淵。

「除非什麼？」姬無淵示意房太醫直言。

「除非一味良藥，才可解柳小姐後顧之憂，免去長年調理之累！」房太醫說到此，也就不多賣關子了。「西域有一至寶，名曰火龍朱果。但此物十年開花，十年結果，極為稀有，乃西域部落之吉祥物。現存世，僅有一株。每株，也只結果三枚而已。據微臣瞭解，每次結果之後，西域都會陳貢上京，只留一枚給部落酋長食用。所以此物雖然罕貴，太子身為儲君，卻不難為柳小姐尋上一枚的。」

「此物果真如此神奇？」姬無淵表情一鬆，看在柳芙的眼裡，幾乎已經可以肯定他必然存有。

捋了捋長鬚，房太醫肯定地道：「此物乃至陽之精華，功效繁多，男子食之可養精增壽。而女子食之，則可培元固陰，對身體是大有益處，所以用來醫治柳小姐此類婦症絕對是藥到病除。比起多年食膳療法，確實方便有效，也快速很多。」

「那正好，本宮記得東宮秘庫好像存有一枚十年前父皇賞賜的火龍朱果，本宮立即就派人去取來。」

姬無淵沒有半點猶豫，直接一招手，候在不遠處的方公公便走了過來。「太子殿下有何吩咐？」

姬無淵立即吩咐道：「你去秘庫，持本宮權杖將火龍朱果取來。速去速回！」

「等等！」柳芙在一旁聽了這半晌，知道此時應該假意推辭一下，便趕緊開口攔住了方公公。「民女豈敢使用上貢之寶物，還請太子收回成命。」

姬無淵卻只冷冷地瞪向了停步的方公公，對方不敢耽擱，雙手高舉接過姬無淵遞上的權杖。「老奴遵命。」

給了柳芙「妳無須擔心」的眼神，姬無淵又問道：「房太醫，這朱果如何服用，還請說明詳細食用方法。」

「用溫水吞服，生食即可，藥到病除！」房太醫似乎對太子願意割愛很是欣賞，老臉之上浮出一抹醫者慈悲的笑意。

「芙妹妹，等會兒朱果拿來，妳便服下它。」姬無淵也很有幾分興奮，伸手輕輕扶了柳芙又坐回墊了精緻墊子的石凳。「這樣我才能安心。」

「芙兒惶恐，竟能得太子哥哥如此厚待……真是……」看到姬無淵這個樣子，柳芙心中有愧，臉色也益發變得不好了起來，但看在房太醫和姬無淵眼裡，只道是她有病在身而已，反而有種我見猶憐的乖巧樣兒。

「太子此舉，看在微臣眼裡是極為讚賞啊！」房太醫呵呵一笑。「心懷慈悲，不為外物所動，肯施恩於人，不求報，這正是一國儲君該有的風範啊！」

「火龍朱果雖然珍貴，但於我卻無大用。」姬無淵卻十分謙虛，擺擺手道：「若能幫助芙妹妹祛除病痛之苦，是再好不過的了，也算物盡其用，用之有道。」

三人正說著話，方公公已經手捧紅漆錦盒而來。姬無淵當即便將錦盒遞給了柳芙，示意她自行打開。而房太醫更是主動替柳芙斟了一杯溫水，笑咪咪地看著她，只等她當眾服下這朱果。

柳芙手捧錦盒，心裡頭略有激動，只道得來全不費功夫。可面對姬無淵、房太醫，還有方公公的目光，自己想要直接帶走朱果看來是根本不可能的，不由得緊張了起來，一時間失了主意，不知該怎麼辦才好！

第一百四十九章　恰逢巧合事

一陣暖風吹過，柳芙並不覺得熱，反而背心原本就濕了汗，被風一吹，渾身上下都隨之打了個寒顫。

手捧錦盒不知該如何是好，加之腹痛難忍，柳芙抬眼看向姬無淵，還沒來得及反應，竟眼前一黑，暈倒了！

「芙妹妹！」姬無淵眼看柳芙臉色慘白地直接墜地，嚇得衝了過去。「芙妹妹，妳怎麼了！」

不敢耽擱，姬無淵只得橫腰抱起柳芙，對房太醫使了個眼色，連同方公公，三人一起將不省人事的柳芙帶回了東宮寢殿。

「房太醫，她為什麼會突然暈倒，到底怎麼回事兒！」

還未來得及放下懷中人兒，姬無淵已經一路焦急地問了房太醫不下十遍這個問題。

「之前因為暑氣太大，燥熱不汗，加之婦症發作，所以才閉竅暈了過去。」一眼看進了寢殿，太子放下柳芙，房太醫顧不得用絲帕遮擋，直接就把了脈，趕緊回頭道：「還請太子命人拿些冰塊過來，降降房中溫度，再拿些艾葉過來薰蒸著。」

簡單吩咐完這些，房太醫便不再多言，又是掐人中，又是施針的，不一會兒就忙得滿頭大汗了，加上太子在一旁不停的詢問，關切之心甚重，壓力更是不小。

而方公公更是一接到房太醫的吩咐就趕緊親自去張羅冰塊和薰爐過來，一刻也不敢耽擱。

就這樣過了好一會兒，房太醫終於才鬆了口氣。「好了，看臉色和脈象，柳小姐應該等一會兒就能醒來了。」

「房太醫，辛苦你了。」姬無淵聽了太醫的話，也跟著整顆心放了下來，上前一步來到了床榻邊，低首一臉疼惜地看著柳芙。

「院判大人，您過來坐下歇息一下，喝口水吧。」方公公見狀，輕輕開口。「您也累了。」

「老夫無妨。太子，還是先給柳小姐服下朱果才是。」房太醫卻擺了擺手，指著屋中圓桌上的錦盒。「方才因為柳小姐燥氣上湧昏倒，這朱果乃大補之物，不敢立即給她服用。如今柳小姐脈象平穩，恢復正常，趕緊服下，說不定馬上就能醒來。」

「那還不快拿過來。」姬無淵一聽，面露喜色，向方公公招了招手。

等接過錦盒，姬無淵沒有半點猶豫，打開盒子就將一枚顏色嫣紅、飽滿如鮮摘的梨形果實取出在手。「怎樣餵食？」這句話明顯是問的房太醫。

「擠出汁水滴在柳小姐嘴裡便是，果肉不具太大功效，留著等她甦醒後再服下即可。」房太醫一邊說，一邊吩咐方公公。「煩勞方公公過去幫柳小姐扶坐起來點兒，方便汁水流入口中。」

方公公聽了，立即上前挽起袖子，輕手輕腳地將柳芙的後背給撐了起來。

深吸了口氣，姬無淵還有些緊張，一手輕托柳芙的下巴，手指從臉頰處略微用力，讓她粉唇開啟，一手則拿著火龍朱果，輕輕一捏，顏色同樣嫣紅的汁水便順而從破開的果皮縫隙中滴落下來，進入了柳芙的口中。

原本還意識昏沈，只感到渾身上下都在隱隱作痛的柳芙，隨著那朱果果汁滑入口中，頓覺渾身一輕，之前的各種不適也神奇的逐漸隨著呼吸平穩而消散不見。

睜眼，便是姬無淵那張明顯寫滿焦急和憐惜之意的俊顏。柳芙發現自己正被對方輕輕環抱住，俏臉不由發紅，只掙扎著想要自己起身來。

「芙妹妹，妳終於醒了。」姬無淵眼看著面前的人兒水眸微睜，粉頰微紅，終於心裡一顆石頭落了地。「妳先別起來，讓房太醫再為妳把把脈，妳順便好好躺著再休息一會兒才是。」

「芙兒已無大礙了。」柳芙感到原本疼痛難忍的腹部竟全好了，話一說完，立馬心裡就咯噔了一下。「太子哥哥，那朱果……」

「對，我餵妳吃下了朱果的果汁，妳才好起來的。」姬無淵點點頭，知道柳芙問的是什麼，回頭往方公公手上看了一眼。「還剩下果肉，妳等會兒再慢慢食用了，以鞏固藥效才好。」

還好沒全被自己吃掉！

柳芙眼看錦盒中還躺著一顆被捏扁的果實，心下大定。

開玩笑，若是這用來給姬無殤解毒的寶貝落入自己的腹中，柳芙完全能想像出來，等待自己的，或許就是剖腹之刑啊！

姬無殤這一招實在用得太險了，萬一自己真的被迫吃下朱果，那他怎麼辦？

但轉念一想，他會不會是有意這樣做，等自己吃到朱果後就把自己殺了，然後喝血吃肉？想到這兒，柳芙禁不住打了個寒顫，臉色立馬就變白了。

「柳小姐，妳身上尚有些虛弱，肝氣鬱結不散，恐是平日裡傷神憂心太甚，還請豁達以清明神志，才能真正的藥到病除啊！」

一旁上前為柳芙把脈的房太醫開口說完，便起身又寫了個方子，遞給了她。「回頭您叫一個伺候的宮女，帶著方子去太醫院煎藥，連服三日即可。」

「多謝房太醫，小女子感激不盡。」柳芙將藥方摺好，妥善放入了袖兜中，又對著姬無淵道：「太子哥哥，芙兒真的好很多了。在此叨擾已久，還得回去常挽殿。之前南宮小姐與我約好，要一起做繡活的。雖然芙兒這身子不爽利，一時做不了繡活，但卻不好讓南宮小姐白等。還是先告辭了吧！」

說著，柳芙已經從床榻上堅持起來了，顧自穿好繡鞋。「今日之事，還請太子哥哥別讓其他人知曉了才好……」

看著柳芙微微臉紅，嬌羞怯怯的樣子，姬無淵哪裡有不答應的，點頭道：「芙妹妹放心，不但我不會說出去，房太醫也不會告訴其他人的。對嗎？」這一問，卻是轉而面向房太醫的。

「醫患之間，最要緊是保密，老臣自然不會多言半句。」房太醫趕緊表了態。

「芙妹妹，妳真的沒事兒了？」姬無淵不想柳芙太早離開，怕她身子還未恢復，又勸了起來。「若妳怕南宮小姐白等，讓方韓過去知會一聲便可。」

「芙兒可不敢。」柳芙側了側頭，嬌然一笑。「若是如此，在南宮姊姊眼裡看來，豈不是……芙兒真的沒事兒了，太子哥哥您就放心吧。這朱果我就笑納了，回頭，芙兒一定親手製一只香囊，作為回禮贈予太子哥哥，聊表芙兒感激之情。」

言罷，柳芙也不耽擱，施了一禮，隨手將錦盒合上，揣在懷裡便退下告辭了。

第一百五十章　猜度人心難

冷眼瞧著面前打開的錦盒，姬無殤蹙著眉，好半晌才抬眼望向柳芙，唇瓣緊抿，也不說話，只等對方乖乖給自己解釋清楚。

姬無殤已經很久沒有用這樣冰冷的眼神死死盯著自己了，柳芙深吸了口氣，只覺得渾身上下輕飄飄不著地，噙下那股既熟悉又陌生的恐懼感，緩緩吐出幾個字。「這的確是火龍朱果，只不過……」

「只不過什麼？」姬無殤的話音好像一柄不見血的利刃，劃破空氣，直指而來。

柳芙再次深呼吸了一下，這才硬著頭皮把之前在東宮發生的事兒毫無保留地告訴了他。當然，昏迷之中如何被太子餵下朱果的果汁，她選擇了直接跳過，免得再一次戳到姬無殤的痛處。畢竟火龍朱果最有效的乃是汁水，僅剩皮肉，能不能為姬無殤解毒所用，還是個未知數。

聽了柳芙的敘述，姬無殤原本深蹙的眉頭漸漸展開，唇角揚起一抹玩味的笑意來。「也罷，有總比沒有好，本王先將此物拿給陳妙生想辦法配出解藥來。至於妳……實在不行，本王放了妳的血，飲下也能解毒。」

「你……」柳芙被他的話驚得一愣，隨即便看出其實姬無殤只是玩笑罷了，但後背還是驚出了一身細汗，風一過，冰涼冰涼的。「這可不能怪民女，是裕王您出的餿主意。」

「本王哪裡知道太子會如此緊張妳，更不知道妳會暈倒在東宮。」姬無殤可不願意承認這是他自己出謀劃策有了疏忽，只擺擺手道：「算了，這也不怪妳，妳能拿到此物已是不易。」

這下總算是鬆了口氣，柳芙小心翼翼的拍了拍胸口。「民女只希望此物有效才是。」

姬無殤將錦盒收起，隨即又道：「妳好好準備和親的事兒吧，最多一個月，皇后那兒就會有動靜。還有什麼需要交代的，妳列個單子給陳妙生。」

「民女開了間茶樓，在李子胡同那兒，早就和陳掌櫃的說了，請他幫忙看顧一下。至於母親家人那邊，有文爺爺在，民女也不擔心其他的。」柳芙搖搖頭，示意自己沒什麼需要再交代的了，但聽說只一個月的時間，不免心情有些複雜，眼神也隨之暗了下來。

「說不定，不需要三年，本王就能平定內亂，橫掃北疆。」姬無殤看在眼裡，覺得自己這個時候該說些什麼，便道：「到時候，早點兒接妳回京便是。」

「裕王您放心，民女會牢記自己應該做的事情是什麼。」柳芙以為姬無殤在提醒自己北上和親之後密送情報之事，心裡更冷了，臉上表情也冷冷的。

看出了柳芙的誤會，姬無殤卻並未多言什麼，只淡淡一笑。「妳記得就好。此乃雙贏之事，妳在北疆出的力越大，本王就越能早些接妳回京。」

「只是，民女還有個附加條件。」柳芙咬了咬牙，抬眼直視姬無殤，眼底有著一抹倔強。

「妳說便是。」姬無殤顯得有些無所謂，對於柳芙喜歡和自己談條件的行為，好像已經習慣了似的。至於答不答應，卻是自己才能作主的。

「還記得民女要裕王您以長公主之儀仗將我從北疆迎回京城嗎？」柳芙頓了頓。「民女要一個保障，得裕王您親手書寫一封詔書，並提前賜下『裕隆』二字給民女。」

「裕隆？」姬無殤微瞇了瞇眼。「妳真的要此封號？」

「不可以嗎？」柳芙眨了眨眼。

「當然可以。雖然本王的封號裡就有一個『裕』字，但也不衝突什麼。」姬無殤點點頭。「回頭本王便去向父皇請示一下，很快便能給妳。」

「不……」柳芙語氣變得沈緩了幾分。「您沒聽清嗎？民女說的，是您親手寫的詔書，而不是當今皇上所下的詔書。」

「妳！」姬無殤被柳芙的話給震住了，好半晌才悶悶的哼了一聲。「妳真是個膽大的！」

「怎麼？裕王殿下不敢嗎？」柳芙挑了挑那細長如黛的柳葉眉，露出一抹俏色。「民女都敢隻身一人北上和親了，您卻連幾個字都不敢寫？」

當然知道柳芙此舉意欲何為，姬無殤對此女的心思簡直有些佩服了。「妳想以此為憑藉，那倒無所謂，本王寫給妳便是。」

「那就請裕王移步書房，民女在這兒等著你。」柳芙走到浴池邊的矮榻上坐下，顧自斟了杯茶喝，以掩飾自己內心的喜悅。

這法子可是她想了很久的，簡直是一舉數得。一來，有了姬無殤的書面保證，就不怕他將來不顧自己的安危，直接把自己當作棄子給無視。二來，捏著他以帝王身分寫下的詔書，無異於捏著一個時時可以威脅他的大好籌碼，更不怕他會背信棄義，把自己遺忘在北疆。

不過柳芙倒是沒有預料他會答應得如此爽快，本以為會費一番口舌去說服他呢！

「妳不如一邊沐浴一邊等著，別浪費了這一池的春水……」

哪裡看不出柳芙得意的小心思，姬無殤有意留下了這句話，看著她差點兒把茶給噴出來，這才仰頭一笑，從浴室旁邊的密道閃身而出，消失不見了。

第一百五十一章　園中醉拂柳

賜封的皇命已下，後宮非議再多，也只能在暗地裡你來我往罷了，沒法擺上明面，更沒人敢去拂逆天子之意。

一個月之後就要啟程北上，皇后特意命人接了沈氏和文從征入宮，與柳芙見了一面。但也僅僅是見一面罷了，雙方敘敘話，僅此而已。

送走了淚人似的母親，柳芙心揪著的疼，好像無法呼吸一般。還好文從征答應自己會好好照看母親，安慰寬解她，這才讓柳芙稍微沒那麼難受。

而其餘想要入常挽殿的人，柳芙都一律閉門不見，只說需要收拾整理的事宜太多，無暇顧及。

但這些人裡，素妃娘娘卻是柳芙擋不住的。

身著百蝶穿花的夏裳，素妃娘娘看起來人很精神，臉色也紅潤光潔，和剛剝了殼的雞蛋一樣，滑嫩得不像是個三十多歲女人該有的肌膚狀態。

「芙兒，我直接進來了，妳不會見怪吧。」

看著獨自端坐在樹蔭之下的那個人兒，淚痕猶在，卻表情淡漠，素妃不覺有些心疼，趕緊上前去將柳芙的肩頭輕輕攬住。「好孩子，妳要是想哭，就哭出來吧，別憋在心裡，那樣更是難受的。」

柳芙卻拒絕了素妃的好意，側開身子，起來福了一禮。「見過素妃娘娘，多謝娘娘關心，芙兒沒事的。只覺得疲倦罷了，所以讓小常貴他們關上宮門謝客。」

「我知道妳母親和文爺爺剛走，妳這失魂落魄的樣兒，若是教他們瞧見，豈不更擔心？」素妃知道柳芙是個倔強的，也不為難，繼續用關切的語氣輕聲道：「妳如今被封為公主，那些閒雜人等是可以不理。但等會兒皇后在御花園為妳操辦的宴席，妳卻不能就這樣過去了。我專程來勸妳，卻是為了這個！」

抬眼看著素妃，那關切的樣子不像是假意，柳芙臉色稍微緩和了些，淡淡地笑了笑。「還是娘娘提點得對。如今我被封為公主，最得意高興的人，恐怕就是那邊宮裡的幾位了。我越是黯然神傷，她們越是會興高采烈。我若失禮失儀於御前，她們更能抓住機會奚落於我，讓我這個名不正言不順的和親公主成為京中笑柄……」

說到這兒，柳芙臉上流露出一抹決然的表情，那表情中，竟隱隱透出和姬無殤相同的冷意來。看得一旁的素妃也不禁蹙了蹙眉，心底只存留了無限的嘆息，卻別無他言可說。

大紅的芍藥團花錦繡幅裙，外罩素紋粉紫的薄紗小坎肩，一頭秀髮高高綰起，髻上斜插了一對碧玉流雲簪，耳墜上那蓮子大的東珠晃晃悠悠，襯得徐徐而來的柳芙宛若天宮貴女，氣質嫻雅，比起真正的一眾公主也不遑多讓。

「瞧瞧，人靠衣裝，尚恩公主這麼一打扮，果然有了幾分氣派。」

御花園中，座席熱鬧，胡皇后坐在皇帝身邊，看著步步而近的柳芙，忍不住開口稱讚了起來。

「不是幾分，是十分的氣派啊！」皇帝姬奉天也看到了柳芙，眼底的驚豔之色也是濃得毫不掩飾。「皇后挑的公主，果然眼光卓越，讓朕也放心了。」

「這也是上天庇佑我大周，賜了這樣一位美人兒下凡來。」胡皇后笑得很是燦爛。「只盼著尚恩公主北上之後，我朝和北疆之間能從此平安無虞才好。」

「芙妹妹……」首座旁邊，太子目光殷切，表情黯然。「真是委屈妳了。」

「能為天家分憂，這也是芙兒的福分。」柳芙臉色平靜，素顏如玉，一舉一動、一言一行皆沈穩若安，毫無一丁半點和親公主的忐忑和惶恐，這讓等著看其笑話的柳嫻等人很是有些灰心，也讓原本心底還存留著一絲希望的姬無淵失去了這最後抗爭的衝動。

「尚恩公主請上座。」

素妃娘娘從皇帝身邊起來，走到臺階前，親自將其扶上了首席，安置在皇帝的右側，緊鄰一言不發的姬無殤。

而下頭的柳嫻眼看死對頭如今風光招搖，雖然知道她不過是強弩之末罷了，卻還是心裡頭狠狠地嫉妒了一把。更別提太子那惜花如斯的眼神了，那樣的赤裸裸，分明就是想納柳芙為妃不成，後悔莫及的樣子。

只有敏慧郡主，看著柳芙強顏歡笑，心裡很是愧疚。因為她知道，柳芙被封為公主北上和親，是自己母親和皇后的主意，為的，不過是想要保留太子妃的位置給胡家的女兒罷了。

為了一己之私，犧牲柳芙未來的幸福，敏慧郡主垂下頭，卻是不想再摻和進去那樣的陰謀之中。

初夏的光景甚是可人，大家吃酒說話，賞花作詩，氣氛倒也熱鬧。雖然對於首席上那一枝獨秀，各人心思不同，但當著皇帝、皇后的面，也得和和樂樂的。

姬無殤離得柳芙極近，卻沒有主動與其說話，只一個人喝著酒，不知是何心思。柳芙倒是需得強裝笑顏，和輪番上來敬酒的人應酬，不一會兒，臉上便紅霞滿布了，看起來猶若熟透的桃兒一般。

坐在對面的姬無淵看在眼裡，心疼不已，卻也只得忍了想要向父皇討了柳芙的心思。花氣襲人，酒香也就格外醉人了。

柳芙飲了這好幾盅御製的桃花汾酒，只覺得頭重腳輕，整個身子也跟著飄飄然起來，不由得托腮，側身倚在了面前的橫桌上。

幸而今日宴席乃席地而坐，柳芙藉著支撐，勉強沒有露出窘態，但一旁離得十分近的姬無殤卻察覺了柳芙的醉意，側眼瞧過去，只覺得從未見過她有如此放鬆的一面，不由目光流連了起來。

粉腮桃面，柔若柳枝，柳芙以手托腮，露出半截白滑如藕的腕子，偏更映得一張臉猶若盛開的桃花兒，嬌豔欲滴，粉嫩如霞……

「咦，臣妾怎麼看尚恩公主是有些醉了呢？」素妃伺候皇上飲酒布菜，自然也關注著一旁的柳芙。「罷了罷了，還請皇上開恩，讓公主回常挽殿更衣後再過來繼續飲宴吧。」

「也好，素妃，妳就親自送尚恩公主回宮一趟吧。」皇帝點點頭，看著柳芙的樣子，倒覺此女心境豁達爽朗之餘，未免也有借酒澆愁的意味。有素妃這樣知心的人幫著勸解一下，總能更好些，便應允了。

第一百五十二章　賜婚南宮氏

有素妃親自護送，其餘還留在御花園賞花飲宴的閨秀們，都只得眼巴巴地看著柳芙先行離去。

素妃和柳芙走了沒多遠，姬無殤也突然從座位上起身來，朝皇帝行禮道：「稟父皇，兒臣想起影閣那邊還有些事情沒有交代完，等會兒常勝會過來回事兒，這裡，也不能久陪了。」

「去吧，追上素妃，她一個人照料尚恩公主恐有不便，正好你住在玉挽宮，順路幫把手也好。」姬奉天微瞇了瞇眼，故意說了這句話之後再仔細分辨兒子的表情。

姬無殤卻表情如常地向胡皇后以及太子分別行了一禮，這才直接退下了。

不過皇帝卻眼尖地瞧出，自己這個兒子走的腳步似乎比平日裡快了那麼幾分，不覺唇角微翹。「這小子！」

「皇上，裕王這些日子住在後宮裡頭，內務府每日要增派人手打理玉挽宮的分例不說，內宮侍衛也得輪流增派人手巡視。裕王不比太子，久住內宮始終還是不便的。」

胡皇后看著自己丈夫和小兒子的對話表情，心裡頭也是貓抓似的，想知道他們到底打什麼謎語，便淡淡地開了口，意欲將姬無殤快些趕出去。畢竟從小這個兒子就和自己不親，每每看著，還有種毛骨悚然的古怪感覺。而且有他在後宮，太子便無法單獨御前邀寵，失了許多先機。

「對了，皇后不是說還想在閨秀中挑一位賜給太子為妃嗎？」姬奉天哪裡看不出胡皇后的小心思，卻一言便轉了話頭。「今日大家齊聚一堂，豈不正好是個機會！太子，你中意哪位閨秀，不如把話挑明了，朕當場便給你指婚，可好？」

若是皇帝這句話早個幾日說出口，姬無淵或許會高興地直接告訴他自己中意的女子乃柳芙，求其賜婚。

可如今，佳人猶在，卻已非自己可以染指，姬無淵臉色雖然並無太大的異動，卻只能起身來，露出了酸澀無奈的笑容掩蓋內心真實所想。「父皇母后皆是慧眼之人，比起兒臣淺薄見識，自然更能挑選出一位賢德兼備的女子為兒臣之妃。所以，兒臣一切聽從父母之命！」

下面的閨秀聽到這兒，心裡頭已經按捺不住激動了。

想了那麼久、盼了那麼久的一刻，看樣子似乎就要來臨。一朝若是被皇帝皇后選中為太子妃，將來便是一人之下萬人之上，這大周皇朝中最為尊貴的女人了。之前，大家還礙著有柳芙的存在，覺得妃位無望，如今，那礙眼的已經被支開，機會，也是大大的有了。

皇后卻撇了撇嘴，廣袖一揮。「你們且聽清楚了，既然皇上開了口，那本宮也不妨把話說清楚。」

「哦，皇后已經有了主意？且說出來，讓朕，也讓一眾客人們都聽聽吧。」姬奉天捋了捋鬍鬚，話裡似乎有些調侃的意味。

胡皇后明白皇帝的心思，知道自己必然會點出胡家的女兒出來給太子為妃，所以挑了挑眉，語氣婉轉道：「經過這些日子的調教，臣妾倒是覺得有一位閨秀，德行賢淑，溫婉和悅，人長得也是十二位閨秀裡頭極為出挑的，既然皇上提及，那臣妾便點了出來，看皇上和太子滿不滿意。」

「母后……」姬無淵似乎早就知道母親的決定了，臉色有些淡淡的尷尬和不喜。畢竟他心儀的女子已然迎娶無望，一時間要自己接受另一個女子為妻，著實過不了心裡那個坎兒。

「太子也別害羞，你且看看母后為你挑的人是誰再說好了。」胡皇后和顏悅色地朝姬無淵點點頭，示意他稍安勿躁。

「那皇后就快些公布妳的心儀人選吧！」皇帝看著太子，目光微閃，似乎有些不忍，又似乎有些嫌棄，那眼神很是複雜，只是別人看不出來罷了。

胡皇后笑著掃過一眾閨秀，自然也將大家殷殷目光看得一清二楚。特別是柳嫻，那種躍躍欲試，巴不得自己被選上的表情實在是太過明顯。

當目光停在南宮珥身上時，胡皇后起了身，往前兩步來到首席的臺階邊，右手微微揚起。「南宮氏，妳且上前來吧。」

胡皇后話音一落，閨秀們都愣了一愣。雖然機會是十一分之一，但幾乎所有人都覺得柳嫻會被選中。畢竟胡家除了她這個外孫女兒，就只剩下敏慧郡主。但敏慧郡主已心有所屬，自然胡家唯一可能入宮為太子妃的便是柳嫻一人了。

可胡皇后卻突然喊出了南宮珥的名字，這怎能不叫人吃了一驚呢！

包括姬奉天在內，同樣吃驚不小。「皇后，妳中意的閨秀原來是南宮小姐！」

「怎麼，皇上覺得意外嗎？」胡皇后將皇帝的表情收入眼中，心裡冷冷一笑，暗想著從皇帝近來的舉動，她還會不明白嗎？為了自保及胡家的將來，也只好重新謀劃安排了；但表面上卻和顏悅色至極。「南宮小姐無論是出身，還是容貌性情，皆為一品。在眾位閨秀中更是出眾。臣妾看中她，也不是一天、兩天的事兒了。正好皇上今日問起，才大著膽子說了出來。」

「母后，您……」這下，連太子本人也意外了。一直以來，胡皇后都耳提面命，要他納娶胡家的女子為妃。原因很簡單，除了胡家對自己的支持外，胡家女兒也一直是皇后的不二人選。自己納的太子妃，將來便是皇后，所以基本上自己並無太多選擇，只能從敏慧和柳嫻二人中擇其一。即便這二人都並非姓胡，但沒辦法，胡家適齡待嫁的女兒裡頭，勉強也只有這兩人流著胡家的血脈了。除了太子妃，其他良娣、孺子倒是可隨意挑選，不受限制。

「太子，你不喜歡南宮小姐嗎？」胡皇后笑意深沈，對姬無淵點了點頭，那意味很明顯，就是要他乘機主動向皇帝請求賜婚。

「兒臣……」姬無淵只是愣了半晌，已然明白了過來。面對自己的母后，他基本上沒有任何可能說一個「不」字，只得緩緩的點了點頭，直接走到了皇帝的面前。「兒臣請父皇賜南宮小姐給兒臣為妃！」

「臣女……」南宮玥在下首立著，桃腮緋紅，是又嬌又羞。對於太子，她並無太大的好感，但能被他當眾請求賜婚，作為少女，哪裡會不懷這麼一點兒春呢？即便是她平日裡爽利開朗慣了，也忍不住垂下了驕傲的頭，羞得雙手交握，不知該怎麼辦才好。

第一百五十三章　借酒沈馨香

後宮庭院各處花開正好，奼紫嫣紅，爭奇鬥豔，卻美不過假山後芍藥園中醉臥斜倚的那一個美人兒。

素妃剛剛將柳芙帶出御花園，便徑直走入了這緊鄰的芍藥園中，吩咐私下伺候的宮人且去回稟，只說得先讓柳小姐醒醒酒，才能繼續行走，回到常挽殿。

立在假山邊上，素妃往外打量著什麼，眼見一個熟悉的身影步步而近，這才得意兼放鬆地一笑，閃身而出。「當你不來呢，可算是等著了。」

「素妃娘娘！」姬無殤停住腳步，往素妃那邊看了過去，臉上浮起一抹笑意，竟是異常的自如、柔和。

「去吧，她在芍藥園裡醒酒，想是還得昏昏地睡一會兒。我可拖不動那樣一個醉人兒，你先帶她回常挽殿去，再說其他的。」素妃看向姬無殤的目光也充滿了溫暖，甚至，還帶了幾分慈祥。

兩人說話間的語氣神態，竟與人前謹守禮數的模樣完全相悖！

「那我便先帶她回去，這邊，還請娘娘幫忙打點。」姬無殤也不客氣，說完這句話，便直接繞過素妃，往芍藥園裡而去。

看著姬無殤那步履匆匆的樣子，素妃掩口笑了笑，笑過之後，卻是表情逐漸凝重，隨即甩頭嘆氣了起來。

若是沒有那些所謂的羈絆，這兩人該是很好的一對吧！只可惜，造化弄人，他們注定也只是有緣無分罷了。若是將來有可能，希望這段緣分還能再續吧……

想到此，素妃也沒有再停留原地，只召回了身旁伺候的宮女，說柳芙已經醒酒自行回了常挽殿，便直接折返回了御花園。

園中芍藥花開好，更無凡木來爭春。可如今滿園的妍色，也抵不過斜倚在玉石矮榻上，那一抹柔軟嬌豔好比花仙落凡塵的美然之態。

桃腮緋紅若燦霞，一點朱唇如丹砂，柳芙醉態雖然不甚明顯，但睡意襲來，那毫無防備的模樣，那眉眼舒緩沒有半分深沈的放鬆狀態，卻是姬無殤從未曾在她身上看到過的。

或許是這一天終於來臨，她才卸下了周身的緊繃，露出這般釋然和放鬆的姿態吧！姬無殤看在眼裡，不禁如此想了起來。

緩步輕行，彷彿怕擾了園中人兒的清夢，姬無殤漸漸靠近了柳芙所倚的漢白玉矮榻。伸手間便可觸碰，姬無殤卻停住了腳步，低首，就著一縷金燦燦的夕陽，將目光落在了柳芙的身上。

輕微的鼻鼾之聲讓姬無殤忍不住翹起了唇角，一抹笑意隱隱而現在那如冰的俊顏之上。

也不知是否聽見了這一聲呢喃似的耳語，柳芙輕哼了一聲，肩膀一鬆，竟是想要在這窄窄的玉石榻上翻身……

還好姬無殤就站在她的面前，眼明手快，看到她細腰一扭，快要隔空下落的那一瞬間，伸手將其完好無損地直接攔腰橫抱，入了個滿懷！

「妳還真是睡得熟！」只覺得柳芙身子益發柔軟，也比之前抱著輕了幾分，姬無殤不由得又低聲自言自語。「柔若無骨，輕如鴻毛，說的就是妳這樣的丫頭吧！真是瘦得讓人不舒服……」

說話間，柳芙竟主動往姬無殤的懷裡鑽了鑽，像極了嬰兒尋母，臉上的表情也安逸中帶著一絲甜蜜溫馨的感覺。

心底一悸動，姬無殤只怪這滿園的芍藥香味太過濃烈，弄得自己頭暈目眩了起來，直接一咬牙讓自己清醒，懷抱柳芙，飛身縱起，竟在後宮之中用起了「飛雲掠鶴」的輕功，往常挽殿方向而去。

知道柳芙這副樣子暫時回不得她自己的寢殿，便直接掠過常挽殿，往自己所居的玉挽宮而去。想著兩殿相通，到時候從浴室將柳芙送回去，她更衣之後再出來，自己送她回御花園便成，也不會有人發現的。畢竟今日御花園大宴，後宮幾乎所有的人都聚往那處，常挽殿這邊本就人煙稀少，這個時候就更沒有人會撞見什麼了。

腦中飛快地自我勸慰，姬無殤腳下也不停，只幾個呼吸間，就已經將柳芙直接帶回了玉挽宮。

吩咐常勝和影衛看好周圍是否有閒雜人等靠近，姬無殤直接在侍衛們驚訝的目光中抱著柳芙進入了他所居住的屋中。

身後一個挑腳，姬無殤便關上了屋門，徑直將柳芙放到了自己平時睡覺的床榻之上。想了想，又擰了一張微濕的毛巾，直接放在她的額上敷著。

身上的熱氣隨著前額的一抹冰涼觸感，逐漸消散而去，柳芙也慢慢地從半夢半醒的醉態中清醒了過來。

睜開眼，卻並沒有真正去看，柳芙鼻息間只覺得有一股濃濃的熟悉味道縈繞不斷……突然記起了這股味道，柳芙猛地從床上坐起身，一抬眼，便與姬無殤的目光毫無預兆地碰到了一起。

「我怎麼會在你的屋子裡！」驚慌失措間，柳芙已經忘記了自稱民女，也忘記了尊稱姬無殤為裕王。

但姬無殤卻並未介懷，只細細盯著突然醒過來的柳芙。「妳怎麼知道此處是本王的屋子？」

「因為這味道。」柳芙雖然醒了，但酒意並未完全消退，心底那種無端的放鬆也讓自己暫時放下了警惕，直接回答了對方的提問。

「噢，什麼味道？」挑了挑眉，姬無殤倒是露出感興趣的模樣。

「你的味道。」柳芙隨即一笑，笑容裡有著些許的放肆，還有著些許說不清道不明的意味在裡面。「霸道，張狂，辛辣……讓人夠嗆！」

面對著柳芙一張豔若桃李、媚若盈水的嬌顏，姬無殤禁不住往前又靠了靠。「妳就這樣看本王的？」

歪著頭，柳芙不知道殘存的酒意讓自己忘卻了眼前之人的身分，還是這樣彼此無間隙的靠近抽走了所有的空氣讓自己無法清醒，只柔柔地啟唇，吐氣若蘭，語氣入骨的酥軟。「不好嗎？至少是不臭的！那樣獨特的味道，讓人難以接近，卻更加難以忘卻……」

第一百五十四章　糾葛剪不斷

散落一地的衣衫，那明豔的紅和旖旎的紫交織著，融合芍藥花殘留的獨特濃香，將白日裡的清明光亮全化作了醉人的曖昧。

耳邊低沈的喘息，鼻間的一呼一吸都糾纏著彼此的滋味，這讓原本已有些酒意的柳芙益發眩暈和無法自持起來，只任由姬無殤緊緊地抱著自己，那滾燙的吻一路從頸間而下，一點一點地落在了心間。

這是自己所願的嗎？臨走之前，以這樣的方式讓他記得自己？還是一時情緒的宣洩，想要放縱一次，以免將來的路沒辦法再走下去？

思緒至此，柳芙猛地醒過了神，之前所有的迷惘和沈淪都變得可笑起來，於是也不多說什麼，只反手將姬無殤一下子給推開了。

對於已經情慾勃發的男子來說，半路突然停住是最要命的。可姬無殤好歹也是異於常人，眼見柳芙臉色中閃過哪怕有一絲半點的猶豫，也足夠讓他瞬間冷靜下來。

「怎麼……妳若不願意，為何一開始要主動……」姬無殤的聲音低啞得可怕，更別提語氣裡所蘊含的質疑，是那樣的冰冷刺骨，將床幃之間原本殘留的半點旖旎驅散得一乾二淨。

整理著胸前僅剩的一抹肚兜，柳芙勉強維持著正常的模樣，抬眼，看向居高臨下的姬無殤。「我們這樣算什麼？還請裕王給民女一個交代。」

眼前的柳芙雙頰緋紅未褪，那裸露的肩頸肌膚更是一片淡淡粉紅的光澤，甚至一路從耳邊散落下來直到胸口的吻痕都那樣的明顯，刺得姬無殤心底生疼。可驕傲卻讓他無法說出半句好話。「自然什麼也不算，這是妳主動向本王投懷送抱的。妳若不願，那本王放妳走就是。」

話音未落，姬無殤已經翻身下床，那精壯的肩背肌肉彷彿緊繃著，即便是背影，也能讓人看出他正狠狠地壓抑著那屬於男人的特殊情緒。

來不及去細想對方的感受，柳芙趕緊將床邊散落的衣衫撿起來，胡亂的穿上。等撩開簾子下床來，發覺姬無殤已經不見了蹤影。

雖然掩不住心底那一陣陣空落落的感覺，但柳芙還是鬆了一口氣。

兩人如此情形，多相處下去只會更加的尷尬，不如不見的好。而姬無殤也有意讓人清空了整個玉挽宮，柳芙從他的寢殿內步行出來，直至回到常挽殿都沒有被任何一個人看到。

換過一身新衣，柳芙又重新施了粉黛，掩住雙頰上還未褪去的潮紅，再次返回了御花園中為她這個「和親公主」所舉行的宴會。

「尚恩公主這一身流雲瀉彩的衣裳真是好看呢。」

見柳芙回到席間，眾位閨秀都齊齊起身迎接，其中不少人更是主動開口稱讚起她的穿著來。

「不覺得熱嗎，這樣的天，還穿著交領的衫子！」因得胡皇后欽點了南宮珥為太子妃，柳嫻正在氣頭上，見柳芙臉色紅潤，神情倨傲，不由得又冷言冷語起來。

對於柳嫻的挑釁，柳芙也早已習慣，只淡淡一笑，並不做任何反應。只是抬眼看到南宮珥竟坐在首席之上，緊鄰自己的位置，心底便起了疑。

提步而上，柳芙先是向皇帝和皇后行了禮，這才回到位子坐下，正好一旁的南宮珥對上了自己，露出既興奮，又包含了幾分羞澀的笑容。

「南宮姊姊，妳……」柳芙不但不傻，更是聰明過人，眼看如此情形，再望向對面悶頭飲酒、連自己回來了也沒有抬過一次頭的姬無淵，心下已經幾分了然。「恭喜姊姊了！」

「咦，尚恩公主難道早就知道？」南宮珥也是個聰明的，可現在好事突至，仍在興奮狀態中，便迷糊了不少。

「南宮姊姊端坐首席次位，與太子殿下正好相對。」柳芙卻笑笑，解釋道：「加上這席間的氣氛很有些熱烈，要猜中也不算太難。」

姬無淵此時腦子裡還暈乎乎的，聽見柳芙清脆婉轉的聲音入耳，忍不住抬頭望向了對面。

那桃花似的粉腮，那杏般的水眸，那柔軟如楊柳枝的腰身……雖然南宮珥也極美，可與柳芙並排而列，怎麼看，姬無淵怎麼覺得差了不止一丁半點兒，心裡的懊悔也就益發的深重起來。

可一切的一切都已經塵埃落定，他還能再幻想些什麼呢！不過是過眼雲煙罷了……

「兒臣不勝酒力，只能提前退下，還請父皇母后見諒！」雖然已經接受了現實，但並不表示姬無淵能坦然地面對柳芙，藉著酒意，他起身來，朝著上首的皇帝和皇后行了禮，竟直接就那樣踱步離開了，甚至沒有看到胡皇后正想要止住他的抬手動作。

自己這個兒子，不過只能耍一下小性子罷了，胡皇后於是順水推舟，吩咐道：「南宮小姐，妳如今也是皇上親口賜封的準媳婦兒了，太子深醉，妳且去幫忙照拂一下，確定無事再回來稟報本宮。」

「兒臣這就去。」南宮珥性子素來俐落大方，未來婆婆都開了口，她豈有不去的理，也趕緊從位子上起身，行了禮便追太子而去了。

沒了太子和裕王，下頭的閨秀們也歇了爭奇鬥豔的心思，一時間御花園中的氣氛倒比之前的風雲暗湧平靜了許多。

柳芙藉著機會，看向了一直不言語的素妃，笑道：「娘娘，之前多謝您親自送我回宮更衣。」

素妃臉上表情有些古怪，似乎在仔細打量著柳芙揣摩她話中之意，只隨意擺擺手。「沒什麼，不過舉手之勞罷了，尚恩公主不必掛懷。」

將素妃的反應盡收眼底，柳芙已經有了自己想要的答案。多半，是這素妃和姬無殤之間有著什麼特殊的關係，否則，她怎麼可能安心地讓姬無殤單獨帶走自己？更何況當時自己還醉得有些不省人事！

不過這些猜測也沒什麼意義了。自己和姬無殤之間，有的，只能是交易，只能是利用和被利用的關係。無論兩人心裡的真實感覺到底為何，表面上，能維繫的身分也只能是如此了。

幸而今日之後，自己便要準備啟程北上，那些剪不斷理還亂的所有關係，都留在京城吧……

第一百五十五章　纏綿卻是空

這一次和前生不同，原本該翻了年的春天才會被送上北路，可柳芙卻頂著炎炎夏日就得收拾行裝，出發在即。

常挽殿經歷了幾番迎來送往，臨近人去樓空，訪客也少了，出奇的安靜。就連和柳芙合得來的南宮珥，因為被賜了明年婚配太子，早早也被母家接回去待嫁準備一應嫁妝了。這宮裡，就更加沒有能說得上兩句話的人。柳嫻更是無暇顧及柳芙這個即將被推入「火坑」的對頭，一門心思只想著怎樣討好胡皇后，至少能被指給太子做一名良娣，將來再圖皇后寶座也不遲。

素妃倒是每日遣人送來一些北上所需的用度。柳芙心下介懷當日醉後與姬無殤單獨相處之事，便也不主動求見，只收了東西，簡單幾句謝意算作回禮。

太子姬無淵倒是兩次三番讓身邊的方公公過來相請，但柳芙卻一應婉拒。明著只說奉命北上，得抓緊時日收拾東西準備出發。暗著，讓方公公交代了一句話給太子——

「臨水出綠柳隨風，江河湖海與雨逢，自古游魚棲於水，一絲緣線牽其中。」

方公公是個明白人，知道柳芙是為了太子好，便仔細背下這幾句話回去覆命了。

柳芙不知道姬無淵是否能聽懂自己這句話裡的意思，兩人有緣無分，至此，也應該有所了結了。

若不能，三年後再見，豈不更加尷尬不明。特別是他還要娶南宮珥為妻，對方乃自己在宮裡唯一相交之友，於情理於世故，自己和太子之間也不能再有任何交集瓜葛了。

至於姬無殤……

柳芙總覺得入夜成眠之後，耳畔會響起濃重的呼吸聲，就像那一日兩人纏綿在床榻之上相同的感覺，可一睜眼，除了夜風拂過，窗戶半開之外，也就只有月下自己的影子相映相對了。

到了第二天，柳芙讓小常貴去內務府領一些安魂香，果然睡得好些。但到了天亮，那鼻息間殘留的一抹熟悉氣息，還是讓自己心旌搖曳，無法靜下來。

或許，是自己心底掛念而不知？還是走之前若不再見一面，會抱憾？

搖搖頭，柳芙扭頭看向了沐浴間的方向，伸手拿起床邊的白絲袍罩在了中衣上，翻身下床來。

可剛走到門口，還未推門，柳芙又猶豫了。

夜半三更，自己這樣去見他算是什麼？萬一被他誤會是自己主動索愛求歡，豈不更是剪不斷理還亂！

想到此，直接轉身，柳芙一把扯開了肩頭的絲袍，又回到了床榻上，將薄被拉過來蓋住頭，強迫自己什麼都不要再想。

讓柳芙沒想到的是，此時此刻，她寢屋的窗外，正立著一個人影，不是別人，正是一身黑衣勁裝的姬無殤。

月影之下，姬無殤的臉色很是緊繃，聽見屋中沒了動靜，才露出鬆了口氣的樣子。

這樣深夜過來看她，姬無殤記得，已是第三天了。他不是沒有理智，而是理智被某種心底的蠢蠢欲動和欲罷不能所淹沒，只想靠近她，汲取她的馨香，來填滿心底的空虛罷了。

手心緊握，姬無殤運功，能將柳芙寢屋裡的動靜聽得一清二楚，確定她已經傳出了淺淺且均勻的呼吸，這才一提氣，縱身消失在夜色之中。

只是這一切，柳芙無從得知。

半個月之後，進入了七月。因七月半為鬼節，所以柳芙必須在十日之內出發北上。正好皇后那邊來了旨意，說北疆大金國前來迎親的禮臣已到，皇帝設宴宴請，讓柳芙準備一下，晚上一併赴宴。

梳了雲髻，化了桃花妝，柳芙還得被迫穿上大紅繡桃花朵朵枝頭俏的公主吉服。

不過饒是如此隆重的打扮，卻益發顯出柳芙原本清麗的氣質來，更別提那白若皎月、瑩若美玉的肌膚，在大紅吉服的映襯下，幾乎讓人不敢直視，唯恐褻瀆。

步步而進，御花園旁的紫蓉殿還是那樣奢而不靡，處處透著盛夏傍晚的鮮甜之氣。柳芙環顧四周，除了姬家兄弟之外，首席之上還有一個人頗為顯眼。

此人身形高壯，偉岸若山，偏那眉眼卻露出一股沈穩冷斂之氣，讓人辨不清他到底是喜是怒，是何種情緒在流露。

「律王子，咱們的尚恩公主來了，讓她先給您見個禮吧。」

說話的是胡皇后，見到柳芙已經入殿，直接擺了擺手示意她不用行禮，只遙對著那男子的方向點了點頭。

柳芙當然知道這是胡皇后為討好那個「律王子」所做出的惺惺之態，但自己也只能服從，便略頷首，提步登上首席，施施然朝那男子福禮下去。「尚恩見過……」

「公主要嫁的是國主，也就是本王子的父親，應該由我先行禮才是。且稱呼上，喚我一聲律兒便是了！」

那男子一開口，竟是一口標準的中原口音，再聽語氣，竟也同樣謙恭有禮，這讓柳芙不由得抬眼向其望去。

一雙冰藍的美瞳映入眼簾，柳芙壓住心頭的訝異。她知道北疆為異族，大金國便是北疆最大的部落國家，其皇族複姓完顏。而此人自稱「律兒」，那他的全名應該就是完顏律了。他雙瞳幽藍，氣質穩健，竟和自己想像中那茹毛飲血的蠻人毫無一致之處，不由得宛然一笑。「王子客氣，未嫁便是未嫁，還是應該給王子行禮的，更加不敢隨意稱呼王子尊名。」

「公主絕色，若父王得見，一定會很喜歡的。」微瞇了瞇眼，完顏律卻露出了一抹深沈的笑意。將柳芙上下打量著，那眼神，就像要穿透她的身體直達其內心似的，看得柳芙渾身一顫，不由得生出一抹只有面對露出本性的姬無殤時才會有的恐懼來。

第一百五十六章　十足有默契

完顏律一席話，雖然語氣恭敬，可話中內容卻大膽露骨至極，惹得紫蓉殿內在座陪席的賓客俱是一愣。

首席之上的皇帝原本就冷著臉，一聽這話，眉頭深蹙，正要發作，卻被旁邊的胡皇后搶了先——

「律王子說話真是爽快，和咱們中原人果然是不一樣的呢！」

「你們中原人說話又是如何呢？」完顏律笑裡閃過一抹輕蔑，旁人不易察覺，離得最近的柳芙和一旁的太子姬無淵卻是看得清清楚楚。

完顏律看不起胡皇后和她口裡的「中原」，柳芙倒覺得無所謂，但姬無淵卻難以忍受，當即就起身來，手中把著一壺酒。

「素聞北人善飲，既然律王子是個爽快之人，不如先乾了這一杯酒，咱們再繼續說話吧！」說著，姬無淵將酒壺遞與身邊伺候的宮女，示意他給完顏律斟酒。

「喝酒倒是簡單之至，但有酒無樂，豈是中原宴席之禮？」完顏律倒是樂呵呵地點了點頭，終於從柳芙的位子前走開，回到了自己的席位。

「司樂坊的舞姬們早有準備，律王子且坐，邊飲酒邊欣賞歌舞吧！」胡皇后瞪了太子一眼，似是警告他的態度，隨即雙手一拍，「啪啪」兩聲之後，身著輕紗薄裙的舞姬們便從紫蓉殿兩邊的屏風魚貫而入。

樂音悠揚，舞姿曼妙，可首席之上的氣氛並未見任何鬆懈，除了一直沈默的姬無殤和淡漠不語的皇帝之外，胡皇后的殷勤和姬無淵的不善，卻一直在你來我往觥籌交錯中不曾停歇。

倒是柳芙這位今日的半個主角，似乎被人遺忘了，一時間也垂首靜默，眼神往下，似是在欣賞歌舞，心思卻漸漸飄遠了——胡皇后生怕得罪這個完顏律，讓人有些不解。自己乃皇帝親自賜婚，事已成定局，是不可能更改的。她身為皇后，本不需要如此曲意奉承，除非……

胡皇后或許和完顏律達成了某種交易，這交易或許涉及大周皇朝的國運，得利者便是胡家，或者是將來會即位的太子。但胡皇后和胡家真有這樣的膽子，敢與虎謀皮？

正疑惑不解間，柳芙感覺到了姬無殤投過來的目光。他眼神往外指了指，似乎暗示自己找個機會從此處暫時離開，要單獨和自己說話。

於是手捏酒盞，柳芙腕上一抖，便輕聲叫了起來。「唉呀，真是對不起，這個舞實在精彩，看得我忘了分寸，只有先告辭一會兒了！」

說著，柳芙面帶歉意地朝著皇帝和皇后的位置行了一禮，倒也禮數周全地向完顏律也福了福身算是告辭，這便拖著沾染了酒液的裙襬悄然從側殿的後門退下了。

立在御花園的芍藥園，柳芙記憶從模糊逐漸變得清晰起來，正想著上次醉酒原本是素妃送她回宮，後來卻變成與姬無殤獨處之事，對方卻已經緊隨其後出現在了園中。

「裕王……」柳芙迎上前去。「上頭的人沒有起疑吧？」

明白柳芙的意思，姬無殤搖了搖頭。「無妨，這個妳不用擔心。」

柳芙也不拐彎抹角。「怎麼樣，裕王覺得胡皇后是否與那完顏律有著特殊的關係？」

姬無殤卻不忙著表態，只反問道：「妳是怎麼看出來的？」

「完顏律此人表面恭敬有禮，但桀驁不馴至極，偏生胡皇后每每說話都護著他，他也賣給其面子。若無私交，哪來如此默契！」柳芙直言心中所想，倒也沒有太多顧忌。

「本王也有同感。」聽得柳芙一言，姬無殤覺得頗為一語中的之意。「本王懷疑，胡家背後與北蠻達成了某種協定，想要由內而外顛覆大周皇朝的根基！」

「他們這麼大膽。」柳芙話語雖然驚訝，語氣卻平靜得很，引得姬無殤蹙了蹙眉。

「謀逆之罪，若無半分膽量，誰敢輕易犯下！」

很顯然，姬無殤也沒有料到胡家會行此險招。畢竟對於大周皇朝來說，內憂外患本就是一個頭疼的問題。若內外再一勾結，到時候情形只會更加複雜難解。

「我知道，北上之後，我會注意完顏律此人的。」柳芙看著姬無殤眉頭深蹙的樣子，知道他即將面臨的險惡或許不亞於北上和親的自己，頓時心裡竟有種豁然開朗的感覺。

「嗯，只有請妳多留意一下了。」

說完這句，兩人都十分默契地頷首致禮。如同這嬌豔芬芳的芍藥園，雖有花落，卻已然被泥土掩蓋，任誰也沒辦法看出曾經的落紅如斯，絢爛錦華……

第一百五十七章　心手若相連

進入七月，氣候益發暖熱起來。柳芙啟程的日子定在了初七，也就是明日一早。

推開窗，只見天上繁星閃耀，一道白茫茫的銀河橫貫南北，銀河的東西兩岸，各有一顆閃亮的星星，隔河相望，遙遙相對……柳芙知道，那便是牽牛星和織女星了。

知道了離宮北上的日子定在七夕當日，柳芙心裡酸酸楚楚的，有些抑鬱難排解的意味。

這一天，本該是世間有情兒女吐露相思的日子，可對於自己，卻是開啟前路未明的第一日。

古有傳說，在七夕的夜晚抬頭可以看到牛郎織女的銀河相會，或在瓜果架下可偷聽到兩人在天上相會時的脈脈情話。

而女子們，則能對著天空的朗朗明月，擺上時令瓜果，朝天祭拜，乞求天上的女神能賦予她們聰慧的心靈和靈巧的雙手，讓自己的針織女紅技法嫻熟，更乞求愛情婚姻的姻緣巧配。

想來，自己在那一晚是沒有機會再乞巧了吧……

微蹙著眉，柳芙沒有猶豫，順手關上了窗，轉身推門而出。

白日裡擺放的幾樣時令瓜果還在園中的石桌上，再看天上，銀河如練，月色如洗，不若便把眼下當作七夕之夜，對著星空乞求一下自己未來姻緣美滿吧！

興之所至，柳芙直接走到了樹蔭之下，將瓜盤取在手，又來到園子中央，順手掏出袖中絲絹鋪在青石地上，這才雙膝跪地，放下了瓜盤。

頭頸微埋，手心相合，柳芙已然虔誠地默唸起了一闋詩詞——

「七夕景迢迢，相逢只一宵。

月為開帳燭，雲作渡河橋。

映水金冠動，當風玉珮搖。

惟愁更漏促，離別在明朝。」

唸完這一闋〈七夕〉，柳芙眼角已然含淚，雖未滴落，但映著白月，那點點的光芒卻一如繁星落塵，入了她的一雙水眸之中。

本想乞求上蒼保佑自己能周全度過未來的三年，可話一出口，卻是一闋傷離別的愁緒之詞，自己捨不得放不下的到底是什麼？

重生本是機緣，再活了這一遭，還能再害怕什麼呢？即便前路如坑，歸路如淵，之於自己這個偷得來生的人，又有何顧慮呢？

念頭至此，柳芙深吸了口氣，卻覺得這滿含馨香的暖風中有著一絲和自己一樣愁緒的苦澀之意，不由得睜開了眼。

只可惜，心中所思之景並未出現，那個總是來去如風的人也沒有立在自己的面前，柳芙自嘲地笑了笑，還以為真能與他心有靈犀，心念相連，原來不過是巧合罷了。

起身來，掃了掃膝頭沾染的一抹地灰，柳芙抬眼再看了看那滿布繁星、皎月當空的迷濛夜色，這才回頭，顧自又進了寢屋之中。

只是她並未察覺，此時此刻，宮闕飛簷之上，有一黑影一動不動。直到她身影已經沒入屋中，那黑影才飛縱而下，落在了之前她跪地乞巧的地方。

低首看著那張白絲絹，姬無殤眉頭深蹙，屈身將其拾起在手。

月色之下，絲絹一角那個柔綠色的「芙」字十分顯眼，而絲絹上飄然而出的那一股淡淡幽香，更是讓姬無殤的眉頭益發蹙得更深了。

「七夕景迢迢，相逢只一宵。月為開帳燭，雲作渡河橋。映水金冠動，當風玉珮搖。惟愁更漏促，離別在明朝……」心中默唸著柳芙適才吐露的那一闋詞，姬無殤的臉上浮現出了一抹不解。「妳到底，是在為誰而愁呢？」

「你果真還是來了。」

柳芙身著輕柔若絲的白玉袍，閃身竟又出現在了寢屋之外。「我還以為，即便是臨到了明日我將出發，你還是會避而不見呢。」

語氣清淺，話中之意卻撩動人心，更別提月色之下柳芙那雙含水若情的雙眸似乎在閃著微光，這讓轉身面對她的姬無殤一時間愣在了當場。

蓮步輕移，步步而進，柳芙突然覺得姬無殤很有些可笑。

偷偷摸摸地來到一個女子所居之處還被發現，對於姬無殤來說，應該還是頭一遭吧！只可惜那種似有若無心念相連的感覺實在太甚，要讓柳芙不相信他在自己走後便立在了園中都不可能。

面對柳芙的步步而近，似笑非笑，姬無殤終於回過神來，但取而代之的是臉上一抹尷尬之色。「我不過中途路過而已，就不打擾妳了。」

看到匆匆而去的背影，柳芙聽他並未自稱「本王」，不覺心下有些失落，總覺得這樣的告別，也實在太過簡單了，只能用欲言又止四個字來形容。

第一百五十八章　嫁衣鮮如血

和普通女子出嫁要進行納采、問名、納吉、請期等繁瑣過程不同，柳芙作為和親的公主，只需要大金國皇帝親筆所寫的求婚書由大周朝皇帝落筆批示，那她便算是已經嫁人了。所以當柳芙出發北上之時，一身鮮紅的嫁衣在陽光下格外顯眼，襯著其原本就白皙若玉的肌膚，益發讓人挪不開眼。

翻身騎在高壯的赤馬之上，完顏律微眯著眼，目光一刻也不曾離開過那一抹嫣紅的身影，直到柳芙所乘的馬車放下遮簾，他才收起關注的眼神，向著城牆上送嫁的皇帝、皇后，以及一眾柳芙的親眷點頭，抱拳致意，表示離開在即。

車廂中的柳芙紅紗遮面，淚痕猶在。

雖然已是第二次經歷，但對於柳芙來說，這樣生離死別的場景卻還是如刀割般，刺得她心口生疼。

刻意不去多看城頭上垂淚哭泣的母親，也不敢和目光慈祥的文從征多說哪怕一句，柳芙挺直了背脊，含笑而去，只想留給她在乎的人一個放心的背影。

還好，姬無殤站在沈氏的身邊，雖未多言一句，但他給了沈氏期盼的目光一個肯定的點頭，這便讓沈氏被揪痛的心得了一口喘息的機會。這一次並非真正的生離死別，三年後，她的女兒還會回來……

而柳芙這次走得也相對安心了，畢竟立在城頭的母親身上穿的是一品誥命夫人的吉服，這同時也讓混在送嫁隊伍中的二品誥命夫人胡清漪臉色很是難看。

對胡清漪來說，雖然送走了個「瘟神」，卻留下了一個隨時威脅著自己的「暗器」。再說，沈氏的美貌，遠比那個聰慧的野丫頭要有危險得多。

雖不及十里紅妝，尚恩公主和親北上的送嫁隊伍還是壯觀得很。京城百姓雖被禁止踏入送嫁出京的紅街，但京城外的長亭邊，還是聚集了許許多多前來看熱鬧的人。

絲竹聲聲，柳芙恍若未聞，只想起前生她啟程離京之時，正是陽春三月，漫天卻下起了大雪。那變異的天象也讓整個京城的百姓為之動容，紛紛朝著她北上的方向跪地祈求上天賜予大周皇朝和平安寧。

這一次，全然不同，只有烈日當空，熱氣蒸騰，這讓柳芙不禁覺得，或許那一次的天候異象，才導致了自己的重生吧。

車廂之內還算陰涼，柳芙腦子飛快地轉著，卻心慌一如上次，有種前途未明路漫漫的失落感。只是這次，她不會再選擇逃避了，她會好好的活著，為掛念她的家人親友而好好活著。

耳邊的吵嚷逐漸變得飄然起來，柳芙端坐在寬大平穩的車廂裡，知道自己已經離京城越來越遠了，也離那個未知而凶險的北疆是越來越近。

深吸了幾口氣調整自己的心緒，柳芙最明白不過，只有冷靜，冷靜得像一塊冰，冷靜得像一汪永遠也沒有波瀾的深潭，她才能最大程度的看清自己所要面對的那個世界，才能找到方法將自己好好保護起來。

於是她不再選擇沈默，此時，她最需要的反而是早些瞭解關於北疆的一切。「律王子，敢問咱們要花費多少時間才能到達大金國土？」

柳芙柔軟卻並不細弱的聲音從車廂傳出來，前頭騎在馬上的完顏律隨即便扯了扯韁繩，有意放緩了速度，與柳芙的馬車並行。「稟公主，若無風沙阻路，一切順利的話，一個月左右便可抵達大金國的國都，夏城。」

「一個月啊……」柳芙一聽，不覺嘸了嘸口水。「沒想到大金國距離大周皇朝竟是如此遙遠。」

「也不算太遠，畢竟大周皇朝的國土開闊，疆域綿延，大金國算是北疆之中離得最近的一個王國了。」完顏律不置可否，卻還是謹守著禮儀，與柳芙說著話。

「律王子，我這一去，長路漫漫，不如你將大金國的風土人情一路上都講給我聽聽，可好？」

柳芙最終還是說出了自己的要求，她也相信，完顏律應該不會拒絕才對。

畢竟自己將來會是大金國的王后，是完顏律的繼母，自己要瞭解大金國，也是極為正常之事。

「公主可真是奇怪。」完顏律卻朗聲笑了起來。「妳不先向我打聽父皇的情況，卻急於想瞭解大金國的國情。難不成，公主是大周皇朝派來咱們大金的細作不成！」

雖是玩笑，柳芙卻不敢不當真，心念電轉，故意嬌嗔著含了幾分羞意道：「大周皇朝有句話，叫做嫁雞隨雞嫁狗隨狗。我已經是你父親的未婚妻了，還能如何？更何況，這種找你打聽未來夫君的事兒，我再大膽，也是不好意思的。」

「是嗎？」完顏律悶哼了一聲，隨即大笑道：「看來是我沒弄清中原女子的脾性，唐突了公主，還請公主見諒才是。」

「哪裡，你我很快就是一家人了，什麼見諒不見諒的，別說兩家話了。」柳芙聽得出完顏律對自己仍有顧慮，便也不敢再多問關於大金國之事，隨即小聲道：「不過律王子既然主動提及，那可否透露給我知道，陛下他性情如何呢？早些瞭解，等到了夏城，我也好討陛下歡心。」

對於柳芙欲拒還迎的嬌羞之態，完顏律總算放心了一般，直言不諱道：「與其關心父王的性情，公主不如禱告上天，希望這一次的沖喜能讓父王的病情好轉些。不然，您可是還未嫁就得先守寡了。」

「律王子是何意思？」柳芙雙手將袖口緊握，一副小心翼翼的語氣。「可是陛下身體抱恙？還有你所言沖喜之事……」

「若非為了父王的病，公主以為，咱們大金國會同意與大周聯姻嗎？」完顏律卻語氣不善。「咱們的薩滿說，父王病人膏肓，需南方貴人可解緩一二。正好大周皇帝送來書信，想與我們結親。薩滿巫師禱告雨神，雨神認定妳的生辰八字乃極為祥瑞之兆，父王這才同意了，讓我修書求婚。若是妳的到來不能讓父王的病情有所好轉，按照薩滿巫師的建議，或許只能將妳送給雨神為妻，才能達到目的。」

感。

聽得完顏律這一言，柳芙整個人如墜冰窟，即便是在這烈日之下，也有種遍體生寒之感。

第一百五十九章 周旋生急智

越往北行，原本路邊鬱鬱蔥蔥的樹林山川也逐漸變作了平坦開闊的草原景色，倒也別有一番風味。

前生的柳芙剛出發沒幾天就用三尺白綾自我了結了生命，當真無暇欣賞這與中原截然不同的美景。

現在看到如此優美壯闊的草原景致，柳芙決定這一次，要懷著一顆平常心來面對未來。

多日向完顏律套話，柳芙倒也清楚了一些關於大金國的事情。

每年冬天，大雪都會厚厚的覆蓋草原，此時大金國和北疆周邊許多國家都會面臨食物短缺的困境。特別是去年的冬天，罕見的嚴寒比往年更加嚴重，大金國還好些，但北疆許多小國卻流民突然增多，所以北境上的衝突事件也越演越烈。

另外關於自己要嫁的人……大金國的國君完顏烈已經八十多歲，之前身體一直康健硬朗。可自從去年入冬的時候不小心絆了一跤後，身體境況就大不如前了。因為藥石罔效，薩滿巫師才會祈求北疆百姓所信奉的雨神，也才有了和親一說。

完顏烈已經八十多歲，原配王后已經去世多年，未曾納過續弦，如今娶了自己過去也不過是沖喜而已，那肯定是不能夠行房的，倒免去了柳芙這方面的擔憂。

「隊伍暫停！」

耳邊傳來車廂外洪亮的喊聲，將柳芙的思緒給打斷了。

撩開簾子，柳芙讓隨行伺候的巧紅去打聽打聽出了什麼事兒。畢竟還有一半的路程就要到大金國了，此時離得北疆邊界極近，戰亂紛紛的，就怕有什麼變故。

不一會兒，巧紅就回來了，但她還沒來得及說話，卻是完顏律一把撩開了車簾子。

「請公主即刻下輦，夏城來了喪報，說……」完顏律臉上的表情雖然冷漠，卻陰沈無比，此時語氣竟有些哽咽。「說父王已經仙逝了！還請公主卸下紅妝，換上麻衣，為父王服喪。」

已然震驚到說不出任何話來，柳芙只能任由兩位捧著素服的大金國侍女和同樣一臉驚訝的巧紅進入車廂，三下五除二的為自己換上了麻衣素服。

心「怦怦」直跳，柳芙沒有忘記完顏律曾經說的話。自己作為沖喜的新娘子，若不能讓完顏烈身子恢復健康，那薩滿巫師便要再次祭祀雨神，問過雨神的意見，很有可能自己得變成祭品，下場不妙。

思緒紛亂，柳芙卻知道此刻並非自己可以多嘴的時候，只能走一步算一步，見機行事罷了。對於自己來說，與其嫁給一個老翁為妻，還不如未嫁新寡來得安全。

「律王子，如今，咱們該怎麼辦才好？」

柳芙心下已經有了計較，也沒了之前乍聞此消息的慌亂，提起裙襬，在巧紅的攙扶下從馬車上落地。

回頭，眼中射過一抹冷意，完顏律居高臨下地看著柳芙，只覺得這個不過十六、七歲的女子竟會如此鎮靜，倒也有些沒料到。「父王仙逝，但公主已經算是父皇的妻子了，還請按妻禮服喪。至於沖喜不成，反害得父王提前早逝，得問過薩滿巫師才知道該如何處置公主。」

柳芙已經料到了他會有此一說，面上神色不動，心底卻一沈。「怎麼，律王子的意思，要將國君駕崩之罪怪在本公主的頭上嗎？」

「難道不應該嗎？」完顏律可不是能輕易對付的人，面對柳芙的鎮靜，他的語氣更加陰沈了幾分。「我們大金國與你們大周朝和親，為的就是為父王祈福，以求他病體得以痊癒安康。可公主還沒踏入大金國的國土，就剋死了父王，可見公主乃不祥之人。」

冷冷一哼，柳芙上前一步，抬首毫無懼怕地迎向了完顏律。「那敢問律王子，本公主若為不祥之人，你又準備如何處置本公主呢？」

「很簡單，回去交由薩滿巫師，將妳活祭給雨神便是。否則，恐怕大金國民怨難平！」完顏律一字一句，低首逼視著柳芙，雖然自己身材高壯，可心底總覺得對方那眼神裡所流露出來的冷靜彷彿更在氣勢上。

「活祭雨神？」柳芙挑了挑眉，水眸微瞪。「難道律王子就不怕本公主告訴雨神，這一切都只是你這個身為大金國儲君的人所安排的一切？藉南下接親之機，律王子你便有了國君暴斃之時不在場的證據。而正好也能把所有的責任推到我這個和親公主的身上。殺了我，就等於挑起大金國與大周朝兩國的戰事，更能藉戰爭紛亂讓國民忽略國君的真實死因。律王子好計謀，真真是環環相扣、一舉數得的妙計啊！」

第一百六十章　巧言保安身

面對身材遠遠高過自己的完顏律，柳芙並無半分怯意，反而挺直了脊背，目光沈穩。

完顏律臉色卻十分陰冷。「公主未免想得太多了吧。」

「是嗎？」柳芙唇角微揚，嗤笑了一聲，道：「若非如此，律王子為何要如此著急將我交給薩滿巫師處置？身為臣子，一般接到父王的噩耗，第一反應難道不應該是求問死因？」

「無論父王的死因是什麼，總之與公主脫不了干係！」完顏律語氣很是不善。

「律王子要將我交給薩滿巫師處置，也並非不可。」柳芙卻一如既往的鎮靜。「但兩國和親，公主還未嫁就成了新喪寡婦，進而被隨意當成祭品給殺死，難道律王子就不顧及大周皇朝的臉面，不顧及兩國會立馬開戰的惡果嗎？」

「妳剛剛不是說得很清楚嗎？」完顏律環顧四周，所有人都按照他的吩咐離得遠遠的，也不怕被聽見。「公主一死，就等於挑起大金與大周兩國的戰事，更能藉戰爭紛亂讓人民忽略國君的真實死因。妳就犧牲一下，又有何不可呢？反正妳已是我大金國的人了，死了，也是我大金國的鬼。」

「真是可笑至極！」柳芙仰頭一笑，表情輕鬆得好像根本就沒把完顏律的話放在心上。「就連我這個外人也能一眼看清楚律王子打的主意，難道其他人就一點兒也瞧不出端倪？若是我死了，大金國正好有藉口與大周皇朝兵戎相見。但北疆其他部落呢？大金國國君被和親公主剋死，與他們又有何關係？一旦戰爭爆發，卻是那些部落首當其衝被牽連。到時候民不聊生，能不能從中原分一杯羹還是個未知數，但可以肯定的是，大金國想要一統北疆卻是不可能的了。內亂，那絕對是必然的。所以……」

「所以什麼！」完顏律聽得柳芙所言，眉頭一挑，覺得不無道理，直接粗暴地打斷了她，伸出手將其單薄的肩頭給一把擒住了。

見得完顏律如此動了氣，柳芙也知道自己又猜對了，不禁暗暗鬆了口氣，面上卻一點兒也不露怯，迎上對方，直言道：「所以，律王子就算要挑起戰爭，也絕不能以本公主為藉口。否則，前有攔路虎、後有白眼狼的窘境，恐怕是任何一位新國君都不願面對的情形吧！」

雙手捏住柳芙的薄肩，完顏律動氣之下極為用力，柳芙只感覺肩上的骨頭都要被捏碎的那一刻，對方終於還是放了手。

「哼！」完顏律悶哼一聲，倒也拿得起放得下。「算妳能言善道，回頭我會與軍師好好商量商量，看情形是否會如妳所言的那般不堪，到時候，再好好為公主謀劃一個好前程！」

說完這句，完顏律拂袖便轉身上馬，大喊一聲。「所有人聽著，即刻起，快馬加鞭，務必要在七日之內趕回夏城王宮為父王奔喪！」

與完顏律挑明態度，柳芙並不介意，心底反而暗暗鬆了口氣。虧得自己腦子靈活，猜中了完顏律的陰謀，更是找到一個讓他忌憚的理由，不然自己則只有乖乖待宰的分兒了。如今能與其談談條件，至少到了大金國自己不會馬上就被殺人滅口。

低首看著一身鮮紅的嫁衣換成雪白的喪服，柳芙還真有點恍若隔世的感覺。

就這樣思緒紛飛之際，從送嫁變作奔喪的隊伍已經踏入了草原深處，也正式進入了大金國的領土。

經過馬不停蹄的趕路，隊伍提前了近十天就抵達了夏城。因為是奔喪而來，幾乎沒有做任何休整，完顏律就帶著一身喪服麻衣的柳芙進入了皇城，直奔主殿的喪堂而去。

即便完顏烈已死，兩人尚未拜堂，但婚書已經有了兩國國君的簽字畫押，柳芙就直接成了完顏烈的「未亡人」。而身為儲君的完顏律也當仁不讓地直接繼承了其父的王位，順理成章地登上了大金國國君的位置。

但令人費解的是，柳芙卻被完顏律請上了首座，以太后的身分接受前來弔唁的百官和周邊國家使節的行禮。

包括完顏律在內的所有人，似乎都以自己為尊。雖然不明白這大金國的規矩，但柳芙卻保持著悲戚黯然的神情，至少面子上得給完顏烈一個交代，畢竟自己的身分乃是他的未亡人。

第一百六十一章 信傳千里遙

大金國，夏城。

三日後，完顏烈棺槨下葬。

目送皇陵合上石門，柳芙知道自己這太后的身分算是坐實了。完顏律也沒有在這三日找自己的麻煩，那個看起來古怪的薩滿巫師也沒有對自己說出什麼「剋夫」的話來，看上去暫時除了為「亡夫」服喪之外，自己並無其他事情要做。

不過完顏烈突然暴斃，對於大周皇朝來說算是一個好消息。柳芙回到所居的寢殿，讓下人全部出去，自己取出了臨走時姬無殤給自己的錦盒。

錦盒中有一個小指粗細的管笛，長短也和手指差不多，有一根紅錦繩繫著。

柳芙將其取出，掛在了脖子上貼身藏好。

此物可是她與姬無殤通信的重要工具，只要吹著管笛，被訓練過的信鷹便會找到自己。待信函寫好，塞入鷹爪之下的空筒，那信鷹便會飛回到姬無殤的身邊。

只是這信鷹有些明顯，只能入夜後趁著夜色正濃時才能召喚。

細細將路上的事情和抵達夏城皇宮之後的所見所聞寫下來之後，柳芙便吹起了掛在脖頸上的管笛。

這管笛做得精巧，吹出來之後人幾乎聽不到聲音，但盤旋在高空的信鷹即便遠在百里也能捕捉到這一召喚。
過沒多久，柳芙就聽得窗戶上有動靜，趕緊過去打開，果然是姬無殤曾給自己看過的那一隻黑鷹。
黑鷹看起來凶狠，卻十分溫順，見柳芙召喚，還低頭蹭了蹭她的手，任其將自己爪上的空筒打開，塞了書信進去。
再目送信鷹飛離，柳芙這才鬆了口氣。想來，姬無殤接到信之後就應該明白自己的意思吧。

大周皇朝，京城。
自送走柳芙之後，姬無殤便與姬奉天開始了徹底剷除胡家的計劃。
太子姬無淵因為與胡家關係太過千絲萬縷，姬奉天和姬無殤都知道，將來必不得讓其登基即位。否則胡家根基不除，難免會野火燒不盡，春風吹又生。
所以趁著自己還未完全病入膏肓，姬奉天改寫了遺詔，並託付文從征好生保存，以備將來姬無殤憑藉此詔能順利登基。
從文府出來，姬無殤覺得肩頭一沈，竟是他派去給柳芙的信鷹回來了。
取下鷹爪帶回的信函，姬無殤只看了一眼，便飛身縱上馬身，往錦鴻記的總店而去。
將信函內容交予陳妙生，兩人均在臉上露出了一抹笑意。
「完顏烈竟然是被自己兒子設計害死的！」陳妙生搖搖頭。「尚恩公主竟能虎口脫險，以大金國太后的身分活下去，真是不可謂不驚險啊！」

「也算柳芙是個機靈的。換做別人，恐怕下場便是給完顏烈陪葬了。」姬無殤看樣子也鬆了口氣，語氣稍顯輕鬆。

「若是尚恩公主能套出完顏律和胡家的交易內容，咱們就更有把握剷除胡家了。」陳妙生倒是看出姬無殤為何鬆了口氣，卻並不多言。雖然之前也料到了那完顏烈太老不能行房，但他死了，對於柳芙來說的確更好。能保持完璧之身，那以後的事情就有可能了……

沒看出陳妙生眼底的促狹，姬無殤坐下來，顧自喝了一口茶。「完顏烈一死，按照完顏律最初的打算，是想和本朝開戰的。可柳芙卻將他勸下來了，他必然會先將北疆各國安頓好再圖進犯之事。所以，我們要抓住這一段喘息的時間，先將胡家北方軍隊的親信給除掉！」

「這個不難。」陳妙生點了點頭。「皇上雖然病重，但外人卻不知，只消皇上將調兵的虎符交與裕王您，您直接去往北方大營，以代天子巡查的藉口操練士兵，再找藉口將胡家的親信一鍋端了。到時候等完顏律率兵進犯，您直接在北邊大營出兵，戰事一旦開始，就算胡家察覺有異，也無法確認他們的人是怎麼被剷除的。而您也可以憑藉尚恩公主的情報，待打敗進犯的北疆蠻軍之後，頂著偌大的軍功再回京。到時候，有西北大營十萬軍隊做後盾，胡家再想造反也是不可能的了。」

「嗯，如此，我便要在北方大營待上一段時間了。」姬無殤沈聲下來。「我只怕，我不在的這段時間，父皇會……」

陳妙生屈了屈身子。「說句冒犯的話，皇上的病，再撐個半年應該不成問題。所以，裕王您必須和尚恩公主商量好，爭取在半年左右先打贏第一仗。這才能樹立威信，取太子而代之。」

「明白了。」姬無殤手指輕扣桌面。「另外，西北大營那邊，還要辛苦你。若有需要，拿我的手諭直接調兵便是。」

「裕王如此信任在下，在下肝腦塗地也難報此恩！」陳妙生哪裡不知道這其中的關鍵，當即就雙膝跪地伏身表起了忠心來。

第一百六十二章 死路只一條

北疆的夏季同樣極熱，但少了濕悶，加上風大，只在室內倒另有一種清爽怡然的別樣感受。

完顏律忙於登基後穩固北疆各部落以及小國之間的平衡關係，對柳芙倒有些不聞不問。但饒是如此，也勤於晨昏定省，從不落下。

柳芙知道完顏律不過是為了監視自己罷了，畢竟之前道破「完顏烈之死」，讓完顏律不敢不顧忌有這樣一個比常人機敏數倍的人在身邊晃悠，更何況，這個人還是來自大金國最大的死對頭。

所以完顏律吩咐王宮之中所有人都必須說大金國的金語，不能殺了柳芙，至少要她做個兩耳一閉的「聾子」，讓她毫無威脅。

但柳芙是何人？

自重生以來，旁的不說，過目不忘的記憶力是柳芙一直以來所依仗的最大秘密。不出半個月，她便已經能聽懂個十之三、四。再過了一個月，她便已經能聽懂十之八、九了。

以為柳芙聽不懂金語，完顏律和薩滿巫師還有其他宮中之人倒不避諱什麼，說話間不注意，偶爾會透露一些北疆各國的事情出來。

每每遇到這種時候，柳芙都取出從大周皇朝帶來的詞書在手隨意翻看，耳朵卻豎得高高的，等捕捉到重要情報，當夜便會趁著更深人靜之時召來信鷹給姬無殤遞送消息。

就這樣，憑藉柳芙密送的情報，身在北方大營的姬無殤幾乎有十足的把握，若將來難以避免兩國交戰，他能夠掌握住北疆的戰局。

不多不少，半年後，身在北方大營的姬無殤接到密報，天子姬奉天突然暴斃，太子監國，命他即刻回朝奔喪。

還好一如計劃中的那樣，姬無殤已在這半年內將胡家安插在北營中的親信連根拔除。而且因為憑藉柳芙的密報，北方軍營已經多次出兵與北疆過來騷擾的遊兵對戰。雖然胡家察覺了北營的異動，奈何兩國正在僵持之中，軍隊有犧牲實屬平常，再加上北營遙遠，也只得眼看著經營多年的北營親信一個個沒了消息。

帶著部分軍中親信，姬無殤連夜趕回京城。面對太子背後的胡皇后以及胡蒙之一眾胡家之人，他除了讓文從征將遺詔公之於眾，別無他法。

太子還好，雖然滿臉的不可思議和無法相信，只默然地一句話也說不出來。但胡家卻接受不了這樣的結果，當夜便召集城外鎮守的五城精兵入京，想要用武力保太子繼位。

只可惜，胡家人沒有料到姬奉天早就將可以調動兵權的虎符交予了姬無殤，再加上姬無殤所掌管的影閣高手眾多，聯合先皇親兵，不到一個時辰就平息了五城兵變，並一舉將胡蒙之為首的胡家眾人收監，準備以謀逆之罪斬首示眾。

胡皇后見大勢已去，左右不過都是自己的兒子登基繼位，最後也只有選擇了沈默。

而姬無淵之後被封為郁王，終身不得離京，成了和淮王一般無二的閒散無權之王。

登基之後，姬無殤以雷霆之勢將支持太子的一眾官員免職，但凡與胡家有勾結的，直接送刑部徹查是否參與謀逆。而胡太后，則被軟禁在了坤寧宮，不聞不問，形同監禁。

直到花費一年多的時間，姬無殤將胡家在大周皇朝的勢力做了一番肅清整頓之後，他才第一次踏入坤寧宮，去面對胡太后。

「母后可還安好？」

一身明黃錦服的姬無殤表情淡漠，貴為天子之後，那原本收斂的冷酷桀驁之性不用再掩藏了，這讓正在禮佛的胡太后幾乎認不出來身前之人便是自己的「兒子」。

「皇帝……」胡太后緩緩從蒲團上起身，手中的紫檀木珠子隨著斷開的絲線散落了一地。「你終於，還是取而代之，做了皇帝。」

「朕不做皇帝，難道讓二哥那個胡家的傀儡做皇帝？」

姬無殤語氣冷漠如雪，表情冷淡如冰。「母后，您雖然姓胡，但終究是姬家的女人，為何要如此執迷呢？」

「虧得你還叫我一聲母后……」胡太后臉色慘白，比起之前的意氣風發，像是老了十多歲，一頭青絲也盡數化作了銀白。「你下令處死了你的親外公，還將一眾胡家親眷都發配到了極北邊陲做奴隸。你……到底有沒有半點人性！」

「人性？」姬無殤冷冷一哼，臉上毫無半點表情流露。「朕與胡家沒有一丁點兒血緣關係，就算滅了胡家九族，也和有沒有人性沾不了關係吧！」

「你……」胡太后只覺得喉頭一甜，一口血便直接噴了出來。「你說什麼？你到底在說什麼！」

歇斯底里般地叫出了聲，但偌大的坤寧宮中卻無人前來察看，只有姬無殤步步上前，低首看著癱軟在地的胡太后。「母后應該早就懷疑了吧，別裝出一副不可思議不敢相信的樣子來。」

「是素妃那個賤人！是她，你是她的兒子，對不對！」咬牙切齒，胡太后的樣子彷彿恨不得將口中的素妃給撕碎，那猙獰的模樣，和之前的誠心禮佛判若兩人。

「若非如此，父皇又怎會放心讓朕去除掉胡家。哪怕有一丁半點的牽連，也沒法做到現在這樣乾淨。」

姬無殤終於笑了，可這樣的笑容看在胡太后眼裡卻比刀割自己還難受。

「罷了，我始終是被先帝給利用的一個棄子。可無淵是他的親生兒子，也是你的親二哥，我只希望，你能在我走後，容他苟活人世！」胡太后說完這句話，哆嗦著從地上爬了起來，直至見到姬無殤點頭之後，便淒然一笑，閉上眼猛地撞向了殿中的立柱上。

「砰」地一聲悶響，胡太后額前迸血，兩眼一翻，身死當場。

姬無殤卻連看也沒看一眼她的屍身，直接轉頭而去，留下了坤寧宮中迴蕩不去的絲絲血腥氣味，和那蔓延開來的一片濃烈鮮紅的顏色。

第一百六十三章　苦盡甘又來

當柳芙接連獲知大周皇朝新帝即位和太后暴斃的消息之後，便知道大局已定，不由得鬆了口氣。

內憂已除，外患猶在，看來，自己相助姬無殤徹底消滅北疆隱患的時機也該到了。

柳芙知道，兩軍交戰，最重要的情報莫過於對方國土的詳細地圖。有了地圖，哪裡可攻，哪裡可守，哪裡是軍事要塞，哪裡是百姓居所，都一清二楚，明明瞭瞭。率軍直入，便無人可擋！

可她被困在這王宮之內，每日還有無數人監視著，又該怎樣弄到地圖呢？

一時間別無他法，柳芙只得靜候機會，所以一連兩個月都未召來信鷹與姬無殤傳訊。

突然間沒了柳芙的音信，這讓身在大周皇朝京城皇宮之內的姬無殤隱隱有些擔心起來。畢竟之前那幾次將北蠻遊兵擊退是憑藉了柳芙暗中傳遞的消息，讓他們提前有了準備，這才一舉得勝。就怕那完顏律會起疑心，徹查是否有內鬼。若真是細細查下去，未必不會查到柳芙的身上。

看來，北上出兵的計劃得提前了。

正這樣想著，外頭遞來消息，說太后求見。

胡太后一死，姬無殤封了生母素妃為太后，對外只宣稱後宮無主，需先皇身邊信得過的人主事。加上身為皇帝的姬無殤並未娶妻，以及素妃向來深得先皇喜愛，追封為太后也不算什麼。

素妃身著大紅鸞鳳朝陽的吉服，頭戴金鳳，款款而來，那意氣風發的樣子，看在姬無殤眼裡只覺得心中愧疚。

二十多年前，剛入宮的素妃還只是個小小的貴人，因體貼聰慧，深受姬奉天的喜愛，榮寵不衰。姬奉天信任她，床笫之間吐露心事，她才深知身為皇帝的姬奉天竟面臨如此困境。當時皇后正好有孕，她也湊巧同時有孕。可為了不讓皇后再次生下一個和胡家有牽連的皇子，她竟主動提出要對外隱瞞有孕之事，將來臨盆便可用腹中孩兒與皇后對調。

覺得此計可行，姬奉天假意將她冷落，打入偏僻的宮闈軟禁，為的便是掩人耳目。後來皇后早產，而素妃為了趕上「狸貓換太子」的時機，不顧自己安危，冒險服下催產的湯藥。幸而早於皇后產下了皇子，也就是姬無殤，並在皇帝的安排下，換走了皇后只差一個時辰產下的公主。

胡皇后當時有些難產，產後血崩，意識模糊，全然不知自己生出來的孩子已經被人掉包，而素妃也只能遠遠地看著自己的親生兒子認他人為母。

想到此，姬無殤收回沈思，趕緊主動迎了上去。「見過母后！」

如今身為太后，素妃也不再顧忌，看著姬無殤自登基之後那緊鎖的眉頭就沒有展開過，不由心疼。「孩子，難為你了。」

「難為什麼，連這天下都是朕的了，還有何不滿意的嗎？。」姬無殤苦笑著搖了搖頭，示意素妃坐下。「只是難為母后隱忍如此多年，您辛苦了！」

「苦盡甘來，只是你我母子團聚，你父皇卻已經不在了……」眼眶泛紅，素妃卻忍住了哭意，不想姬無殤跟著自己傷心，只轉了話題道：「你也繼位一年多了，是不是……」

素妃面色擔憂，卻不得不提這一茬兒。

可話一出口，卻被姬無殤打斷。「北亂隱患未平，孩兒不想考慮充盈後宮之事，還請母后不要再提。」

「皇兒，你如今已是天子，有些事情就不得不屈服和考慮。」素妃知道姬無殤的心，本也不願相逼，可朝中情形她清楚明白得很，只能硬著頭皮勸道：「新君繼位，就應該廣納後宮。這樣既可以安撫功臣，還能早日為皇家開枝散葉，穩固朝疆。於情於理，你這個皇帝也推託不得。」

「母后，您說的，我何嘗又不知道呢？只是……」姬無殤沈下聲，卻是不想多提。

素妃見他表情不悅，猜道：「皇兒，難道你空懸後宮，是為了等她回來？」

「母后為何有此一說？」姬無殤當然知道素妃所提之人是誰，下意識地想要否認。

「皇兒，你可別犯傻啊。」素妃心疼地伸手輕輕拍著姬無殤的肩頭。「她如今的身分是公主，還是皇上親封，與你便是兄妹關係。就算將來你能接她回來，以她嫁作人婦又是喪夫的身分，又怎麼可能與你喜結連理呢！況且，你父皇告訴過我，你答應以長公主儀仗接她回宮，連為她改名換姓重新入宮的機會也掐斷了……」說到這兒，素妃有些不忍，可話卻不得不說。「說到底，你們是有緣無分的。」

「孩兒沒有想要等誰，更不會為了一個女人損害大周皇朝的江山社稷。」姬無殤被素妃一席話說得心口生疼，只想否認再否認，與那個女子撇清一切關係。

於是臉色一冷，姬無殤有些無力地擺了擺手。「罷了，充盈後宮之事，一切就交由母后操辦吧。只是孩兒不願娶妻，而且那些妃嬪入宮之後，孩兒卻不一定會召幸，母后得做好這個心理準備才是。」

能勸動姬無殤妥協選秀，素妃已是大喜，忙道：「皇兒你暫時空懸后位，讓功臣的女兒們有個念想更好。再說，三年孝期乃人倫大常，三年之內你一個妃嬪也不碰，外人也不敢說半句不是。所以你放心吧，這選秀為的只是安撫功臣而已。」

「那一切就煩勞母后費心了。」姬無殤點點頭，淡淡道：「還在國喪之中，選秀就免了，回頭母后擬了名單，叫內務府發文，直接抬了功臣之女入宮封賞即可。」

「這……」素妃知道姬無殤的話不容置疑，只得同意。「那就按皇兒所說的辦吧。」說完，知道姬無殤想一個人靜一靜，便不再打擾，起身告辭而去了。

第一百六十四章　偶然得相見

柳芙自從進入金國王宮之後，雖然身分貴為太后，但實則一直被軟禁著。

可能是覺得柳芙每日都很安分地待在宮中，除了做做女紅便是翻看從大周皇朝帶來的書籍，漸漸的，完顏律也沒了當初那般的警惕，允許他的親衛陪伴，偶爾讓柳芙去大金國市集上走走看看。

大金國的禮儀和等級制度不比大周皇朝那般苛刻，柳芙除了因為容貌出挑而偶爾被人圍觀之外，城中百姓並不太關心她到底是何身分。況且此時兩國戰事一觸即發，各人都揣著國家安危，更加不會有興趣議論自家未嫁喪夫的異國「太后」。

一開始，柳芙極懂得掩飾，在街上走動時並不多言多看，只對一些女兒家才喜歡的衣裳首飾表現出一定的興趣，或是時不時購回一些字畫刺繡等風雅之物。久而久之，完顏律更加不再將柳芙放在心上，只吩咐兩個身邊最得力的貼身親衛遠遠跟著柳芙監控著，便放心地讓她隨意出入宮內宮外了。

倒不是完顏律托大，實在大金國地處北疆，除了夏城靠水一帶是一片綠洲之外，其餘國土全是茫茫草原，一眼望不到盡頭。而且草原上有些地方是沼澤，有些地方是灌木叢，還有些地方甚至是荒涼的石灘，就算柳芙想要逃，也不可能逃得遠。更何況還有兩個親衛隨時在暗中跟著，在完顏律看來，那柳芙就是養在籠中的金絲雀，插翅也難飛。

柳芙當然也知道完顏律不怕自己跑掉，但她也從未想過要逃離此處。平日裡偶爾出宮，表面是為了解悶，實則一直在留心著是否有關於大金國地圖的蛛絲馬跡。

還好完顏律並不知道她已經聽得懂大金國語言，不然，也不會這麼容易就放了她出來閒逛。

這一日，柳芙依舊來到她所喜歡的一間酒樓，坐在二樓看著樓下人來人往。大金國因為早晚極涼，晌午和下午又烈日高掛，所以人們的穿著都很有幾分稀奇，一般是將外袍半搭在肩上，熱了脫掉一邊，冷了就拉起來，十分方便。

每次在酒樓坐一坐，柳芙都能聽到不少關於大周皇朝的消息。大金國百姓好像有些擔憂，言語間對新任的大周皇帝懼意不小。甚至有傳聞說姬無殤御駕親征，此時就在北方大營中整頓軍隊，隨時準備進犯北疆。

正埋頭盤算著該如何一舉助姬無殤踏平北疆之時，柳芙不經意的往下一看，卻瞥見兩個十分熟悉的身影。

「巧紅！」柳芙指著街邊立著買東西的一男一女。「妳給齊薩姑姑說一下，那兩人是我在大周的故人。沒想到今日竟會有緣在夏城得見，請她邀了他們上來一敘。」

跟在身邊伺候的巧紅聞言有些驚訝地往下一看，果然那兩人的衣著打扮不似夏城百姓的年輕男女，連連點頭。「奴婢這就去！」

柳芙按捺住心頭的激動，腦子飛快地轉著，只想抓住這個機會，一定要將北疆地圖弄到手才行。

不一會兒，那齊薩姑姑便領著兩人上來了，用著發音有些奇怪的大周語言，態度恭敬地道：「啟稟太后，您的兩位故人帶到。只是陛下有令，不得讓太后單獨見任何人，所以奴婢得隨侍在側，還請太后體諒。」

「姑姑不必解釋，本宮知道妳的難處。」柳芙柔柔一笑，對待這專門打理自己日常生活的管事姑姑很客氣。「況且，本宮只是和故人打個招呼，事無不可對人言，姑姑在一旁也好證明一下本宮的清白。」

齊薩姑姑對柳芙的乖巧很是受用，伺候了她一年多，也對其印象不錯，便點頭退到了一側，招手示意下人將那兩人請過來。

笑意盈盈，似有淚光閃動，柳芙看著面前的兩人，率先說出話來。「李先生、真兒，兩年不見，兩位可還安好？」

「公主！果然是您！」真兒嚶嚀一聲，雙手捂住嘴唇，眼淚瞬間就滾落下來，已然泣不成聲。

「在下李墨，見過尚恩公主。」李墨也是感慨萬千，強忍住心頭的激動，徐徐行了一禮。

柳芙被封為公主北上和親之事，兩人一回到京城看望沈氏和文從征便已經知道了。李墨更是被姬無殤召回宮中，密談一番，讓他潛入夏城想辦法和柳芙裡外接應。李墨知道此行凶險，本不想帶真兒，但沈氏和文從征還有暖兒都急切地想知道柳芙近況，加上真兒苦苦央求，這才勉強帶了她一起到夏城，等打聽到柳芙的情況就讓真兒先捎信回來，也好讓文府的親人都安心。

「怎麼李先生不帶著真兒去南方勘察人文地理好編纂修書，卻來了這夏城？」柳芙可顧不得敘舊，動情之下直言道：「本宮若非偶然出來散心和兩位遇上，可就白白錯過了呀！」

「修書之事極為順利，兩個月前我便帶著真兒回了京城。」李墨極知輕重，當即就對身邊的真兒示了意。

真兒也是個機靈無比的，激動過後知道遇見柳芙不易，當前便上去跪下。

「當年主僕一場，沒能親自送公主出嫁，真兒能再次遇見公主，求公主帶真兒回王宮繼續伺候！」

柳芙也趕忙上前扶起了真兒，順勢在她耳邊小聲道：「尋得北疆地圖，三日後此地再見。」說完，便一把將她擁著，才又大聲道：「好真兒，當初妳也不算本宮的奴婢，本宮也一直將妳看做妹妹，如今哪裡會願意讓妳受這樣的委屈。」

瞥見那齊薩姑姑頻頻往這邊打量，柳芙知道久留不宜，只笑笑，又道：「有緣相見，便是上天眷顧了。本宮也該回王宮了，今日一別，不知何日才能相見。兩位珍重吧！」說完，柳芙只頷首和兩人點頭算是別過，就趕緊在齊薩姑姑的監視之下率先離開了酒樓。

「怎樣？」等柳芙一走，李墨神色欣喜，似乎鬆了口氣。「可有指示？」

「小姐讓我們尋北疆地圖，三日後再次相會。」真兒直接將剛才柳芙的吩咐說了出來。

「可夏城士兵守衛極為嚴格，咱們是以商賈身分入城，還分了男女來搜身的。就算拿到地圖，也不可能帶出去。若是交給小姐，更是無用。不知小姐為何要這樣吩咐？」

「柳小姐素來有主意。」李墨卻是一笑。「她既然有此要求，咱們好好去辦到就是，其他的，不用多問。」

第一百六十五章　巧妙得地圖

三日後，柳芙順利得到了地圖。

地圖被李墨巧妙地夾在一份山川遊志之中，與柳芙在宮外「偶遇」的時候呈了給她翻看。身邊伺候的齊薩姑姑也檢查了，可看來看去不過是些水墨圖畫，未弄懂究竟，便轉呈了柳芙閱覽。

暗道這個李墨果然是個人才，他知道柳芙乃蜀中出身，所以在山川遊志中加入了一篇含有蜀中地名的圖畫。柳芙一看便知這地名有蹊蹺，乃是李墨暗示此畫中藏有地圖。

細細將此圖記在腦中，憑藉過目不忘的本領，柳芙回到王宮便連夜描摹下來。才看出此圖果然是一幅北疆各國及部落的分布地圖，另外還有草原沼澤以及灌木林的散落位置，雖不算十分詳盡，卻也難得了。

趁身邊伺候的宮人不備，柳芙就召來了信鷹，將地圖送出去後便不再有任何動靜，只等姬無殤揮師北上了。

此時此刻，姬無殤並不知道柳芙已經送來最為重要的情報，正拿著太后給自己的後宮名冊，臉色有些鐵青。

不為別的，正因為敏慧郡主、公孫環，甚至是柳嫻的名字都赫然在列！

「為什麼！」姬無殤看著素妃，若非對方乃自己的親生母親，又多年來在背後默默隱忍相助，他真想直接將名冊摔到她的臉上。

「公孫大人乃朝中重臣，且公孫環素來仰慕於你，有她的名字你應該不會意外。而敏慧，她的母親是胡家之女，召入宮裡，也好對胡家有個把柄……」身為太后的素妃沒了以前的玲瓏精巧，但言行舉止卻顯得更加沈穩內斂。

「這兩人，朕還能理解，那柳嫻可是胡家的外孫女，母后怎能讓她入宮！」姬無殤其實對敏慧和公孫環都沒有太大的感覺，只是那柳嫻，一直以來都想嫁給二哥姬無淵為太子妃，且此女心機頗深，加上她又和柳芙是親姊妹……

「就憑她父親柳冠傑為先帝的計劃隱忍多年，還娶了胡家女兒為妻。作為內應，他甚至不得不拋棄原配妻女，咱們最後成事了，就不能鳥盡弓藏，兔死狗烹。」素妃知道自己的兒子顧忌什麼，嘆了口氣，語音一軟。「再說，柳嫻畢竟姓柳，你又軟禁了胡氏，褫奪其二品夫人的封號，柳家的大女兒也北上和親了，你若不給柳冠傑一點兒好處，將來，又怎能收攬人心？皇兒，你也知道這次甄選妃嬪入宮不過是安撫朝廷、避免重臣異心罷了，除了名分，她們什麼也得不到，你又何苦呢……最重要的是，你若要北上出征，柳冠傑留在朝中，能死心塌地為你所用，才能得保朝政安寧。所以不管你願不願意，這柳嫻也得給召進宮來。」

姬無殤明白母后所言句句皆是在理，可一想到柳嫻也要入宮，就如同吞下一隻蒼蠅那樣不舒服。

「再說，柳冠傑身為吏部尚書，在朝為官多年，有他助你，好處總是多過壞處。」

姬無殤微瞇了瞇眼，沈默半晌，終於還是妥協了。「也罷，反正多一個少一個，對朕來說也沒有任何區別。一切還是由母后安排吧。另外，朕不日將啟程北上，爭取在一年之內結束北疆戰爭。後宮中，還請母后費心看顧了。」

說完，不顧素妃的驚訝，姬無殤拂袖而去，唇邊逸出的一抹冷意甚至讓這溫熱的天氣都為之一寒。

說到做到，在敏慧等人入宮的第二天，姬無殤就換下了龍袍，穿上盔甲，帶領精兵兩萬，直奔北方大營。

日夜奔襲，不過半個月，姬無殤已經身在北營，集結十萬大軍，準備御駕親征一舉進攻北疆，解決大周皇朝多年的大患。

剛到北營，還未來得及歇下，姬無殤就收到了柳芙捎來的訊息，手握這得來不易的地圖，愣怔間陷入了沈思。

自己心急如焚，到底是為了什麼？三個月未曾收到柳芙的消息，難道就足以讓身為皇帝的他自亂陣腳了嗎？

姬無殤深蹙著眉頭，不願承認心底那一抹焦急是為了誰。

正好此時李墨帶著真兒來到了北營，求見姬無殤。

聽得竟是李墨從大金國回來了，臉上一喜，當即就召見了他。

「微臣見過皇上。」

李墨一身北疆牧民服飾，原本白淨無鬚的臉上不但膚色變黑了不少，還蓄了一圈鬍子，讓姬無殤一時未能認出。

「這是你想辦法弄到的？」姬無殤搖了搖手中的地圖，倒是有些吃驚。

「原來公主真有辦法將地圖送到皇上手中，微臣真是沒想到！」李墨一眼看過去，那地圖一覽無遺，臉色驚訝，卻不多問，只道：「夏城守衛森嚴，微臣雖然花了重金購得一幅地圖，卻沒法帶出城，只能想辦法讓公主一閱而已。卻沒想到公主竟記得一清二楚，回去便將地圖描摹得分毫不差，簡直就是神蹟啊！」

「她素來記性好。」

姬無殤揚了揚眉，語氣很是隨意。

李墨看在眼裡，聽在耳裡，心底卻漸漸起了疑。他知姬無殤是文從征的得意弟子，與柳芙倒也偶爾見面。可姬無殤此時的語氣彷彿與柳芙極為熟稔的感覺，不由得讓人難以相信。但轉念一想，當初柳芙竟答應北上和親，多半也與姬無殤想要取得皇位江山有關係，一時如鯁在喉，很是替柳芙鳴不平，隨即臉色也淡了許多。

「你見了尚恩公主，她可還安好？」姬無殤並未注意到李墨心底情緒的微妙變化，忍不住，還是開口問了出來。

「公主清瘦了不少，但氣色還算正常。」李墨只草草說了兩句應付姬無殤，便不願多言。

還想再追問些什麼，但李墨一副不願多言的樣子，姬無殤只得按下心頭的念想，將注意力放到了地圖上來。

「有了地圖，朕便能在一年之內踏平北疆！李墨，朕要重用你，封你為北營軍師，你可願意？」

聽得心頭一跳，李墨哪裡會有不願意的。若北疆臣服，那柳芙便有可能恢復自由之身，當即便跪地磕頭。「微臣領命！」

第一百六十六章　千鈞等一髮

柳芙離開京城北上和親已近兩年的時間，其間除了她主動將大金國的情報送給姬無殤之外，從未接到過姬無殤送給自己的信函，哪怕隻言片語。

所以當她捏著從信鷹爪下管筒中取出的信箋時，不由得愣了一愣。

輕輕展開，信上只有四字——「靜候佳音」。

不用更多的解釋，柳芙一下就明白姬無殤的意思。看來，自己那份地圖是起了作用，從這些日子完顏律的眉頭深鎖來看，戰事對大金國應該十分不利。

之前，柳芙就聽得王宮中有人議論，因為北疆諸部落的軍隊節節敗退，眼看大周皇朝的悍軍就要壓城，整個夏城中的百姓都岌岌可危，好些人甚至不顧完顏律的禁令，悄悄舉家出逃。

看來，三年之期要提前了吧。就是不知這盛夏再次來臨之前，自己能不能回到京城呢？

想到此，柳芙沈靜了許久的心情竟變得有些急切起來。

「願君達願。」柳芙的回信同樣只有四個字，但筆力間透射出的期盼已經遠遠超出了這四個字，她相信，姬無殤定能讀懂。

八個月之後——

夏城已是一片死寂。

眼看大軍壓境，完顏律沒日沒夜的守在城頭觀察形勢，對陣敵軍，根本無暇顧及還在王宮之內形同軟禁的柳芙。

看著風雪翻飛的城外一片白茫茫，完顏律冷笑著，三個月來第一次回到了王宮。

走進柳芙所居寢殿，完顏律看著那一抹清麗如許不曾改變的身影，一把將手邊點燃的燈燭給打翻了。

這樣大的響聲，驚動了正在佛前跪地誦經的柳芙，她站起身來，往後一望，果然是一身盔甲的完顏律立在門口，臉色不善，甚至連殺意也那樣的明顯。

「怎麼，陛下不在城門親自迎敵，反而有空閒來本宮這冷殿晃悠？」柳芙看著完顏律的樣子，只想用言語再刺一刺他，讓他失了冷靜才好。

「太后以為，本王為何會在這關鍵的時候過來？」完顏律瞳孔微縮，看著眼前的女子，倒沒發現她眼裡的冷靜犀利更勝於天上的飛鷹。

「兩軍交戰，若是用和親公主為人質，還能為夏城守軍爭取幾日活命的機會。想來那大周朝的皇帝自詡天子，仁懷天下，肯定不會讓自己的妹妹被殺頭祭旗吧。」柳芙直言不諱地點出了完顏律此番前來的用意，但語氣卻好像說的不是自己，而是旁人。

冷冷一哼，完顏律上前兩步，高大的身影在夜色中顯得格外肅殺。「太后就不怕？」

「怕死又何用？」柳芙也跟著冷哼了一聲。「本宮只是怕陛下不夠聰明。」

「何出此言？」完顏律皺了皺眉。「難道太后又看出了些什麼？」

「若我真是大周朝的公主，我便還真的怕了陛下會拿我的頭去祭旗。可惜啊……」柳芙仰頭一笑，神色不免帶了幾分妖異。「我不過是個被父親遺棄，和母親相依為命的孽種罷了。若是大周朝的國君是我母親，或許，陛下用我做人質還有些作用。可惜大周朝皇帝生性冷血無情，對我這個毫無關係的公主，又怎麼可能妥協？」

「妳說什麼！」完顏律不信，一把伸手將柳芙的領口扯住。「妳再說一遍！」

「再說一萬遍，這也是事實。」柳芙的淡然態度比起暴跳如雷的完顏律，就像一隻柔弱的白兔對上了一隻凶暴的黑熊。「奉勸陛下一句，若你輕易將我殺了，只會被大周皇帝利用，煽動士兵的復仇情緒，到時候，夏城的百姓就等著面對一群殺紅了眼的冷血戰士吧。」

「好！很好！」完顏律仰天一笑，臉色竟是脹紅到激動起來。「這兩、三年，本王好吃好喝地供著妳，讓妳享有太后之尊，如今，也該是妳回報本王的時候了。」

眉頭微蹙，柳芙不由得向後退了兩步。「你想幹什麼？你已是敗軍之將，不足言勇，難道還想把怒氣全撒在我一個手無寸鐵的女子身上嗎？」

「妳放心，本王不過是要了妳的身子罷了，又不是讓妳去死。」完顏律見柳芙終於觸動，心底大為痛快，那種感覺，就像是站在自己面前的人代表了整個大周朝一樣，若能欺壓，著實解氣。

柳芙知道完顏律這是遷怒罷了，知道自己這時候更加不能露怯，便強忍著心頭懼怕，高高抬起了頭。「本宮名義上乃是先王之妻，是你的母后，你怎敢對本宮有那樣的非分之想！你執意與大周朝對抗，已是陷了大金國於不義。如今你又想要侮辱本宮，卻是對你父王的不孝。如此不義不孝之事，你若真的做出，真真是恥為大金國之君！」

「憑妳一張利嘴，當年本王因此放了妳一馬，讓妳苟活至今。」完顏律卻是豁出去了，一點兒也沒有把柳芙的話放在心上，反而臉上露出一抹邪笑。「可今夜，妳大可省些力氣，省些口舌，等著待會兒極樂之時再大聲喊出來吧！」

說完，完顏律竟使勁一扯身上的盔甲，露出精壯的上半身，雙目猩紅一片，如狼似虎地直接往柳芙所站的方向撲了過去。

眼看如此情形，柳芙心知在劫難逃，為了不讓完顏律輕易得手，眼睛一揚，看到手邊有個玉如意的小擺件，雖然不至於以此為武器自保，卻還是伸手拿住，用盡渾身力氣往完顏律衝過來的方向砸了過去。

完顏律頭上挨了一下，卻連皮也沒破，反而惹得他益發怒不可遏，雙目像是染了血一般赤紅，露出凶光。

正當柳芙設法反抗之時，卻發現一股濃稠的血漿順著完顏律的側臉流了下來，他已然被人從後方一下給砸死了！

第一百六十七章　見面不相懷

夜色中，完顏律高壯的身影如大樹傾倒，轟然而下，直接死在了柳芙的腳邊。

盯著月下那一片鮮紅無比的血跡，柳芙睜大了眼，按住心頭恐懼，緩緩抬首。

「對不起，公主，在下來遲了，叫公主受驚了！」

常勝一身勁裝黑衣，扯下面罩，露出了真身。眼看柳芙仍呆呆地望著自己，不得已，回頭瞧了一眼看似寂靜卻危機四伏的深宮，上前一把將她給扶了起來。「公主，此處不宜久留，請隨在下出宮。」

柳芙這才漸漸回了神。「巧紅怎麼辦？看樣子，你是用輕功悄悄潛入宮內，就算帶人走，也沒法一下子帶著兩個。」

「公主放心，在下先帶公主出去，再想辦法回來救您的婢女。」常勝當即便打消了柳芙的顧忌，又道：「完顏律已死，他的隨身親信見他久不露面肯定會起疑，此地不宜久留，只有得罪公主了。」

說完，常勝一咬牙，上前就將柳芙扛在了肩上，復又將面罩戴好，飛身縱入了這死水一般深沈的夜色之中。

閉上眼，柳芙算是徹底的鬆了口氣，用手緊緊抱住常勝的肩頸，情況危急之下，她也顧不得男女授受不親了，只慶幸先前那樣的情形，沒讓自己含屈自盡，所以，算起來這常勝應該是自己的救命恩人。腦子這樣想著，耳邊呼呼的冷風也不覺得割臉了，反而有種劫後餘生之感。

不過一炷香的時間，柳芙感覺一直飛奔不停的常勝速度突然一滯，下一刻，她已雙腳落在了地面。

因為突然停下，柳芙感到一陣眩暈，雙腳一軟，眼看就要癱倒在地。虧得常勝剛剛放下自己，反手一攬，總算勉強撐住了身子。

「屬下不辱使命，已將公主救回。」

常勝單手攬著身若楊柳無比柔軟的柳芙，額上卻直冒冷汗，不敢看向前頭的姬無殤，生怕對方如火燒般的眼神將自己給直接燙死！

「放下公主，你先退下吧。」

姬無殤的聲音一如既往的那樣冷冽如冰，毫無情緒流淌。可不知為何，柳芙聽在耳裡卻沒來由地覺著一股親切。

「兩年多不見，別來無恙。」

覺察身子穩了，柳芙輕輕推開了一旁早就想要放開自己的常勝，先對著他感激地一笑，這才轉而迎向了對面立著的那個頎長身影。

「屬下先向皇上稟報一事，這才能下去。」

常勝強忍著籠罩而來的冷意，單膝下跪，埋頭道：「之前屬下潛入夏城王宮，在公主所居寢殿撞見完顏律那廝，正在……」

正猶豫著不知道該不該據實稟報，常勝卻聽得姬無殤淡淡的開口道：「具體情況，朕自會問公主，你還不快退下。」

「屬下遵命。」額上冷汗直冒，常勝哪敢久留，跪地行禮之後便「嗖」地一下縱身不見了，甚至比來時還要快了幾分。

「皇上怎麼不讓常勝把話說完？」

柳芙看不清姬無殤的臉，只看得到他頭頂上一輪明月，只覺得那月光再溫柔，卻很難照進姬無殤的心，讓自己看清楚他到底想的是什麼。

「見常勝救回了妳，而妳看來無恙，這是朕最在意的。」

說話間，姬無殤已從陰影中踱步而出，那張過分邪魅英俊，卻含著無邊冷意的臉龐也逐漸清晰了起來。

「原來，皇上如此在意著我……」柳芙莞爾一笑。

「怎麼，妳以為朕會置妳於不顧嗎？」

眉梢微挑，姬無殤再次踱步而近，此時已經離得柳芙極近，彷彿一埋頭，就能芳澤入懷。

「兩年多不見，皇上還是一如既往，冷靜得可怕。」柳芙毫不畏懼地抬眼，眼底，同樣是深邃一如寒潭般無法辨明的鎮定。

「妳倒是變了。」姬無殤伸手，指尖纏繞著柳芙耳畔的亂髮兩綹，低聲道：「變得更加讓人看不透了。」

「待在大金，若非如此，我早已身首異地，又哪裡能和皇上再次重逢呢。」柳芙細細的看著近在咫尺的姬無殤，她曾幻想過多次，兩人若再次相遇，自己會是怎樣的心情。可真的看到他站在面前，之前所想的各種情形，卻只是浮雲罷了。柳芙從未曾料到，自己此時此刻看到他，只覺得一片心安，異常的心安。

「柳芙，從此以後，朕許妳一句承諾。」

或許是感到了對面人兒此刻的心境，姬無殤突然道：「以後，妳再也不用擔驚受怕了，有朕在的一天，便會護妳周全安寧。」

「皇上何以待我如此？」柳芙心底一顫，不曾想，姬無殤竟會有此一言，不由得眼眸中帶了一抹期盼。

面對柳芙流露出的淡淡情愫，姬無殤卻緩緩退開來，語氣恢復了之前的冷靜淡漠。「若非妳傳來的地圖，常勝又怎能將完顏律誅殺！他是個極小心之人，平時身邊至少有五名高手隨時保護。朕曾經數次想要暗殺他，都不得其果。」

話雖如此，但姬無殤的指尖仍舊流連在柳芙的臉頰之上，細細摩挲著，彷彿是在把玩一件精緻的瓷器，又或是手捧著一顆價值連城的明珠，就像是這兩、三年來的所有思緒，不管是簡單的還是複雜的，心中對柳芙的情感都落在了這樣的親暱舉動之中。

感受到對方言行不一，柳芙知道，姬無殤那扇半開的心門又死死的關上了，反正來日方長，她只接了他的話繼續說下去。「兩軍交戰，敵方元帥已死，這一場仗，不用打便分出了輸贏。我給了皇上如此重逢厚禮，您會那樣承諾於我，自是順理成章。所以，我也不用感謝皇上了吧……我乏了，皇上撥一處清靜之地，讓我休息吧。」

說完，柳芙也換上了如常沈靜的表情，似乎之前那一縷情動只是惘然，留下的，卻只有淡漠一如湖水的寂寥。

第一百六十八章　心上抹朱砂

完顏律一死，戰局便沒有了懸念。

不過三日時間，夏城便被攻破，大周朝的軍隊勢如破竹，直接將大金國的根基切斷，也算徹底平息了多年來的北疆之亂。

因得群龍無首，北疆其他小國和部落顯然也不會做困獸之鬥，國主和各部落首領都紛紛親自前來，向暫時駐紮在夏城王宮的姬無殤表示了臣服之心。

再次回到夏城的王宮，柳芙看著熟悉的環境，總有種不真實的感覺。自己，這算不算是苦盡甘來呢？

「公主，您還是歇歇吧，這王宮裡日夜都有北疆各國部落首領前來覲見，鬧騰得不行。」巧紅那一夜也被常勝從王宮救了出來。常勝有意透露是柳芙吩咐，這讓她滿心皆是對柳芙的感激和信服。

「是啊，咱們來這兒兩、三年了，終於可以安心吃一頓飯食了。」柳芙低首看著巧紅端來的食物，皆是中原佳餚，順帶的，那思鄉之情也濃烈了起來。

「這可是皇上親自吩咐身邊御廚置辦，不然，這夏城又有誰能吃到如此道地的家鄉菜呢？」巧紅說著，湊到柳芙的身邊。「不過啊，這菜色卻是軍師大人透露給奴婢知道的。不然，也不可能做出合公主心意的菜色呢。」

「小妮子，妳擠眉弄眼，小心臉上長皺紋。」柳芙當然知道這小婢女是何意思，卻笑笑並不放在心上。「李先生與本宮在京城時就熟識，他不但是我乾爺爺的弟子，還是皇家書院教過我的老師，自是比旁人熟悉一些的。」

巧紅不過是見柳芙神色深沈，有意拿李墨的事情打趣她，讓她心情好些罷了。如今見自家主子態度自若，也不多說了，忙道：「對了，常大人之前過來，說今夜皇上會宴請各部落的首領，一一給他們封號，算作北疆一戰的結束，之後便立即啟程回京呢。公主，您挑一挑衣裳，皇上可是指了您作陪的。」

「我名義上是大金國的太后，有我在旁邊恭恭敬敬的，也能讓北疆諸國和部落存有臣服之心。」柳芙看得清楚明白，指了指身後的衣櫥。「也別挑衣裳了，只能穿太后的吉服。」

「說起來，那件吉服還是之前備下的，因為那大金先王突然逝世，公主還一次都沒穿過呢。」巧紅當即就去箱籠中翻出了那件大紅色的吉服，呈到柳芙的面前。

這大金國的服飾和中原很有些區別，剪裁貼身，用色濃烈，特別是鑲在領口裙襬的一圈圈雪狐毛，倒是將這件太后的吉服襯托得莊重有餘，兼顧華美。只是以柳芙的年紀，穿上未免顯得有些過於沈悶了，不過能不能穿得好看是次要，最重要是以大金國太后的身分顯露出對大周朝的拜服效忠。

入夜，柳芙換上吉服，在巧紅的攙扶下來到了王宮的迎客大殿。

殿中燈火通明，只是王座之上已經變成了姬無殤，柳芙沒有耽擱，直接上前以大金國禮儀行了叩拜之禮。「妾身大金國太后柳氏，見過皇上。祝皇上千秋鼎盛，願您的到來能夠福澤北疆。」

用中原語言說完，柳芙竟也沒有停下，「嘰哩咕嚕」又用這北疆人才會的金語重複了之前的話。旁的不說，倒是讓前來接受賜封的各國部落首領傻了眼。

上首的姬無殤將這樣的情形看在眼裡，心裡對柳芙此舉是說不出的驚喜。北疆諸國和部落極為謹慎，外人一般很難學會他們的語言。特別是中原人，因為發音很不一樣，鮮少有人能和柳芙一樣說得如此流利。

不過驚喜歸驚喜，姬無殤心底也是暗暗佩服。仔細看著下首跪著的柳芙，不由得一時失了神。

極少做如此隆重的打扮，柳芙高束的青絲包裹在隆重繁複的珠冠中，略施粉黛，桃腮紅唇，大紅鑲雪狐毛的裙衫襯托出婀娜纖細的身姿，整個人顯得異常端莊華麗，卻又透著一股子妖冶之美。

「太后請起。」姬無殤微瞇了瞇眼，顯然對柳芙會以「太后」身分參加飲宴早就知曉。但他卻沒料想，當年雖然身著鮮紅的嫁衣出關北上，可今日再見她著紅，竟是像心頭的那顆朱砂痣一般，深刻得讓他幾乎無法挪開眼。

看到皇帝表現得有些遲鈍，旁邊的常勝趕忙上前一步。「請太后上座。」

抬眼，和姬無殤輕輕地對視了一下，柳芙這才踱步上到首座，在緊鄰王座之旁的次席坐了下來，便垂首不再多言。

飲宴開始，各部落首領巴不得能借此機會討好姬無殤，於是挨個兒地上前敬酒。

但並非人人都像完顏律那樣精通中原語言，一時間首領們你一言我一句，不時冒出北疆土語，讓姬無殤應接不暇。

眼看姬無殤並未主動開口向自己「求助」，柳芙卻沒有倨傲怠慢，當即便用流利的北疆土語開了口。

反正也用不著隱藏了，柳芙樂得讓姬無殤承自己的小情，一邊幫他翻譯這些首領的話，一邊又將他的話稍加潤飾，朗聲說給了席間之人聽。

如此一來二去，只聽得宴席之上柳芙那圓潤清朗的嗓音不斷響起，也使得這浮躁的宴席多了幾分沈靜恬淡的味道。

第一百六十九章　歸路亦迢迢

待到正式離開大金國的日子，柳芙起了個大早，梳洗穿戴好，想在離開這王宮之前最後看一眼這北疆的日出，聊以紀念自己在此地度過的這些日子。

拒絕了巧紅的跟隨，柳芙登上了王宮城樓，眺望著一輪紅日逐漸破雲而出，心境也隨之疏朗了許多。

一個時辰之後，自己就將啟程隨姬無殤回京。

昨日，當著軍中將士，身為皇帝的姬無殤讓常勝宣讀了聖旨，賜了自己「裕隆」的稱號，尊為大周皇朝的長公主，順帶也賜封了母親沈氏為魏國夫人。

有了姬無殤的這一紙聖意，從此之後，自己的路應該會平坦一些了吧。至少胡家不再是威脅，母親也不用受人白眼，被人誣衊。

柳芙眼前又浮現出了姬無殤冰冷，卻略帶探究關注的目光。

兩人的關係說不上撲朔迷離，但有了「長公主」的封號，就有了一道兩人永遠也無法跨過的鴻溝。兄妹之間，哪怕是異姓兄妹，自己和姬無殤就再也沒有任何可能在一起了。

想到此，柳芙心底微微一顫，竟苦得發疼起來。當初她有意要求姬無殤封自己為長公主，那決定下得如此堅決，如今為何面對事實，自己竟然有了後悔的念頭……

也罷，那個唯一令自己動心的男子，卻是自己永遠也得不到的男子。這一生，不如好好守著母親、守著親人過下去吧，這樣未嘗不是一件樂事呢。

既然看開，柳芙隨即莞爾一笑，那笑容在朝陽之下顯得格外燦爛，格外豁達無憂，也格外的清朗自得。

一個時辰之後，由大周朝皇帝御駕親征帶領的十萬大軍終於啟程，班師回朝。

臨走前，姬無殤封了完顏律的表兄，一個年過四十、性情憨厚膽小的完顏恭為大金國君主。並帶回他的妻兒老小一起回京，准許這完顏恭每年春天入京看望。

如此安排，自然是為了防止完顏恭變節，將大金國牢牢的掌握在大周皇朝的手中。

且不說對於大金國的諸多安排，柳芙身為長公主，儀仗隆重，單是車馬轎騎便足足綿延了近一里。這些人都是姬無殤從軍隊中抽調的人手，他甚至還安排了常勝專門負責柳芙的安全，騎著高頭大馬率領隊伍前行。

柳芙知道姬無殤不過按照當初的約定，又想做出表率來給天下人看他如何尊重當年和親的公主罷了，所以安然接受這些。穿金戴銀，鑲珠飾玉，一路上風風光光地回到了大周朝的京城。

十萬大軍留在了北方大營，姬無殤只帶著柳芙，以千人的儀仗隊伍回京。

得知御駕親征勝利回朝的皇帝與和親有功被封為長公主的裕隆公主今日入城，京城數萬百姓都自發地穿上喜氣的紅衣，集結在京城的長亭處跪迎。

車馬前行，速度極快，柳芙透過縫隙看到外間密密麻麻匍匐在地上的百姓，想起當年她北上和親，情形，竟是如此的相似。

只是這一次，是她回來了，雖然歸路如淵，但她已經平平安安地回來了。從此以後，萬事皆為虛幻，她便是大周朝最最尊貴的長公主殿下，一人之下萬人之上的天之驕女。柳冠傑也好，胡清漪也好，還是那個聰明過頭的柳嫻也好，都不會再是自己的對手。不為別的，只因為他們根本就不配。

好好地享受著長公主之尊，別得罪姬無殤，柳芙知道，她這一輩子就再也不需要顧慮什麼了，所有苦難、所有煎熬，自她以長公主的身分重新回到京城的這一刻，都結束了……

柳芙本想直接回文府先看望母親沈氏和乾爺爺文從征，但姬無殤卻說她如今身分不同往日，必須住在御賜的長公主府中。另外，等她安頓下來，魏國夫人，也就是沈氏，自會和如今已身為帝師的文從征前來看望她。到時候只要她不離開公主府，怎麼住，也都由著她自行安排了。

這倒讓柳芙有些意外。她沒想到姬無殤竟為自己準備了府邸，很顯然，若非從她離開時就興建，眼前這座明顯恢宏精緻過頭的嶄新府邸根本不可能在倉促間落成的。

樂得有自己單獨的府邸居住，柳芙想著很快就能見到母親和文爺爺，心中掛念，卻也在臉上露出了柔軟的微笑來。

當日，沈氏和文從征就來到了公主府。

兩年多未見，三人自是一番唏噓嗟嘆，沈氏和柳芙更免不了抱頭痛哭一陣。但家人團聚，最後三人還是樂成了一團，一起用膳、吃酒、說話，敘述著各自的境況。特別是柳芙所講述的北疆風貌，讓文從征很是羨慕，不停地道「讀萬卷書不如行萬里路」。

沈氏則關心自己女兒和親後的「事情」。柳芙直言和親路上就接到完顏烈死訊，自己還未換下嫁衣就直接披了喪服，所以沒有「吃虧」，讓母親安心。

可沈氏聽在耳裡，痛在心上，哪裡能安心。女兒雖然平安歸來，又成了皇朝最尊貴的長公主，可頂著大金國太后的寡婦身分，將來的姻緣又在哪裡呢？

第一百七十章　長公主府邸

御賜的公主府位於皇宮外的朱雀長街，離得內宮極近。因是落成不久，各處花園庭院也好，一應家具擺設也好，都透著一股奢靡華麗的嶄新味道。

也不知姬無殤是不是以此作為自己替他踏平北疆的「酬勞」，柳芙既來之則安之，倒也心安理得。

只是這府中伺候的全是宮女和太監，讓柳芙有些不適應。奈何規矩如此，自己又是長公主的身分，只能主動去接受，無法推翻。

回到京城後的第一個夜晚，柳芙一夜無夢。

「長公主殿下，請梳洗更衣，您得趕在卯時皇上早朝之前去請安。」

還在睡夢之中，耳邊就傳來一聲呼喚，惹得柳芙不悅地皺了皺眉，隨即睜開眼。

一個頭髮花白的老嬤嬤立在面前，一身管事嬤嬤的服色，看起來倒有幾分嚴厲。

「昨日長公主入府，奴婢曾跪過安，長公主殿下忘了吧。」這老嬤嬤見柳芙一臉迷糊，主動上前福禮道：「奴婢乃是皇上從宮裡撥來伺候長公主殿下的管事嬤嬤侯氏。以後長公主府內的一應事宜都由奴婢幫忙打點。另外皇上還撥了吳公公為外院的管事太監，他正在外面候著，等長公主殿下梳洗更衣之後便來請安。」

柳芙聞言起身，看了看這侯嬤嬤，昨夜的確是來跪過安的。她身後還跟了兩個小宮女，看起來年紀約莫十四歲左右，長相普通，只是清秀罷了，但規矩極好，都垂目低首，躬身不動。

「本宮的貼身婢女巧紅呢？」柳芙剛問出口，巧紅就推門而進了。因為心疼母親，柳芙讓暖兒留在了文府，方便照顧。畢竟自己這邊已經有了巧紅，一時不需要太多的人手。

巧紅手裡托了各色早點吃食，也是換做了一身宮女的服色，只是品級比之前在宮裡伺候柳芙時要高出三級。「主子您都醒啦！奴婢想著廚房的人不知您的口味，所以特意過去『指點』他們呢。您這是第一天回來，必須吃一頓合心意的早膳才行。」

見巧紅放在食桌上的果然是自己平日裡喜歡用的芙蓉糕、桂花糯、百合粥，還有只打滾了一夜的酸醃菜等，點點頭，轉而對著其餘三人道：「侯嬤嬤，妳先帶著她們下去吧，本宮府裡伺候的人，總要本宮親自過問了才能定下。」雖然語氣不冷不熱，但柳芙臉上卻絲毫沒有給這位侯嬤嬤任何好表情，吩咐了便不理，起身示意巧紅過來幫自己梳洗更衣。

侯嬤嬤嘴唇微動，似想說些什麼，奈何柳芙身為長公主，她的話自己怎敢不聽，只能給左右使了眼色。「那奴婢等就先行告退了。若有吩咐，奴婢等都在外頭候著。吳公公那邊，奴婢也讓他一併退下，不打擾長公主殿下了。」

待那三人都出了屋子，巧紅這才撇了撇嘴。「主子，這個侯嬤嬤以前在宮裡就是負責教習新進宮女的，為人刻板，做事兒一絲不苟，奴婢以前貪玩，還被她罰過站呢。」

「教習嬤嬤？」柳芙倒有些意外。「那並不是哪個宮的人咯？」

「春熙宮是專職教習新進宮女的地方，屬於內務府管轄。」巧紅想了想，肯定的點點頭。「另外那兩個宮女，奴婢看著眼生，多半也是春熙宮一起出來的吧。」

唇角微翹，柳芙還真沒想到姬無殤會如此安排。「那吳公公妳可知道？」

「知道！」巧紅想了想，點頭道：「吳公公好像以前是專司御膳房採買一職的，他還有個外號叫『一秤金』呢。據說從他手裡過去的食材，無論貴賤，皇商和御廚兩邊都別想貪得一分好處。有他做公主府的外院管事，倒是個極好的安排呢！」

聞言，柳芙就更加確定這一撥送來伺候自己的人，多半是姬無殤親自挑選的。既避免了和其他宮裡的人有所牽扯，又乾淨且能幹，真真是費了一番心思的。

「好了，妳挑一件入宮穿的禮服，按規矩，我得在皇上早朝之前去請安。」柳芙心下大定，精神也好了不少，便起身來翻看著梳妝檯上的幾個首飾匣子。裡頭的珠翠琳琅滿目，甚至還有蓮子大小的金剛石鑲嵌的步搖釵環，看得柳芙一挑眉。

「那主子換上這件吧。」巧紅聽是入宮請安，就直接拿了一件湘妃色繡六尾金鳳的禮服出來。「顏色不那麼惹眼，卻華貴非常，襯得了主子您的身分。」

對於穿著，柳芙並不太介意，本喜素淨，但長公主的禮服也不可能簡單到哪兒去，便順手挑了件搭配的首飾出來，這才去了屏風後更衣。

梳洗一新的柳芙看起來精神飽滿，神色愉悅。

一路從寢居中出來，昨夜因為太晚，又只顧著和母親還有文爺爺說話，柳芙還沒來得及打量自己這個便宜得來的新居。

正值春季，庭院中各色時令鮮花爭相綻放，散發出濃濃的香氣，馥郁清香，讓人步入其間，心曠神怡，十分愜意。

「主子，這長公主府可比宮裡還要華美呢。」巧紅在皇宮內院專司御花園，自然對庭院中栽種的各色花朵很是在行。「瞧著那些扶桑、百合、一串紅、芍藥，還有木槿和錦帶花，哪一樣都不缺，就是御花園也不過如此啊。」

「是挺不錯的。」柳芙笑笑，暗嘆姬無殤慷慨，但轉念一想，這公主府再華麗，也不過是他為自己編織的一個金絲雀籠罷了。清晨得去請安，黃昏得去定省，每日明著監視自己，多半還有諸多事情要自己暗中幫他做。這點好處，也就顯得不算什麼了。

除了府門，有長公主專乘的宮輦特地在門外候著，柳芙登上車，便閉目養神起來。畢竟等會兒還要和那冷面狐過招，若是沒有足夠的精神，恐怕兩、三下就會被他套進另一個圈套中。自己剛剛才從北疆艱難而回，以後還指望過清靜日子呢，可不能出了一個火坑又跳入另一個！

第一百七十一章 皆是老相識

屬於長公主府的是六騎宮輦，且不說六頭赤紅色的高頭大馬足夠威風，車廂裡面還十分的寬闊平整，竹蓆之下是三寸厚的棕墊，用錦綢裏著，既涼爽，又柔滑舒服。

柳芙坐在車輦中，看著滿眼興奮的巧紅，斜斜倚在靠墊上。「妳可是長公主的貼身侍婢，等會兒入宮可別露出這暴發戶似的興奮勁兒了，白白叫人笑話。」

「主子，您心情不錯吧！」眨眨眼，巧紅看向一臉輕鬆愜意的柳芙。「為什麼奴婢覺著裕王做了皇上之後，整個人都厲害了幾分，不敢靠近呢？倒是主子去請安，看起來好像是去見一個老朋友似的。」

巧紅年紀小，加上柳芙平素待她也很隨和，說起話來便有些管不住嘴巴，隨意得很。

「我是長公主，是皇上的御妹，又不是朝臣，更不是他的後宮佳麗，為何要怕呢？」柳芙挑挑眉，倒覺得這巧紅越大，心思也越通透了，竟能看出姬無殤如今的微妙變化。要知道他在旁人眼裡，雖然冷漠，但以前做裕王的時候還是佯裝得很謙和有禮，一般人，是瞧不出他的心性。

「奴婢也不知道……」巧紅畢竟才十四、五歲，想不通便也不想了，笑道：「主子，咱們以後每天都要這樣和皇上一起去太后的慈寧宮晨昏定省，連個休沐之日也沒有，您素來喜歡晚起，不如向皇上求個恩典，讓他免了您的禮吧。」

「晨昏定省不算什麼，規矩就是規矩，我這個長公主還是不要隨意落人口實才好。」柳芙擺擺手，示意巧紅不用多說。

不過一盞茶的時間，公主府的車駕就進入了皇宮。

長公主和普通的皇家公主有著本質的區別，必須經過皇帝的冊封。《史記・孝武本紀》曾有記載——帝女曰公主，儀比列侯。姊妹曰長公主，儀比諸侯王。其意便是長公主類似諸侯王，享有一方封邑。而大周朝的長公主，從來都是賜封的姬家嫡長女。

事實上，因為姬家的公主天生帶有寒症，多早夭，能存活下來的已經十分少了，更何況是嫡系的長女。所以柳芙大概是大周朝立國以來第九位享有長公主封號的女子，更是第一位異姓長公主。

和別的車馬不同，柳芙所乘的車輦享有同帝后與太后一併的殊榮，可在宮內隨意行走。六騎的車駕駛入慈寧宮，不引人注目是不可能的。

所以當柳芙在巧紅的攙扶下落地時，前面就齊刷刷的站了一溜人駐足觀望。

為首的，便是柳芙的「老熟人」，此時已是淑妃之位的柳嫻。

外家遭逢變故，加上入宮為妃近一年，雖然一張臉仍舊絕色妖冶，但原本張揚的性子如今看起來倒沈穩了不少。

「臣妾柳氏，見過長公主殿下。」臉色晦暗不明，柳嫻卻知道面對柳芙，她為妃妾、為奴婢，所以不得不禮數周全。

包括公孫環在內，柳嫻身後的幾個宮妃見狀，終於從驚訝和驚豔中回過神來，紛紛跟著福禮。「見過長公主殿下，殿下金安。」

「起來吧。」

柳芙對於柳嫻的入宮，起初聽聞之後倒是有些驚訝。可轉念一想，胡氏母女皆是精明絕頂之人。胡家不保，她們自然不會再傻傻的覬覦姬無淵王妃的位置。不過柳嫻竟能位居四妃之首，卻是讓柳芙沒有想到的。

姬無殤要服國喪大孝，整整三年不能召幸妃嬪，包括柳嫻在內，都是「守活寡」罷了。可其他人看服色，不過是婕妤、寶林一類的位分，即便是公孫大學士之女的公孫環，也不過身著嬪位的服色罷了，這個曾經胡家的外孫女柳嫻竟能成為淑妃……

想到此，柳芙扯了扯嘴角。

「柳淑妃是吧……妳應該沒有預料到今日妳我的相見吧？」

柳嫻看出了柳芙的諷刺，更讀出了她寥寥兩句話中的深意，卻保持著應有的禮數，微微頷首福禮道——

「長公主殿下和親有功，更是裡應外合助皇上打了最後的大勝仗，別說長公主了，就是賜封您為大長公主，也是不為過的。」

「只有皇上的嫡系長輩才能享有大長公主的封號，本宮可沒那麼老。」一句玩笑，柳芙便輕描淡寫地掠過了與柳嫻的「交鋒」，只踱步上前，看向了靜靜立在一旁的公孫環。「環姊姊，幾年不見，別來無恙。」

「多謝長公主殿下掛念，臣妾很好。」公孫環連眼睛都不敢抬一下，面對如今身分高過自己好幾層，又益發明媚美麗的柳芙，她只覺得心底深處從未有過的自卑感覺竟如泉水般湧了出來，心頭酸酸的。

「環姊姊如此客氣，真是沒有必要的。」柳芙清楚兩人如今身分地位已是千差萬別，也不勉強對方和自己做朋友，略嘆了口氣，正準備進入正殿去見太后，卻聽得身後有人張口叫出了自己的名諱。

「芙妹妹！芙妹妹！真的是妳嗎？」

這聲音略帶驚喜，更含了三分哽咽，聽得柳芙心下微動，含笑便轉過身去。「南宮姊姊，可想死妹妹了！」

果然，一身王府正妃行頭的南宮珥正俏生生地立在慈寧宮門口，眼中含淚地看著幾年未曾相見的柳芙，臉上又是感慨又是傷懷，表情多變，卻是真情流露。

「王妃，妳面前的是皇朝長公主殿下，怎能稱呼其為『妹妹』呢？」

說話間，一身月白輕袍的姬無淵踱步而來，他遲了南宮珥三步，卻在一抬眼間，目光只鎖定了庭院中那一襲湘妃色的身影，再也，再也，無法挪開眼了。

以為此生無法再見她一面，以為和親北上嫁作了他人婦，以為自己和她再無可能……絕了男女情愛之心的姬無淵才勉強接受了先皇后胡氏的安排，娶了南宮珥為太子妃。

只可惜他這個太子如今已成為了被軟禁京城的廢王，連累南宮珥也從準皇后變成了廢王妃。不過這些年來姬無淵倒是和南宮珥琴瑟和鳴，夫妻之間的關係說不上如膠似漆，卻也相敬如賓，讓外人羨慕。

可現下自己魂牽夢縈了多年的心愛女子竟重新出現在面前，讓姬無淵一時間又驚喜、又心痛，除了癡癡地看著柳芙之外，竟沒了任何反應，毫不顧忌此處還有其他後宮妃嬪和自己的王妃。

第一百七十二章　一念莫慈悲

兩年多未曾相見，比起柳芙的「成長」，姬無淵算是徹底的「成熟」了。

原本與生俱來的傲骨已被磨平，姬無淵眼中透出的不再是光彩，取而代之的，則是一抹隱晦的深沈，和一如死灰般的淡漠。

但此時的他，卻在眼底閃過了一抹悸動。這悸動源於那個他已經深埋在記憶深處的人影，那個唯一曾經讓驕傲的他動心過的女子。

「郁王，您且安好……」

面對姬無淵，柳芙只剩感慨，對於他，自己心中有著莫名的愧疚和虧欠，所以語氣稍緩。「我昨夜才回京，還未來得及向您請安。」

「請安？」姬無淵終於收起了不小心流露出來的軟弱，表情竟變得冷淡起來。「長公主殿下身分尊貴，您的請安豈是我這個廢王能夠生受的？您還是給皇上請安吧。」

說完，姬無淵也不管身邊的王妃南宮珥，竟轉身便拂袖而去。南宮珥見狀，哪裡還顧得了每日必須的晨昏定省，只匆匆給柳芙點了點頭，就跟著追了上去。

看到姬無淵負氣離開，柳芙知道他絕對有理由如此。姬無殤登基之後，給了他一個「郁王」的封號，和之前他本人的「裕王」同音，卻不同字。

別人或許沒看出來，但柳芙一下便猜中了姬無殤的心思。他這是要姬無淵在史書上成為一個永遠的「影子」，永遠的廢王。前朝也好，後世也好，都不會再有曾經的太子姬無淵，只有一個「郁王」。

「郁王和王妃這是怎麼了？來了慈寧宮門口卻不進去給太后請安，未免失了禮數。」柳嫻眼波流轉，倒是不冷不熱地說了這一句話便一招手，示意身後的妃嬪都跟她一起。「臣妾等耽誤這麼久，已是遲了，先告辭。」說完，一群美人便提了裙角魚貫而入。

面對姬無淵的巨大轉變，面對柳嫻的鋒芒暗藏，柳芙抬手揉了揉鬢角，知道自己回來後恐怕有好一段時間是不能安生了。

對於姬無淵，她只能抱歉，不能有任何態度上的改變。至於柳嫻，還有她背後的胡清漪……只要她們一天乖乖的不要亂來，自己也就放任她們母女繼續過逍遙的日子。但若是她們率先挑起戰爭，柳芙就一定會奉陪到底，而且保證一定會殺得她們「片甲不留」！

「妳見到他了？」

柳芙正準備也跟著進入慈寧宮，卻聽得身後傳來一句說話。

回頭，柳芙看到了一身明黃龍袍的姬無殤。

額戴金冠，深沈內斂的眉眼間，一抹寒氣流露而出。明黃的朝服竟不及他那張過分邪魅俊朗的臉讓人矚目。無可否認，姬無殤身上那種睥睨天下的真龍氣質，是姬無淵絕對無法比擬的。

他們兩人一開始就注定了最後的結果，溫和如玉的姬無淵只能敗在鋒芒盡露的姬無殤之下，沒有其他路可走。

收回目光，柳芙點了點頭。「你應該好好待他。畢竟，這一切都不是他的錯。」

「若非他甘願受人擺佈，又豈會有今日之下場。」姬無殤卻一如既往的冷臉相對，語氣冰冷得好像在說著什麼不相干的人一樣。

「一念慈祥，可醞釀兩間和氣。寸心潔白，可昭垂百代清芬。」柳芙看著姬無殤，吐氣如蘭，卻是無奈得很。「可這句話用在您的身上，卻只是可笑吧。」

「朕不需要昭垂百代，朕只知道，一念慈祥只會讓你的敵人有機可乘，將來成為最大的絆腳石。」姬無殤上前兩步，看著柳芙，看著她姣好如花的面容，看著她華貴卻不失清麗姿態的服色，勾起唇角，冷笑道：「比如當初對妳存了一念姑息的柳嫻和胡氏……朕只希望，妳這次回來，不要再手軟才是！」

說完這句，姬無殤伸手將柳芙一拉，竟是將她柔臂拽住，直接拖入了慈寧宮。

面對姬無殤的粗暴，柳芙掙脫不得，但也沒有動氣。

她知道他為何生氣，不過是看到了姬無淵對自己的情意流露罷了。驕傲如他，雖然懂得隱忍，但看到這一幕，很難再保持冷靜和淡漠了吧……

想到此，柳芙唇角微翹，只任由姬無殤將她的手拉得緊緊的，兩人一前一後進入了慈寧宮的正殿之中。

已是太后的素妃高坐上首，正和柳嫻等人說著什麼，聽見宮人稟報「皇上駕到，長公主駕到」神色便一喜，不再理會恭維自己的後宮妃嬪們，只抬眼朝殿門口望去。

入殿門的前一刻，姬無殤就鬆開了柳芙的手，像沒事兒人一般，走在了前頭直接進去。

柳芙低首看了一眼手腕處的紅印，心裡頭滋味卻是古怪得很，只能拉了拉衣袖遮住，也趕緊跟了上去。

「母后可安好？」姬無殤進入殿中，直接步上首座高臺，向身為太后的素妃行了禮。

「快坐，母后要看看咱們的長公主殿下呢！」

太后眼裡哪兒還有兒子，只瞧著盈盈而立在下方中央的柳芙，眼底浮出了一抹清淚。

「好芙兒，委屈妳了！」

「兒臣見過母后，願母后鳳體金安。」柳芙雖然口中以晚輩自稱，卻直接雙膝跪下，伏地行了大禮。

親自從首座上下來，將柳芙扶起身，太后忍住心底的酸意。「好孩子，回來就好了。妳放心，大周朝欠妳的，今後會悉數奉還。只要有哀家在的一天，就不會允許任何人碰妳一根汗毛。」說著，太后眼神變得鋒利起來，朝著兩邊垂首站立的後宮妃嬪看了過去。

「母后……」柳芙抬眼，對於太后這樣維護自己，心知她對之前的一切都瞭若指掌，這才如此表率罷了。但她眼裡的真誠卻是不容忽視的，也讓自己有些觸動。「兒臣有今日，皆是皇朝給予。以前的事情都過去了，日後，兒臣會孝順太后的。」

太后知道柳芙的犧牲意味著什麼，同樣有過犧牲，至少自己苦盡甘來，可柳芙頂著大金國太后的名號，她雖然得以回歸中原，但這一輩子，卻無法再有一段好姻緣了。她只能守著一輩子的活寡，連女人最基本的幸福也得不到。

想到此，太后轉向了上首端坐的姬無殤，心裡，竟隱隱有了一絲萌動。

第一百七十三章 順水推舟去

若說從前，還是裕親王身分的姬無殤恐怕根本入不了柳嫻的眼。她一心只想成為太子妃，執著於那虛幻卻觸手可及的皇后之夢。

可如今，眼看著上首高坐著容貌英俊、氣度不凡的姬無殤，比起落魄無權的姬無淵不知好了多少倍，已身為後宮妃嬪的柳嫻，心裡雖然喜歡，卻空落落的抓不住任何能讓自己成為皇后的依仗。

偏偏，身分低微、無名無分的柳芙卻同樣高坐上首，享有皇朝長公主之尊，自己卻只能自稱妃妾，反過來低了她一等。

看著看著，柳嫻只覺得眼睛被柳芙那姣好如花的笑顏，還有那一襲看起來素雅卻極致昂貴的衣料刺得生疼，乾脆半垂著首，眼不見心不煩，一句話也沒有說。

「怎麼不見敏慧郡主？」和太后寒暄了幾句，柳芙環顧下首，這些後宮妃嬪裡面，唯獨不見自己略有好感的敏慧。

「敏慧如今可不是郡主了。」太后掃過一旁的姬無殤，見他蹙了蹙眉，竟毫不掩飾對敏慧的厭惡，只得嘆了口氣。「賢妃抱病已有半年，太醫說是思慮過度，加上……也罷，芙兒，妳和她自幼相識，得空就去探望探望吧。敏慧那孩子，就是太癡情了。」

「母后，若無其他事，兒臣也該上朝去了。」姬無殤似乎不想再聽關於敏慧的話，站起身來略頷首便轉身而去，倒是離開前留了話給柳芙。「長公主初回京城，可多陪陪母后說話，聊以解悶。」

看著兒子的背影，太后甩頭嘆了嘆氣。「哀家的這個皇兒，就是太不解風情了。這滿後宮的奼紫嫣紅，他偏偏片葉也不沾身。其他人還好，敏慧癡戀他多年，受不住這樣的結果，加上擔心他御駕親征，一病不起，讓人擔心，卻無從勸起。」

嘆著嘆著，太后看向了抿唇不語的柳芙。「皇兒是一國之君，而妳現在是長公主了，妳好好勸勸他，得為皇朝綿延國嗣才行。」

要自己去勸姬無殤臨幸後宮妃嬪？柳芙看向太后，見她神色中毫無一點偽裝，自己卻不得不搖了搖頭。「母后是皇上的長輩尚且不能規勸，兒臣又何德何能，叫皇上回轉心意呢？不如下首諸位妃嬪，大家多花些心思，讓皇上心裡有妳們，這才是正理。」

「她們?!」太后一臉的嗟嘆之色。「她們能夠不讓皇帝討厭就行了，要是其中之一能夠得到皇帝的喜歡，懷上龍嗣，哪怕將來生下的是公主，哀家就立馬作主讓皇帝冊封她為後宮之主！」太后目光掃過下首站立的諸位妃嬪。「可妳們也要能夠先靠近正儀殿才行，連皇帝的龍袍妳們都沾不到邊，又怎麼能當皇后呢！」

以柳嫻為首，原本聽到太后的話都為之一怔，緊接著見她開罵，趕緊齊齊跪在了殿下。

「臣妾等有罪！」

「母后息怒，三年國孝期限就要到了，母后不如讓內務府將選秀的時間提前，正好也能讓宮裡的氣氛換換。新人新氣象嘛……」柳芙說著，眼波掃了掃下首端立在前的柳嫻，見她神色威凜，顯然是對自己的這個提議非常在意。

本來就是，她們幾個占了先機，以功臣之女的身分入宮為妃，奈何姬無殤以守三年國喪為由，讓她們守了近一年的活寡，等於看著碗裡的肉不能吃。三年之期就快到了，眼看她們就要苦盡甘來，開始侍寢，柳芙卻提出讓太后再次主持選秀大典。這就等於斷了她們以身孕晉升為皇后的先機！

到時候選秀，說不定會有不少容貌性情俱佳的女子充盈後宮，她們這幾個老臉孔，除了分位稍高，根本占不了多少便宜。再說，萬一新人當中誰有孕，只要出身不太差，恐怕太后為了穩固後宮都會讓皇上請旨冊封皇后，到時候風水輪流轉，她們幾個再高貴，也高貴不過正主。

按住心頭對柳芙的熊熊怒火，無論是柳嫻也好，公孫環也好，還是其他幾個妃嬪也好，此時都開始動了小心思，一定要在選秀之前至少獲得皇上歡心，才有可能懷上龍嗣，榮登后位！

樂得看姬無殤的後宮亂成一鍋粥，更加樂得讓柳嫻此女主動露出馬腳，柳芙吐氣如蘭，側身傾向了太后。「母后，身為長公主，是否能擁有私家產業呢？」

太后尚未回神過來，聽得柳芙有此一問，隨口便道：「按律，長公主產業屬世襲。不過妳是特別賜封的，倒沒有繼承一說。妳回頭遣了長公主外院管事太監入宮，去內務府報明妳名下的產業，另外按照規矩，會劃撥妳的封邑和皇莊在妳名下。到時候，可有得妳忙呢！」

柳芙要的就是太后這一席話，頓時喜笑顏開地點點頭。「多謝母后垂愛，兒臣這就回去遣了吳內侍來辦。」

「怎麼樣，皇帝親自為妳挑選的人，妳用著可還順手？」太后想了想，還是開了口。「本來哀家想為妳挑人的，皇帝是男子，哪裡知道咱們女人家的喜好和習慣。可他偏偏不假人手。挑來挑去，挑了兩個無趣之人給妳。不過哀家看著侯嬤嬤和吳公公還算是宮裡少有清白規矩的，給妳用也合適得緊。」

「兒臣多謝母后和皇上的厚愛。」柳芙微微一笑，倒是有些領了姬無殤這個情。

「不過妳府上除了侯嬤嬤和兩個宮女，就只有巧紅一個貼身的伺候著，恐怕不夠。外務方面，吳公公手下雖然也帶了兩個得力的過去，但等封邑和皇莊撥下來後肯定是忙不過來的。回頭哀家會讓內務府送名單過來，妳挑一些人再補充補充。按律，長公主是享有皇帝同等品級的，貼身二十個宮女、二十個內侍，其餘，更是無數了。」

掩口笑笑，柳芙哪裡願意要這麼多人在旁邊伺候，只推卻道：「長公主府雖然大，可主子卻只我一個。要那麼多人來做什麼，白白浪費咱們國庫的銀子不是！兒臣謝過母后幫著操心，卻是真的不願再進人了。」

「大家看看，咱們長公主多知道輕重。」太后覺得柳芙貼心，看向下首眾妃嬪，數落道：「妳們雖然之前都是養在閨中的嬌客，金枝玉葉般的存在，可入了宮，就要替皇上、替天下萬民著想。奢靡之風不可有，這才是為妃之道。」

「臣妾等謹遵太后教誨。」

柳嫻只能帶著大家領受太后的教導，不敢有一丁點兒不喜之色流於表面。

第一百七十四章　妳替朕分憂

天氣漸暖，長公主的常服穿在身上又重又熱，好不容易陪著太后用了晚膳，風塵僕僕的從宮中回到府裡，柳芙只想先好好沐浴一番，順帶卸去從裡面帶出來的一身「怨氣」。

巧紅是個機靈的，剛下車輦就吩咐了婆子把熱水備好，所以柳芙卸了裝扮就將自己泡在了水裡，半眯著眼，總算是放鬆下來。

這長公主府足夠奢華，浴池和以前她在宮裡住的常挽殿倒是有幾分相似，俱是用漢白玉砌成的，極大，即便以柳芙高於普通女子的身材在裡面游個來回也沒關係。

按照柳芙的習慣，浴池裡沒有鮮花的花瓣，是用紗布攏的一袋綠茶，池水顯出淡淡的黃綠色，一股沁人的茶香瀰漫而上，著實讓人精神為之舒展了不少。

身體雖然放鬆了，柳芙的念頭卻還是停留在之前宮中的情形。她的主動提議，讓太后張羅選秀，柳芙的收穫不僅僅是打擊到柳嫻的痛快，更是讓眾後宮妃嬪恨她恨得牙癢癢。

後宮亂成什麼樣子，和自己沒任何關係，但能暫時阻止柳嫻的皇后之路，卻是柳芙必須要做的。開玩笑，要是走了一個胡皇后，再來一個嫻皇后，別說大周朝的百姓無法招架，到時候她跟母親的境地便岌岌可危了。

想著想著，柳芙有些小小的得意，自己這橫插一腳，可謂一箭雙鵰。一方面制衡了柳嫻和胡氏，一方面可以讓姬無殤暫時無暇顧及自己。畢竟他是個喜歡清靜的，若是後宮又來那麼一撥女人，至少得讓他煩一陣吧。

思緒至此，柳芙微微啟唇，吐出一口濁氣，接下來，自己便要開始整理遺留下來的各項「產業」了，還有太后許諾的皇莊……

「妳這麼得意，朕還真是不想打擾啊。」

耳邊灌入一聲懶懶的、帶著明顯不悅的話語，柳芙不過享受了片刻的寧靜就此消失了。

立馬睜開了眼，下意識地捂住胸前風光，柳芙不用看也知道是誰。「皇上真是好雅興，原來私底下最喜歡的就是偷看女子沐浴！」

看著眼前的柳芙俏臉微紅，髮絲沾濕，順而散在肩頭，刺得一身肌膚益發雪白，和當初在常挽殿時的羞怯惱怒竟是完全兩種模樣，姬無殤不覺揚了揚眉。「看來，去塞外兩、三年，妳的臉皮練厚了不少。」

「哪有皇上的厚，看著別人沐浴都能臉不紅心不跳。」柳芙雖然被姬無殤盯得心底毛毛的，但現在她的身分已非當年那個需要依附他的小姑娘了！

被柳芙這麼一說，姬無殤倒是愣了愣。

想想自己雖然在京中的時間不多，但每每面對柳嫻、公孫環及母親給自己挑選的各色佳麗，他還真寧願拒之千里，連多看一眼也懶得。若非為了顧及功臣的情緒，恐怕連早晚晨昏定省的見面都想讓她們免了。

可為何這個柳芙竟會讓自己一點兒也不厭惡呢……

看到姬無殤竟不顧禮義廉恥地目光都不挪一下，柳芙有些耐不住了，伸出一隻手將面前的水「啪」地潑了過去。「本宮可是皇上親封的長公主，還請您放尊重些！」

被柳芙撥弄的水沾濕了衣角，姬無殤卻並不在乎，甩了甩頭，終於轉過身去。「妳且起來吧，朕還要問妳的罪呢，妳這樣光著身子可讓朕說不出重話來。」

咬著唇，柳芙被姬無殤的話氣得心口憋了一股悶氣，聽他的語氣，像是自己故意要光著身子和他說話似的，可根本就是他一聲不吭地溜進了自己的浴間，還好意思反過來倒打一耙！

腦子雖然這樣想，柳芙手腳卻不慢，趕緊扯過浴池邊的長袍將自己的身子給裹住，又胡亂用乾布將濕髮攏在腦後，掃了一眼自己身上並無什麼不妥之處，這才走到浴池邊的矮榻上顧自坐下，將巧紅幫自己晾在那兒的一碗綠豆湯端在手中。「皇上可以轉過身來了。」

回頭，看到柳芙一身裹得十分嚴實，姬無殤心底滑過一絲可惜，但見她竟悠閒地捧著一碗綠豆湯顧自品著，心頭之前的那股無名火又「噌」地冒了起來。「妳打的什麼鬼主意，為何要勸母后替朕選秀？」

早知道他是來興師問罪的，柳芙也不著急，吞下一口清甜的綠豆湯，眨了眨眼，故作無辜道：「朝廷不是三年一次選秀嗎？我記得，此時離皇上登基應該快要三年了吧！」

「先皇國喪還未過，偏偏妳提議母后將選秀的時間提前，這不是有意為之是什麼？」姬無殤鋒利的眼神滑過柳芙清麗如素的姣好面容，一字一句，彷彿氣極了的樣子。

柳芙卻只當看不見，但還是有些害怕地躲開了對方直視的質問目光。「是太后向我抱怨皇嗣的事兒，所以才隨口提了提。怎麼，難道皇上不想早些有太子，這樣也能穩固江山啊！」說著，柳芙覺得自己占理，忍不住又抬了眼，有些挑釁地看向了姬無殤。

「怎麼，妳關心朕的子嗣問題？」姬無殤微瞇了瞇眼，像是一頭緊盯獵物的豹子，緩步往柳芙的矮榻靠了過來。

「身為長公主，怎能不關心呢？再說，這也是母后所關心的，天下萬民所關心的。」柳芙下意識地往後挪了挪身子，只覺得他散發著凜冽的氣息籠罩而來，危險中又帶著一絲別樣的悸動。

脣邊一抹玩味的笑容揚起，姬無殤低首看著一襲輕薄白袍的柳芙，那頸間的白皙滑膩似乎是觸手可及，讓他忍不住欺身而下。「既然如此，妳不如替朕分憂，如何？」

第一百七十五章　翻雲覆雨裡

浴池中瀰漫著淡淡的茶香，混合著濕潤的水氣，蒸騰而上。

此時柳芙有些後悔了，後悔不該主動用選秀的事情激怒他，更後悔讓巧紅不用守在外間，此時也沒個人能過來察看察看，好讓他有所顧忌。

可柳芙不知道的是，姬無殤來之前就已經讓常勝遣走了巧紅以及四周伺候的人，此時此刻，就算柳芙發出尖叫，也不會招來一隻鳥兒。

「你……」

柳芙眼看著姬無殤的臉越來越近，本就有些濕熱的空氣瞬間熱得教人喘不過氣來。「我自然是想要替您分憂的，所以才想促成皇上選秀的事宜……」

「妳不用多說了。」姬無殤低首看著縮成一團還強撐著裝「懵懂無知」的柳芙，心底驀地感到愉悅，不經意地，露出了一抹幾乎從未在臉上出現過的微笑。

英俊一如姬無殤這樣的男子，平素裡板著臉就已經讓人不敢逼視了，如今他竟對著自己露出這樣柔和如風的笑容，柳芙不禁一時間失了神。

眼前的人兒滿身皆是甘冽清爽的茶香，誘人無比，姬無殤見柳芙神情迷濛地看著自己，知道她並沒有拒絕自己的靠近，伸出手將她後腰一攬，順勢俯身而下，兩人便毫無間隙地重疊在了這矮榻之上。

「皇……」

「朕說了，妳不用再說話了。」姬無殤眉頭舒展，只吐出了這一句話，便再無顧忌，直接低頭吻住了兩瓣微涼的粉唇。

和那一次醉後的強吻不同，這一次，姬無殤面對的是再清醒不過的柳芙。她的突然一顫、她的微微吞嚥，甚至她不敢呼吸的繃緊了神經……都讓他一一感覺到了。

控制著自己的慾念，姬無殤輕輕地摩挲著柳芙那軟軟的卻清甜到醉人的唇瓣，偶爾舌尖掠過貝齒的間隙，並不急著深入，彷彿淺嘗輒止，又彷彿有意逗引，讓懷中人兒忍不住地發出了一聲嚶嚀。

又羞又赧，柳芙迷迷濛濛中聽見自己竟呻吟出聲，反手一抵，只想將緊貼著自己的姬無殤給推開。

可當手掌觸及他的胸膛時，那滾燙卻堅韌彈性的觸感卻讓自己一下又縮回了手，只下意識地往他肩上推去。

沒有了雙手的阻隔，姬無殤的上身已經完全地與柳芙的身子貼合在了一起，兩人一個滾燙，一個臊熱，使得屋中氣氛好像置身於火山口的邊緣，讓人幾欲窒息。

未經人事的柳芙哪裡能抵擋得住如此強烈的情慾刺激，哪怕腦子再清醒，面對姬無殤這個男人，這個唯一刻在自己心底的男人，所有理智都不管用了，此時此刻，除了渾身酥軟，和如升九霄的那種莫名快感，其他的，柳芙都已經無法感受到了。

比起已然放棄抵抗的柳芙，身體益發火燙的姬無殤喘息聲開始濁重了，懷中人兒的呻吟聽在他的耳裡，就像是邀約，他舌尖一挑，便欺入了那片溫熱濕潤的芳澤之中。

不讓她得以躲藏，姬無殤緊緊地吮吸著，舌尖將她的丁香小舌頂住，她逃開，他便再進一分，如此幾回，兩人的唇舌已經完全地糾纏在了一起，伴隨著紊亂而急促的呼吸，已然難分彼此。

柳芙被動地吻著，只覺得全身上下除了一顆心怦通直跳得厲害，其他地方竟使不上一絲力氣。姬無殤的掠奪雖然急切，卻並不粗暴，反而有種試探的尊重，讓她想要拒絕，卻使不上一點兒勁。

男女之間，肌膚之親是世間最具默契的一種律動，一旦一方點燃了激情，另一方若不抗拒，結果便只有一個……

彷彿已經不再滿足於唇舌之間的親密，姬無殤深吸了一口氣，這才從她的唇間不捨而離，取而代之的，是更加用力地一路向下吻去，從粉頰到頸間，直落心口。

下意識地仰起頭，柳芙玉頸益發顯得修長，就像在主動迎合姬無殤一般，雙手環抱住了他的後腦。

浴袍不過腰間一繫，柳芙只感到胸口一涼，下一刻已是點點的滾燙落在了肌膚之上，還來不及羞怯遮掩，姬無殤已經輕輕吸住了左胸那嬌然挺立的嫣紅……

柳芙覺得全身酥麻，熱得發燙，雖然使不上力，但一股暖流卻不自覺地從胸前纏繞而下，彷彿點燃了體內最原始的女性慾望。

感到懷中佳人微微挺身，竟在迎合自己，姬無殤一隻手也隨之而下，從領口的空隙中輕輕地撫摸過去，指尖觸到的肌膚，雖然滾燙，卻滑膩得不像話，讓人忍不住流連於上，再沒有任何顧忌。

這樣羞人的被姬無殤俘獲胸前風光，柳芙緊咬著唇瓣，強迫自己不要再發出一點呻吟。即便此時腦子已然無法思考，她也知道，若她再出聲，兩人就不僅僅是肌膚相親這麼簡單了，他一定會無法克制住慾望，強要了自己也說不定。

自己真的願意將處子之身交給他嗎？

只一瞬間，這個問題甫一閃現在腦中，柳芙就已經知道了答案。

閉上眼，用心去貼合姬無殤的熱烈，柳芙完全沒有半點矜持，只想在這個屬於兩人的溫情時刻，卸下所有包袱，摒棄所有雜念……

彷彿在用唇齒和掌心為柳芙丈量她的身體曲線，姬無殤流連於那充滿了彈性而柔軟的胸間，眼中只一片玫瑰色的肌膚，實在讓人捨不得離開。

可身體的反應卻讓他不得不暫時地停了下來，揚頭，看著臉色緋紅如霞的柳芙，姬無殤極為艱難地擠出了一句話。「妳可願意……」

晶亮，卻迷濛著一層別樣柔媚神情的眸子微微閃動著，一滴熱淚從眼角滑落而下，柳芙並未回答，只露出了宛然的笑容，輕點了點頭。

好像早就有了答案，姬無殤眼底並無過分的驚喜，但那毫無遮掩的柔情卻更加濃得化不開了，伸手一揮，那本就昏暗的燭光忽地一滅，黑暗中，便只剩下了連連不斷，誘人聞之而全身發燙的嬌喘之聲。

第一百七十六章　嬌花散薛蘿

明月窺簾幕，嬌花散薛蘿，枕幃看未足，著意畫雙峨……

這本是描寫新婚夫婦洞房花燭的詞句，此時用在這長公主府邸的漢白玉浴池中，卻再貼切也不過了。

浴袍散落在池邊，襯著明亮的金黃龍袍，顯出幾分旖旎的刺目來。池中霧氣蒸騰，茶香四溢，讓柳芙一張原本就嬌顏粉紅的面頰益發地緋然燦燦，此時她全身放鬆地沈在池水之中，只露出了鼻息和一雙晶亮水漾的眸子，卻不敢看正對面同樣全身赤裸、懶懶倚在池畔的姬無殤。

看著柳芙嬌羞一如新嫁娘般，姬無殤一直空著的心此時此刻終於被填滿了，充實在胸臆的那種暢快的愉悅，更是讓他冷慣了的表情變得異常柔和輕鬆。

「你別看著我笑，笑得我心裡發毛。」柳芙雖然渾身痠痛難耐，但更讓她無法招架的是姬無殤如此罕見的溫暖表情。那樣子，就像一隻習慣了算計的老狐狸突然變成溫順多情的綿羊，有著說不出的古怪。

這些年，她不是不知道姬無殤看待自己是有些特別的。和親之前的那片刻放縱，雖然是在醉後，雖然戛然而止在緊要的關頭，卻讓她更加清楚了自己在他心目中的位置。

他肯御駕親征，按照當初的約定給了自己長公主的封號，迎了她回京，這一切的行動，比千言萬語更能讓她體會到某種情意。

「比起妳不敢看朕，朕反而覺得有些失落呢……」

瞧著柳芙半垂首的嬌俏模樣，姬無殤心情極好，未曾和任何女人有過親密的接觸，甫一下便將柳芙這個自己心心念念了多年的嬌人兒吃乾抹淨，不但是身心暢快，更有種釋放的感覺。

姬無殤的溫言暖語聽得柳芙一愣，俏臉益發地紅了起來。「要知道你我如此的身分，這樣做卻是亂了倫常呢。」

看到柳芙好不容易抬眼直視自己，姬無殤長腿一蹬，劃開水便湊到了她的面前，咧嘴，露出一抹頑皮的笑容。「若非將妳尊為長公主，妳又怎能成為朕的獨有呢？」

聽著姬無殤如此直白的話，柳芙的羞怯被一抹異樣的暖暖情意所取代，看著近在咫尺的他，毫不掩飾地對著自己笑著的他，也不知哪來的勇氣，竟突如其來地向前一傾，在他冰冷盡褪的臉頰上印下了一個輕柔如水滴落葉般的吻。

感到無限歡喜，姬無殤反手將傾身而來的柳芙一下摟住，兩人赤裸裸沈入這白玉池水中，自又是一番無限旖旎的光景……

無論是姬無殤還是柳芙，都是不習慣敞開心扉的那種人。如今兩人「坦誠相見」，情意綿綿，有些話，不用說，便已在一個眨眼、一個微笑，甚至是一個呼吸間兩相明瞭了。

擁著已然累得無法支撐自身的柳芙，姬無殤用手指輕輕畫過她裸露在水面的肩上，那觸感彷彿比那瀰漫著茶香的水珠還要滑膩柔軟。

覺察到懷中人兒微微一動，像小貓似的毫無防備地癱軟在自己的身上，姬無殤唇角微揚，低首在她瑩瑩若玉的耳垂邊輕吻了一下。「無法給妳應有的名分，朕委屈妳了。」

睫羽微顫，柳芙卻依舊閉著眼，感覺從未有過的踏實，只因背靠著的是他的胸膛。「你覺得我是在乎名分的女子嗎……再說，難不成你還奢望我頂著大金國太后和和親公主的身分，名正言順地嫁給你不成？」

雖是反問，柳芙卻聲若蚊蚋，語帶嬌嗔，一如閨房之中的男女打情罵俏，聽得姬無殤心裡頭癢癢的，酥軟得很。「妳這樣的女子，朕畢生未曾見過第二人了。不要名分，妳真能想開？」

「名分是什麼？」柳芙粉唇微啟，半瞇著眼，極為放鬆的樣子，將臉頰往背後的姬無殤身上側著蹭了過去。「若無情意，獨守空閨的日子又有什麼好的？」

「妳倒是想得開。」姬無殤挑了挑眉，被懷中人兒一蹭，原本熄了的慾火感覺又回來似的，雙手緊緊摟住她的蜂腰，不敢再動了。

柳芙卻不知道這個傢伙竟又動了春心，覺得被他擁得過於緊了些，便想挪開點兒，可稍微那麼一動之後，後臀上的滾燙卻讓自己不敢造次，全身一僵，氣呼呼地唸道：「這一夜還未過半，你就……你可是喝了龍血不成?精力如此旺盛，怎麼老不安分呢！也不知你面對滿後宮的鶯鶯燕燕是怎麼忍過來的？」

被自己的女人如此「數落」，姬無殤有些哭笑不得。「別家娘子都巴望著自己的夫君在床笫間能雄風強振，妳卻還嫌棄……罷了罷了，妳如今身為長公主，恐怕也看不起朕這個真龍天子了吧！朕不如回去宮中，一大堆的絕色美嬌娘等著朕去臨幸呢！」

「你敢！」柳芙「嘩」地一下推開姬無殤的箝制，反身過來正面對著他那張明顯是開玩笑的俊臉，伸出纖纖細指戳著他的胸膛。「你應該知道長公主也是可以納三夫四侍的……你若寵幸後宮，本公主就招一批絕色美男入府，看你不急得跳腳！」

雖然兩人都知道對方不過是玩笑，但如此有情致的閨房之樂誰不喜歡，嬉戲之下，倒讓姬無殤滅了那等顛鸞倒鳳的心思，只想將眼前這個女子擁在懷裡，好好感受這得來不易的溫存時刻。

第一百七十七章 別來君無恙

柳芙回到京城將近一個月後，終於有了時間去過問原先留下的幾樣產業。

茶樓倒是不著急，冷三娘為人精明，又有陳妙生那個老江湖照應著，柳芙很放心。茶園子那邊，陳瀾也是個老實本分的，又只負責供應給茶樓茶葉，應該出不了什麼差錯才對。

只有當初自己留下幾萬兩銀票卻連一塊磚一片瓦都沒見到過的溫泉莊子，讓柳芙很有些上心。

從宮中請了安出來，柳芙便直接去了天泉鎮，先到文府和母親說了會兒話，這才換了身常服，用文府的馬車出發去往了九華山上的龍興寺。

兩年多不見，廣真還是老樣子，含笑看向柳芙，眼底閃過一絲激動。「貧僧見過長公主殿下。」

柳芙聳了聳鼻子，很是不以為然，將裙角略提了起來，顧自坐下。「兩年多未見，住持大師倒是變得拘謹了許多，可見是忘了當初的交情。」

「貧僧可不敢。」廣真終於咧嘴露出了隨意的笑容。「只是怕長公主殿下是來討債的，我賠不起五萬兩銀子。」

「怎麼！」柳芙一聽就急了。「當時你可是打了包票要幫我建溫泉莊子的，難道你以為我北上和親就回不來，將銀票私吞了不成！」

廣真故作鎮靜，聽柳芙一陣數落後趕緊辯解。「小僧是那樣的人嗎？」

「你這個住持在別人面前裝裝正經或許還能糊弄一下，在我面前，可別想著能打太極！」柳芙對溫泉莊子雖然不是太看重，但畢竟籌劃了好些年，如今回京，自己最期待的也就是這個了。

「妳別急，聽我慢慢說。」廣真見柳芙掛心，也不藏著掖著了，直接將個中緣由道給了她。

原來當時姬無殤登基，在龍興寺舉行祭天儀式的時候湊巧發現了龍興寺正在悄然修建什麼。廣真不敢隱瞞，但想著此事關係柳芙，廣真卻也沒有說得太明白。

姬無殤既然知道了此處有一溫泉泉眼，自然不會放任不管，當天回宮便直接讓內務府和工部接手了莊子的修建，直接按照了皇莊的規格來籌劃。

廣真曾側面說過此地屬於私人產業，但姬無殤並未想到那麼遠，只說等莊子修好了，著京兆尹找到地契，從原主人手裡買過來便是。

說著，廣真從房間暗格中取出了當初柳芙給他的銀票，但只餘四萬兩。「其中一萬兩，當時都花在了買材料上，剩餘的，一分未動。」

揚了揚眉，柳芙接過銀票。「那一萬兩我找誰要去？」

廣真一本正經地說道：「自是當今聖上。」

「難不成這個悶虧我吃定了？」柳芙將銀票揣好，一口氣有些嚥不下。「朝廷徵收了我這私人地界上的東西，我還不能開口討要！」

「誰說不能？」廣真微微一笑，親自給柳芙斟茶。「妳現在貴為長公主殿下，想來內務府得為妳分皇莊吧。妳若藉這個機會直接將溫泉莊子轉入長公主產業的名下，豈不是正好！」

「廣真，你還真是個絕頂聰明的和尚！」柳芙眼前一亮。「前日裡母后就說過，她會讓內務府給我辦產業的事兒。裡頭就提到了分皇莊這一茬兒。對對對，今日回去我就讓吳公公去一趟內務府，直接要了這溫泉莊子回來。」

「這地本來就是妳的，要了回去也是正理。」廣真見柳芙不再追究自己的失責，終於鬆了口氣。「這下妳不過花了一萬兩，就得了個至少十萬兩才能修好的莊子，可痛快了吧！」

柳芙哪裡不知道廣真這是在給自己賠不是，只擺了擺手，笑道：「放心，香火錢本公主不會少的。」

「那當然，只是必得更多，這樣才能配得上您長公主殿下的身分嘛……」廣真忙接了話，笑得很是狡黠。

兩人一番玩笑，兼顧敘舊，柳芙看時候差不多，心中還是掛念這溫泉莊子修得怎樣了，便直接起身告辭而去。

廣真看著柳芙的背影，有一句話還是沒說得出口，那就是身為郁王的姬無淵在工部領了個差事，這溫泉莊子，就是由他負責監督修建的。

由巧紅陪伴，柳芙一路行至山坳，遠遠便看到鱗次櫛比的宮樓簷角，還有些隱約傳來「乒乒乓乓」的施工聲音。

忍住心頭的興奮，柳芙招呼巧紅走快些，提起裙角便往前而去。

等來到高處往下一看，這皇莊規格的溫泉莊子果然修建得十分講究。一層層往裡，亭臺樓閣，花園假山，甚至還有琉璃砌成的暖房錯落其間，更別提好幾個露天的溫泉池子正冒著熱氣，隱約可見俱是用漢白玉或各色大理石砌成的池底……

「奴婢見過王爺！」

柳芙正幻想著溫泉莊子成為自己的囊中之物，冷不防身後的巧紅突然開了口，等她回頭一看，卻是迎上了一雙黑得發亮的眸子。

淡漠中帶著幾絲疑惑，疑惑中帶著幾絲悸動，悸動之後，便是冷冷的，一如死灰般的沈寂若墨……

「見過長公主殿下。」

步步而上，身著墨色長衫的姬無淵表情一如之前柳芙在宮中與之分別的那樣，刻意的冷漠，刻意的疏離，還有深深隱藏在眼底而從未消散過的，對那個盈盈而立身影的一分眷戀。

第一百七十八章 冰釋前嫌盡

坐在鮮花環繞的青磚臺上，柳芙和姬無淵誰都沒有主動開口先說話。

山中溫泉冒著白煙，然而不見半點熱氣，卻是被這方濃濃的綠蔭所遮蔽，隔斷了外間的暖意。

面對曾經對自己如此真心的男子，柳芙有著濃濃的愧疚，腦中閃過當初兩人在龍興寺後山並肩而行談笑風生的畫面，還有在東宮之中，他毫不在意地就取了那珍貴無比的火龍朱果給自己服下的事情，那愧疚中便多了幾分小心翼翼。

「什麼時候，妳我變得如此生分了呢？」姬無淵率先開了口。「有時候，我真覺得妳從不曾出現在我以前的生命中，像是一絲青煙，飄然而去，抓不住，更看不到，連一點殘留的記憶都化作了虛無。」

柳芙喉頭梗了梗，語氣有些無力。「即便我選擇了主動北上和親，即便我成了大金國的太后，即便我被封為了長公主，我卻還是我。」

「是嗎？」姬無淵勾起唇角，苦澀地笑了笑，笑容裡充滿了諷刺。「難道當初妳不是和他商量好了才來接近我的嗎？妳面對我，可曾有過一絲真心，可曾有過一絲真誠？這樣的妳，難道還是我記憶中的妳？」

姬無淵的質問讓柳芙啞然了。

即便再不知世間險惡的太子，經歷了儲位被奪、母家造反、父親和親兄弟的不信任之後，看事情也會和之前不一樣了吧。

若把一些事情聯想起來，未必不會猜出她作為北上和親的公主之前和姬無殤的瓜葛。

想到這兒，柳芙浮現出一抹清淺如波的笑意來。「當初的太子哥哥，芙兒是真心欣賞的，不過現在說什麼都已經不重要了，終究，是我愧對了您的真心。」

「愧對！」姬無淵右手握拳，手背幾乎爆出了青筋，看樣子似乎極力在壓抑自己的情緒。「身為太子，身為儲君，那時的我有多驕傲啊……以為天下的女子都會願意成為我的妃子，只為我一人而傾倒。」

柳芙見他如此激動，心底被刺得生疼。「你這樣說，是想讓我難過嗎？」

「沒有，我只想告訴妳，從來，錯的人都是我一個。妳也別用那樣愧疚和憐憫的眼神再看著我了，我不需要……」姬無淵說完，伸手捏起桌面放置到已經微涼的茶盞，一口氣當飲酒那樣乾了見底。

「我沒有！」眼看對方就要起身離開，柳芙覺得很是憋悶，忙開了口，聲音脆脆的，好像是一只玉碗摔在地上。「若是郁王願意，我可以告訴你實情！」

已經腳步離了地，但看著柳芙清澈的、一如碧波般晶亮的眸子，姬無淵就心軟了，可臉上的表情卻不見鬆懈，只淡淡道：「別叫我郁王，我不喜歡。」

「如此，我便稱呼你淵哥哥吧。」柳芙看著姬無淵，覺得卸去了「儲君」枷鎖的他變得比以前真實多了，至少這樣直白地告訴自己他不喜歡郁王的封號，很讓人意外。

姬無淵聽見「淵哥哥」三字，原本淡漠的眼神中閃出一抹光彩來，可隨即又黯淡了下去。「如今的我，卻是不能稱呼妳一聲『芙妹妹』了。」

「你這樣覺得？」柳芙有些被姬無淵的話給激怒了，悶悶哼了一聲。「還是你根本不願意相信我？」

姬無淵深嘆了口氣，伸手撫了撫連日來未曾淨鬚而有些發青的下頷。「即便妳什麼都不說，我也信的。只是，我不想聽關於他的事情罷了，哪怕一點兒，也不想。」

知道姬無淵口裡的「他」就是當今皇上姬無殤，柳芙能理解。畢竟大位被奪，坐上龍椅的還是自己的親兄弟，任誰也會意難平。「之前，你只知我是文從征的乾孫女，卻不知我是個沒有父親、只有母親的棄女吧……」

避開柳冠傑的身分，柳芙簡單將她當年如何九死一生地入京，如何「巧遇」文從征入籍文氏，如何因母親的手藝在錦鴻記遇上「東家」姬無殤，又如何與其達成協議，用北上和親換來這長公主的身分和母親一品夫人的誥命，再到後來用飛鷹傳信助姬無殤蕩平北疆之亂等等，簡潔卻脈絡清晰地告訴了姬無淵。

聽得柳芙用如此冷靜的語氣講出如此周折辛酸的過去種種，姬無淵腦中不由得浮起了當年記憶中的那個小姑娘，聰慧、機敏，卻透著股子倔強，讓人無法不留心，無法不多看一眼。

現在，他終於知道她超乎常人的理智和成熟的心性是怎麼來的，不由得心中一酸，下意識地就將手伸過去輕輕覆住了她搭在石桌上的柔荑。「對不起，是我眼界太狹窄了，以為自已經歷的一切已是世間最大的苦難。卻不曾想，根本不及妳一個弱女子所經歷的哪怕一丁點兒。」

柳芙搖搖頭，笑意嫣然，卻清淺得毫無波瀾。「淵哥哥，我告訴你這些，不是想要解釋當年的一切。只是想讓你明白，在那樣艱難的處境下，孤兒寡母尚且能不放棄，更何況你是個堂堂的七尺男兒。或許上天對你是不公的，讓你經歷了一場磨難。但如果我們將磨難當作是上天賜給我們的禮物，那我們就能更加堅強，更加懂得如何才是活下去的真正意義。而那些曾經帶給你苦難的人，或者事情，等你回頭去看，卻已經什麼都不是了。活在當下，活在未來，別活在對過去的埋怨和悔恨中，這才是我想要和你說的話。」

「我……不如妳……」姬無淵被柳芙的一字一句觸動了，沈下心來，只無奈地閉了閉眼，深吸了一口氣。「從此以後，我會好好活在當下的。」

柳芙見姬無淵眼角隱隱有些濕潤，知道他定是聽進了自己的話，語氣便也益發柔軟了，像是吹入林中的一絲涼風。「淵哥哥，你有南宮姊姊，以後說不定會有成群的兒女，你多想想你的家，這樣也能好過些。」

第一百七十九章　兄弟藏嫌隙

放下了這些日子以來糾葛於心的執念，姬無淵眉頭舒展，也恢復了幾分原本清明俊朗的神采。

見柳芙主動來到溫泉山莊，姬無淵樂得陪她四處逛逛，順帶藉著此處的風光能遣走先前兩人之間尷尬和不快的氣氛。

「南宮姊姊怎麼樣？」柳芙被身邊的姬無淵所影響，對待他也沒了之前的小心謹慎，彷佛回到數年前兩人相遇時的情形，只隨意地說著話，感受這山中佛寺帶來的靜謐與清涼。

「始終，是我負了她。」被柳芙主動提及自己的王妃，姬無淵有些尷尬，但轉念一想，或許隱瞞並非是好事，只直接道出了心中所想。「當年妳北上和親，我也沒了念想，無論是南宮也好、北宮也好，都沒有任何的區別。這兩、三年來，回頭看看，她倒是一位盡職盡責的好妻子，只是我卻不是一個好夫君罷了。」

柳芙聽他隨意地道出自己北上和親之後的心境，知道他應該是真的放下了，不由鬆了口氣，勸道：「百年修得同船渡，夫妻在一起就是一生，淵哥哥和南宮姊姊以後的日子還長著呢，不妨從今天開始，好好待你的妻子吧。」

姬無淵停下了腳步，低首看著如鏡花水月停駐在身邊的女子，雖然近在咫尺，卻又是那樣的不可企及，不由一抹感嘆從唇邊逸出。「芙兒，妳真好。」

「好有什麼用，不過為了活下去而變得更堅強罷了。」柳芙抬眼朝姬無淵一笑。

「若我許諾陪妳離開這紛擾是非之地，妳可願意？」

突然的，姬無淵冒出這樣一句話來，話一出口，他甚至有些激動地伸手將柳芙藏在衣袖中的柔荑給握住了。「我放棄這裡的一切，帶妳和妳母親離開，從此，妳不用再努力地堅強地活，而是自由愉快地活下去，好嗎？」

沒想到姬無淵仍然存了這樣的念頭，柳芙輕輕抽出了自己的手。「淵哥哥這是說笑吧。你若帶我離開京城，南宮姊姊怎麼辦？我又該如何自處呢？且不說我母親如今是一品誥命夫人，就是我們母女和兩、三年前一樣只是白丁，這樣不明不白的跟著淵哥哥遠走高飛，世人又會怎麼看呢？私奔既是妾，逃一樣也只能是妾，更何況，你已經有了結髮妻子，又該置我於何種身分呢？」

這一連串的問話，說得姬無淵啞口無言，再沒了先前的滿心激情，只灰敗著臉色垂下了頭。「對不起，是我妄言了，芙兒妳別放在心上。」

柳芙搖搖頭，示意姬無淵不用自責，抬手輕輕拉了拉他的衣袖，恬然一笑。「淵哥哥這份珍貴的心意，芙兒會銘記在心。」

「妳真這樣想？」姬無淵從未曾想過一個女子會有如此豁達的胸懷，頓時為自己先前衝動的言行有了自慚形穢的卑微感。

「她當然只能這樣想！」

一聲冷哼，夾雜著冰冷又略帶涼意的語氣，竟是姬無殤立在花園中，步步而來，看似悠閒漫步，卻是周身都散發著令人牙酸的寒意。

「見過皇上！」

「給皇上請安。」

柳芙和姬無淵同時回過頭，前者感覺被抓姦似的，臉一下就紅了幾分；後者，看到一身明黃服飾的姬無殤，瞳孔微縮，卻是收斂了之前的笑容和全部外露的情緒，突然變得緊張起來。

「皇上，您怎麼來了此處？」

不遠處，又是一人匆匆而來，自是處理好寺中事務才姍姍來遲的廣真。「這溫泉莊子還未竣工，怎麼長公主殿下和皇上都來了呢！」說著，眼中閃過一抹狡黠，似是才看到姬無淵一樣，又道了聲：「哦，原來是郁王在此監督莊子的修繕進度，難怪，難怪了！」

有了廣真的打岔，之前三人間微妙卻一觸即發的緊張氣氛總算得以緩解。招來兩個小和尚幫忙備茶和糕點，四人齊齊落坐在了之前柳芙和姬無淵談話的花臺之上。

掃過桌上小和尚還未來得及收走的杯盞，姬無殤冷冷地看向柳芙。「長公主好興致，回京不過一個月時間就知道這龍興寺後頭有一處好地方。」言下之意，是姬無淵特意約了柳芙在此見面似的。

正要開口解釋，柳芙卻被廣真搶了先。「哪裡哪裡，今日正好長公主殿下過來上香祈福，貧僧便多嘴引薦了這一處山中清涼避暑之地罷了。」

「怎麼，長公主想去哪裡上香或散心，還得皇上您親自准奏嗎？」姬無淵卻一副淡漠到極點的表情，語氣中有一絲故意的不屑。

對於姬無淵這個被自己奪了位的胞兄，姬無殤態度不好太過犀利，只冷冷一笑。「長公主身分特殊，朕關心也是應該的。」

「我過來，不過是想看看這溫泉莊子是否合意，回頭想向母后討過來罷了。」柳芙不想因為自己讓姬家兄弟鬧得不愉快，趕緊開口解釋。「之前，母后說會讓內務府給我劃撥幾個皇莊。正好今日來上香，聽得住持說起，便起了意過來看看。皇上這副樣子，莫非是捨不得嗎？」

柳芙的話外人聽來平靜如常，可姬無殤卻聽出裡頭的嬌嗔，心底不由一軟，望向她的眼神也柔和了幾分。「朕喜歡的，自然是捨不得。」

「可我也喜歡，難道皇上就不能割愛嗎？」柳芙眨眨眼，眼底也泛過一抹嬌柔，只是掩飾得極好，除了姬無殤，其他人無法輕易察覺罷了。

「若是長公主要，朕自然只能割愛。」姬無殤被柳芙微微上挑的眼梢撓得心底一癢，巴不得現在只有自己和她兩個人，好直接攬了她入懷，用吻堵上她那一張伶俐的小口。

第一百八十章　言語可攻心

一個是當朝天子，一個是被廢郁王，一個是長公主，一個是寺廟住持，四人圍坐一處，且不說其間氣氛有些莫名的緊張，單是這身分組合就已經足夠奇怪了。

廣真這兩年來一直想要協調姬家兄弟的關係。奈何姬無殤長駐北方大營，指揮大軍攻入北疆，而姬無淵又十分消沈，連他提一下「皇上」二字都聽不進去，所以他們兩人之間還沒有什麼機會能像今日這樣，坐下來好好說話。

「皇上日理萬機，鮮少有時間出來走動走動。」廣真親自提了茶壺給四人斟水。「這溫泉莊子，是王爺花費了巨大的心思建造而成，等下有空，不如您陪著皇上逛逛。」

後一句話，廣真是對著姬無淵說的。這些日子通過修建溫泉莊子，兩人熟悉了不少，順帶培養出幾分默契來。

本想直接拒絕，但姬無淵並非天生隱忍的性子，利用這個機會，有些話若能問明白……思慮至此，抬眼望向了姬無殤。「皇上若得閒，不如應了住持的提議，我陪您四下逛逛。」

姬無殤微挑了挑眉，他倒沒想到自己這個二哥會答應，也不耽擱，一口飲下這溫熱的茶水，起身來將雙手交到後腰，踱步就往前而行。「那就走吧，朕今日正好有此興致。」

一旁的柳芙見狀，不知該不該跟去，回首望了一眼廣真，見對方搖搖頭，這才放心留下，狠狠喝盡了杯中的茶水。「這兩人在一起，就像世仇一般，四周飛翔的鳥兒都被這劍拔弩張的氣氛給驅走了。他們單獨走開也好，你我且說說話、敘敘舊罷。」
廣真自然看得出柳芙對兩人都有著關心，不緊不慢地替她斟了茶。「一個冷峻，一個淡漠；一個身居高位，一個感懷憂鬱，若是貧僧處在施主的位置，恐怕也會是一樣的。」
柳芙悶哼了一聲，淡淡道：「廣真，你別在我面前裝高深，你越是想知道答案，我就越不告訴你。」
「又被妳看破了！」廣真有些懊惱地啞然一笑，挑了挑眉。「之前，我還看得明白，可這次妳回來後，有些不一樣了。感覺妳和無殤之間，彷彿多了些什麼。」
柳芙眼皮一跳，被人說中心事是很恐怖的事情，只能掩飾道：「之前我不過是他的一顆棋子罷了，如今我身為長公主，他雖然是皇帝，卻也奈何不了我什麼，自然前後態度有異。」
「是嗎？」廣真微瞇了瞇眼，想起先前姬無殤突然到來，像是醋性大發抓到妻子偷情前來興師問罪的丈夫。
這廂，姬無淵一口氣帶著已是君王身分的四弟攀爬至這溫泉莊子後的最高點，此處乃整片山坳的邊緣處，亦是整片溫泉的泉眼所在。
「女神之眼……」姬無殤讀著沈黑色大理石碑上的字，回頭看向了姬無淵。「你取的名字？」
「算是吧。」姬無淵也緊緊盯著石碑，目光在「女神」二字上徘徊著。

「你應該知道，此片山地是文府所有吧。」私底下，姬無淵並未尊稱自己這個四弟為皇上，只語氣平淡，略透著些許的挑釁。

「朕身為一國之君，自然知道所轄國土屬於誰。」姬無殤聽得出對方語氣中的不敬，卻不介意，對他所言，也未否認，進而反問道：「當初你接下此處的差事，不也正是因為如此嗎？還以『女神』命名，難道她在你心目中就如此重要？」

「她的美好，你怎麼看得見？你看見的，不過是她的聰慧、她的機敏、她的有用之處罷了。」姬無淵突然抬眼，看向了姬無殤，話中的質問和發洩之意十分明顯。

微愣了片刻，姬無殤眉頭深蹙。「難道她告訴你了？」

「君子坦蕩蕩，小人長戚戚，事無不可對人言。」姬無淵冷笑著走到石碑邊，伸手輕輕搭在上面。「更何況，她的身世和與你之間的協議即便告訴了我，我又能如何呢？」

「你難道沒有了任何念想？」姬無殤可不信。他記得那年柳芙北上和親，送嫁的隊伍已經消失在了皇城之下不見蹤影，姬無淵卻仍舊立在城頭，望著北邊，整整一夜，就那樣站著。任誰去勸，一概不理，直到第二天日頭正中時暈倒了，才被太后遣心腹將其抬回了東宮。

「她寧願以身犯險，北上和親，充當密探，傳回情報……」姬無淵卻仰頭一笑，似乎心頭鬱結難解一般。「難道，你以為她只是想要求得一個長公主之位，享下半輩子的榮華富貴嗎？以她的心性、她的手段，掙夠了錢直接帶她母親離開京城這個是非之地便可，她又何必與虎謀皮，到刀口上去走一圈呢？她已心有所屬，我的念想，又算什麼……」

說完，姬無淵甩了甩頭。「我本想帶她離開，可她卻放不下。若我是你，得了這天下又有何意義！除了面對朝臣的爾虞我詐，便是後宮妃嬪的勾心鬥角，一輩子，一如父皇那般，防賊一樣防著身邊的每一個人。你算是幸運，被父皇看中培養來和胡家鬥；又是不幸，因為你若鬥敗了，只有死路一條。但若你鬥贏了……」

從未想過沈默了這些年的姬無淵會說出這樣一番話來，姬無殤目色有些深沈。「贏了又如何？」

「你贏了天下，心卻是空的。」姬無淵說到這兒，似乎有些激動。「你是怎樣的人，身為你的親兄弟，我雖然不能全然瞭解，但我卻知道你是一個性情中人。你以為這幾年我的消沈是為了什麼？我並不覺得那個皇位有多誘人，我只是失了二十多年來為之努力的唯一目標，覺得人生無趣罷了。可她卻回來了，還是被你親自帶回來的。以你的性子，若非在乎，怎麼會不惜性命、不顧安危御駕親征，只為了當年的一句承諾！」

看到姬無殤沈默不語，知道他應該是聽進去了自己所言，姬無淵心底稍微平靜了些。「四弟，我說你是性情中人，是因為你對待父皇的態度。可這一切，只是他的心願，卻不是你想要的。你已替他做完了身為姬家子孫該做的事，還有什麼放不下的呢？」

「二哥……是我小看你了。」姬無殤聽到此，雖然眉頭舒展，唇角卻微微向下撇了撇。「你這番話……我聽進去了。」

「你自己衡量，我就不奉陪了。」姬無淵避開了姬無殤鋒利的目光，只嘆了口氣，抬腳便踱步離開了。

第一百八十一章　討價不還價

和廣真閒扯著在北疆和一路回京的見聞，柳芙一看到姬無淵先回來了，不由得放下懸著的心。

以姬無殤的脾氣和身手，姬無淵若有一點兒的不敬之意，柳芙還真怕後者吃虧。如今見他毫髮無損地回來，頓時起身迎了上去。「淵哥哥，皇上呢？你們……」

「長公主，以妳的身分，還是稱呼郁王一聲王爺比較好。」話還沒說完，就聽得姬無殤悶悶地哼了一聲，竟是快步地跟了過來，只是柳芙沒瞧見罷了。

柳芙被他一句話打得語塞，只能朝姬無淵抱歉地笑了一笑。

姬無淵卻一臉無所謂的樣子，對柳芙點了點頭，表示他並不介意，才又道：「此處不一會兒就有工人來施工，皇上和長公主身分尊貴，還是不要逗留太久。」說完，便淺笑著看向姬無殤，意在送客。

姬無殤目光有些深沈地在姬無淵身上停留了片刻，這才叫上了柳芙。「走吧，今晚答應了母后陪她用膳。」

見姬無殤離開，廣真和姬無淵齊齊頷首道：「恭送皇上。」

等兩人走得看不見了，廣真才趕緊走到姬無淵身邊。「你擦擦吧，背後都叫汗濕透了。」

姬無淵接過白絹，將額前和後頸處都擦拭了一遍。「無殤已非當年的四弟，之前我的那番話，一說出來就覺得四周空氣都凝固了似的，窒悶得呼吸困難。」

「這些話你在我面前說了不下萬遍，你敢對著他說出來，實在不易。」廣真訕訕地笑著，勸著姬無淵。「但這些話，除了你說，誰說都不管用。更何況，這還是先皇寄送過來的密詔。為的，就是勸他能尋找到自己的本心。」

「父皇籌謀遠大，留存密詔，為的，就是不想讓我們兄弟反目。」姬無淵愁苦地一笑，甩甩頭。「若非父皇去世之前叫我過去說明白，或許，今日的我已經是謀逆姬家皇朝的反賊了，豈能如此冷靜地面對著無殤說話！可見，父皇最疼的，還是四弟……」

「你這樣想可不妥。」廣真卻雙掌合十，唱了聲「阿彌陀佛」，才又道：「當年的你，身為太子，被你母后的母家蒙蔽，即便讓你知道了真相，你的處境只會更加危險。如今你只是被奪了儲位罷了，至少身家性命是保全了。再加上先皇的安排，我看，以無殤的性子，恐怕會真如先皇所預料的那樣……」

說到這兒，兩人齊齊緘默閉口，不再多言。

這廂，姬無殤和柳芙一前一後的走著，四周遇上他們的僧人都遠遠繞開，沒敢上前打擾。

柳芙心中掛念姬無淵到底和他說了些什麼，見姬無殤走得急，只得開口詢問道：「先前你們可說了什麼話？」

突然停下腳步，姬無殤轉身面對著柳芙，差點將來不及停步的她抱個滿懷。「妳到底是關心他，還是關心我呢？」

抬眼，看著一臉氣呼呼的姬無殤，柳芙覺得有些好笑。

這人表面上看來冷峻刻薄，無情無義，可對待自己卻小心眼得要命，不但占有慾強，還時不時耍一下小性子。自從兩人有過肌膚之親後，他就時刻提防著，生怕哪天姬無淵把自己給拐跑了似的。

「比起你這個當朝天子，我自然更關心郁王。你難道沒瞧見，他方才的臉色有些不好嗎？」想到這兒，柳芙皺了皺眉。「不過眼下我卻更關心你。」

「為什麼？」姬無殤低首往柳芙面前湊近了些，一股熟悉的馨香縈繞而來。

「因為一路走過來，你的臉色比他更難看。」柳芙被姬無殤那邪魅的眼神盯著看得臉有些發紅，確定四下無人，這才伸手抵住他的胸膛。「這兒可是龍興寺，你別用那樣的目光看我。」

「是嗎？妳知道我在用怎樣的目光看妳呢……」姬無殤悄然將手伸過去，攬住了柳芙的纖腰。「再說，此處也沒人敢靠近，我讓常勝帶著影衛布下了嚴密的防衛。」

說著，姬無殤已經欺了上來，將柳芙環在胸前。「妳也別問我和他說了什麼，到時候，妳就知道了。」

「我只想讓你知道，我和他已經說清楚了，自此以後，他再也不會對我有什麼念想，免得你時刻防著他。」柳芙往後一避，躲開了姬無殤的「突襲」，只嘟囔著說：「你們畢竟是兄弟，每次見面都像陌生人，看著讓人心寒呢。」

「放心，他再怎麼樣，也是我的二哥。」說起這些話，姬無殤可以隱去「朕」的自稱，倒也覺得舒服了不少。

「那就好。」柳芙見四下無人，偷偷踮起腳尖，趁姬無殤不注意的時候湊上去親了他的臉頰一下，順勢再推開了他。「記得今晚陪母后用膳，幫我要了這溫泉莊子。」

「這可不太好辦。」姬無殤故意皺眉，心底卻滿溢著剛剛被佳人贈吻的甜蜜。「此處乃私人地界，溫泉莊子雖是皇家修建，但也得問過主人家的意思才好劃撥給妳。」

眼珠子一轉，柳芙跺了跺腳。「我就不信，皇上修建之前沒讓京兆尹府衙查查這地界的主人是誰！」

「朕登基之後便操心北疆的事兒，操心接妳回京的事兒，哪裡得空去查此等小事？」姬無殤卻死咬著直說自己不知道，疑惑地問：「難道妳知道？」

「溫泉莊子所在的地界，是當年文爺爺過到我名下的。」柳芙無奈，只得承認。「溫泉泉眼也是無意中我和廣真在山中遊覽時發現的。我知道姬氏皇族嫡系血脈中的公主需要溫泉來治療先天的寒症。我保證，只要需要治療的公主，直接過來便是，我會專門圈一處地方供她們使用。只是這莊子我還得開放給京中百姓，繳得起錢的，都能來享受。大不了，每年的進項，我分出三成來交給國庫。」

似是肉痛，柳芙說完這最後一句，唇角幾不可察地扯了扯。

可這樣的小動作卻瞞不過姬無殤的眼，他揚頭笑笑，廣袖一揮，將柳芙的柔荑納入其中，緊緊握住。「朕等的就是妳這句話！溫泉莊子若是經營好了，肯定能日進斗金。若非搶先一步將其修成皇莊，朕又怎麼可能在妳這隻鐵公雞身上拔毛呢！哈哈！」

看著姬無殤一副「奸計得逞」的樣兒，柳芙恨得牙癢癢，但始終是名正言順的要回了自己的溫泉莊子，心中也滿足了，只得任他這樣牽著自己的手，在山中穿行而去。

第一百八十二章　蹁躚為誰舞

慈寧宮中，妃嬪齊聚，卻只能坐在下首處，遙看著首席之上的三人，心思各有不同。

倒是太后眼看著姬無殤和柳芙一前一後而來，那腳上沾著的綠苔蘚都毫無區別，微微點了點頭，面容含笑，心情十分愉悅的樣子。「哀家今日招了大家過來，就是要當著皇上的面，商量一下選秀的事宜。」

柳芙唇角翹起，連看也不看姬無殤一眼，只心中默數到三。

果然，姬無殤只耐住了三息的時間，便開口打斷了太后說話。「母后，三年孝期雖然就要到了，但國家剛剛經歷戰爭，餘亂未平，此時選秀，恐怕會有叛黨餘孽乘機作亂。」

「皇兒你只擔心這個嗎？」太后挑挑眉，倒沒想到姬無殤會以國家安危來拒絕選秀之事，不由得看向了柳芙，對方卻只是垂首不語，額前之間一片光滑白膩。

「選秀大典，只要是七品以上官員適齡未嫁之女都可以參加，難免會有人乘機李代桃僵。若是後宮之中混入一、兩個女賊子，朕倒是不怕，萬一唐突了母后和諸位妃嬪，豈不麻煩。」姬無殤實在是找不到其他理由，只能堅持這個藉口，板著臉認真地說著，一副準備抗爭到底的樣子。

「既然如此，母后倒是有個好辦法。」太后笑了笑，看向了柳芙。「芙兒，這次選秀之事，不如交予妳全權負責，可好？」

「我?!」柳芙這才抬眼，一臉驚訝。「皇上擔心的是有亂臣賊子混入秀女之中，兒臣一介女流，遇上了也只能乖乖就範，哪裡能篩選得出好壞呢？」

「也罷，就交給長公主吧。」

突然間，姬無殤竟開口同意了。「朕想了想，若是藉此機會引出那些想要乘機作亂的叛黨餘孽，倒也不失為一件好事兒。只是長公主必須長駐宮內，朕會安排影衛負責妳的安全。而且由妳主持，總好過由母后主持，這樣慈寧宮也能安全些。」

像是吞了隻蒼蠅在肚裡，柳芙難受得要死卻沒辦法說出口，只得依著姬無殤的主意，緩緩點了點頭。「那一切就依皇上所說的辦。」

「好了，正事說完，今日大家聚在一起，淑妃安排了個助興的歌舞節目，皇帝和長公主不如一起觀看觀看。」太后說完，拍了拍手，周圍伺候的宮女便端了晚宴的御膳上來。

而下首的柳嫻聽聞太后吩咐，也趕緊起身，向著上首躬身道：「臣妾陋質，特意請了司教坊歌舞師傅指點，若是跳得不好，還請太后、皇上和長公主見諒。」

說完，柳嫻也不耽擱，眾目睽睽之下，竟解開了外罩的薄絲衫子，露出一襲水紅色挑染寶石藍的貼身舞衣來。

這舞衣薄如蟬翼，幾乎是貼著柳嫻的身體曲線，勾勒出她飽滿的胸圍和纖細的腰身，看得在座的妃嬪無不蹙起了眉。

如此暴露的衣裳，身為後宮妃子，實有失身分。只要是正經的閨閣婦人，絕不會作如此裝扮。但柳嫻卻大膽地穿了，即便未曾起舞，也足夠吸引了所有人的注意。

在這些後宮妃嬪的心目中不免想著，皇帝也是男人，肯定會喜歡這樣毫無保留的妖嬈嫵媚，於是混雜著嫉妒和不甘心的目光全都齊齊刺到了柳嫻的身上。

上首的柳芙倒是覺得很意外，她所熟悉的柳嫻聰明卻驕傲，應該是不屑於用此等手段去勾引姬無殤的。可她卻做了，還十分膽大，可見這次徵選秀女的事實在讓她著急了。

想到此，柳芙勾起了唇角，這柳嫻狡猾，但任她再厲害，一沈不住氣，還是會露出馬腳。於是輕挑了挑眉，望向對面正沈著臉的姬無殤，柳芙抱定了看好戲的心態，因為她知道，自己的男人是不會為如此美色而動心的。她想知道的是，這柳嫻肯定還有後招，就是不知道，姬無殤又會怎樣讓她顏面盡失呢？

「荒唐！」

正當大家以為默不作聲的姬無殤被柳嫻這副妖媚入骨的樣子所吸引住時，他卻起身厲喝了一聲。「國喪未過，妳就穿紅著綠，打扮妖豔，如此有失體統，母后，柳嫻此舉還請您按宮規處罰。」

立在下首的柳嫻卻沒有一絲懼怕，只看著太后，好像在等她幫忙說話。

果然，太后伸手輕輕拉住了姬無殤。「皇兒，服孝三年，實則為兩年半，你雖固守三年國喪之期，但俗禮上，柳嫻穿紅卻是合了規矩的。而且之前，她也給哀家詳細說過今夜的舞蹈，還拿了舞衣給哀家過目。這些年，宮裡頭全是素淨的顏色，今日由她開個頭，哀家也算默許後宮妃嬪可以穿紅著綠不再守孝，讓大家知道喪期已過。不然，九月的選秀，如何能進行得下去？」

「母后……」姬無殤微眯了眯眼，想要發作，但看著太后一臉心憂的模樣，話在口中說不出來，只得坐回位子，不再多言。

下首的柳嫻見姬無殤沒有再追究，頓時鬆了口氣，語帶婉轉地道：「臣妾這一舞名曰蹁躚，獻醜了。」話音一落，樂音乍然響起，是悠然的洞簫之聲，而柳嫻也隨著樂音開始舞動了。

在柳芙看來，柳嫻這曼妙的身姿，配上如此招惹的舞衣，就算跳得再難看也能讓男人為之動情。

柳芙悄然望去，卻發現姬無殤只是手握杯盞，不緊不慢地飲著杯中的金華酒，不見一絲傾倒的神色，只有讓人難以理解的冷峻和淡漠。

第一百八十三章　心路難徘徊

柳嫻的一曲蹁躚舞，甚得太后歡心，身為兒子，姬無殤也不好破壞母親好不容易為他營造的「大好氣氛」，無奈之下當場賜封了其為貴妃。

雖然得了貴妃的稱號，真正位於四妃之首，但柳嫻的最終目的卻沒有達到，那就是先於後宮妃嬪、先於即將選秀的秀女，爬上龍床成功受孕。

奈何姬無殤以賜封貴妃為擋箭牌，很順利地擺脫了太后所提議的侍寢之事，柳嫻除了笑盈盈地謝恩，也沒有其他的辦法。

一番觥籌交錯，微醉的太后先行離開了。姬無殤見狀，更加懶得留下，只給柳芙使了個眼色，兩人便一前一後地跟著也出了慈寧宮。

只是柳芙離開之前，正好迎上更衣回來的柳嫻，這對同父異母的姊妹自然沒有給對方好臉色。

「淑妃，剛才妳一曲蹁躚舞還真是驚豔呢。」柳芙身量本就高過對方，此時低首一睨，倒顯出幾分孤傲的氣勢來。「哦，本宮說錯了，應該是貴妃呢。」

柳嫻抬眼看著柳芙，本想說什麼，卻還是沒說出口，只埋頭，禮數周全地福了福。「長公主殿下，若無其他事，嬪妾要進去了。」

「妳要進去伺候皇上嗎？」柳芙卻笑了笑，嫣然若一朵夜間綻放的玉蘭花，搖曳中生出一抹幽香。「皇上已經先行離開了，裡頭只剩下一群喝悶酒的妳的姊妹而已。不過妳們且放心，本宮主持選秀事宜，一定會挑一些絕色的美人入宮，好歹讓皇上先動了翻牌子的念頭。不然……豈不可惜了貴妃這番心思！」

「心思落盡，卻好過某些人守活寡。」柳嫻被柳芙一番話刺中心頭痛處，當即就回了嘴。話一出口，才發現不遠處竟是轉回慈寧宮的姬無殤立在那兒，正用著陰冷無比的眼神看著自己。

柳芙其實不介意對方說自己「守活寡」。本來她和姬無殤之間的關係極為隱秘，別人也不知道她其實日日歡愉，如魚得水，所以只挑了挑眉，想開口治她個不敬之罪就行了。

卻沒想姬無殤見柳芙久久未曾跟來，於是調頭想順帶接她，竟聽見柳嫻說她「守活寡」。要知道柳芙可是他的女人，從頭到尾如假包換屬於他一個人的女人，柳嫻這樣說，豈不是咒自己「死」嗎？頓時臉色一變，給身邊的常勝使了個眼色。

常勝似乎早就看不慣柳嫻了，得了主子的吩咐，夜色中縱身一躍便沒了蹤影，下一刻，已經立在了柳嫻的旁邊，一伸手，一個大耳刮子就甩了過去。

「啪」的一聲脆響在夜色中十分刺耳，惹得殿內諸位妃嬪也紛紛出來察看到底發生了什麼事兒。

而立在柳嫻對面的柳芙更是嚇了一跳，沒想到常勝會突然跳出來，不留任何情面地教訓起了柳嫻。

捂住臉，柳嫻一臉的不可思議。「你是什麼東西，竟敢動手打本宮！本宮可是皇上親自賜封的貴妃！」

「朕是賜了妳貴妃之位，但妳也要有自知之明。」說話間，姬無殤已經從夜色中走了出來，一身寒氣向外擴散，讓十分瞭解他的柳芙都忍不住屏住了呼吸。

「常勝這一巴掌，是替朕教訓妳的。」姬無殤看著有些「哆嗦」的柳嫻，心底止不住地冒出一股股厭惡的情緒。「長公主身分尊貴，豈是妳一個侍妾能出言侮辱的！只給妳一巴掌，不過是讓妳長長記性罷了。妳們都聽清楚了，別以為太后仁慈，就不知道後宮的規矩。見長公主，如見朕，如見皇后，要是再有任何人敢冒犯，格殺勿論。」

「格殺勿論」幾個字，姬無殤說得極為輕緩，語氣甚至有些淡漠，但配合他冷峻的表情、陰沈的目光，任誰都不會以為他只是在開玩笑。

包括柳嫻在內，後宮妃嬪哪裡敢耽擱，當即便齊齊跪地俯首，高喊道：「臣妾等遵命！」

「走吧。」姬無殤看也不看這些跪在他面前的妃嬪，只伸手，輕輕攬住了柳芙的手臂。「朕親自送妳回長公主府。」

柳芙本想說些什麼，但此時此刻也不好表態，便點頭，任姬無殤毫無顧忌地帶了她離開。

有皇帝相送，柳芙自然坐上了御輦。

車輦十分寬大，比起自己長公主府的輦子還要舒適奢華了不少。此時她斜斜躺在姬無殤的胸前，半眯著眼，一副極為享受的樣子。「你幹麼動氣，這下柳嫻不敢挑釁我了，以後還難捉住她的錯處呢。」

伸手輕輕捋著柳芙耳旁的秀髮，姬無殤也半瞇著眼。有美人在懷，他一臉享受的模樣。

「她這樣的人，若不逼一逼，豈能輕易捉住她的錯處！」

仰頭，柳芙瞬間明白了姬無殤的意思。「你是想藉由當眾的羞辱刺激她，讓她露出本性？」

「凡是沾染了胡家血脈的女子，都心氣極高。若非重錘，豈能響鼓呢？」姬無殤看著柳芙仰頭，正好一雙粉唇送到眼前，毫不猶豫地便吻了下去。

一番纏綿，柳芙只覺得無法呼吸，讓姬無殤把車輦的簾子撩開了些透氣，這才紅著臉略帶嗔怒地看著他。「柳嫻倒是無所謂，可惜了敏慧……你那一群深宮怨婦，總不能一直這樣晾著吧。之前你還能以國喪來推託，但三年孝滿之後，你拿什麼來拒絕呢？」

「原來妳是擔心這個。」姬無殤聽見柳芙這樣說，不知為何，心底生出一絲甜意來。「放心吧，所以我才提議母后，讓妳來主持選秀大典的事兒。」

「我還沒問你為何要讓我來插這一腳呢！」柳芙聽他提及選秀的事兒，氣不打一處來，伸手掄起粉拳就在他胸前捶了捶。

「妳不是想徹底解決柳嫻嗎？」姬無殤卻只覺得撓癢一般，一把就捉住了她的柔荑。「越是這種時候，她就會越坐不住。咱們也不冤枉她，就等著她主動露餡兒便好。換了母后，一定會睜一隻眼閉一隻眼。只有妳，妳來主持選秀大典的事宜，才能真正拿住她的錯處。」

柳芙看著姬無殤，卻有些猶豫了。「自從你告訴我當年柳冠傑為何要娶胡清漪的真實原因後，我便有些猶豫了。胡氏雖然可惡，但想要置我於死地的人卻並不是她們母女。」

「妳的軟弱，會讓妳未來得面對更強大的敵人。」姬無殤卻不這麼看。「她現在是沒有機會，妳想想，若當上皇帝的是二哥，胡家還在的話，妳和妳母親會有好日子過嗎？會有好下場嗎？」

前生的記憶依舊深刻，若非老天爺給了自己這一次機會重生，給了她更為堅毅的心智，她敢肯定，她所面對的路，絕對不會比前生那一次好走。無論胡清漪還是柳嫻，都會不達目的絕不甘休地將她們母女置於死地。

想到此，心便硬了起來，柳芙點點頭，又撲回了姬無殤的懷抱。「有時候，安逸會使人鬆懈，還好有你在身邊提醒我……」

第一百八十四章　情親無處顧

因為被太后「委以重任」，要督促選秀大典的事宜，柳芙過一陣子便要入宮暫居，直到選秀結束後才能回來。

巧紅忙幫著張羅入宮的行李和箱籠，柳芙則讓侯嬤嬤陪著自己回了一趟文府。去文府之前，柳芙順道去了李子胡同。扶柳園的生意很不錯，冷三娘打理得井井有條。加上茶樓裡有一群從良的清倌人做侍女，倒是吸引了許多風流文士駐足光顧，白花花的銀子像流水般入了柳芙的私帳。

親自打賞了冷三娘和一眾跟隨她留下來的姊妹，柳芙便沒有多留，直接往天泉鎮而去。路過茶園，柳芙還是停了一下，聽陳瀾稟報了這些年的收成，又給馮嬤嬤留了些銀兩。說了些貼心話後，才啟程直奔文府而去。

流月百匯堂還是一如既往，但比起自己離開之時，彷彿要清靜了許多。

暖兒出來迎接，剛陪著柳芙進入正屋，就聽得一陣「嚶嚶」的哭聲響起，兩人頓時對望一眼，加快步伐齊齊往沈氏的東廂房裡而去。

「娘，娘！」

暖兒撩開簾子，柳芙一見母親伏在炕上哭泣，心便揪著似的疼，趕緊衝過去扶了她。

「您哭什麼呀！誰給您委屈受了？告訴女兒。女兒替您出氣去！」

手裡攥著絲帕，沈氏這才擦了擦臉，抬眼看向自己的女兒。「芙兒，妳怎麼過來了？我沒事兒，就是心裡不痛快，所以……」

一旁的暖兒見狀，終於安了幾分心。「夫人，您和小姐說話，奴婢去打了熱水給您梳洗。」說完，便乖乖地退下了。

拿過絲帕，柳芙輕輕替母親拭去淚水，用著無比柔和的聲音哄道：「娘，女兒隨時都可以回來看您的。只是您這樣，叫女兒如何放心讓您單獨住在此處呢。不如您應了女兒的提議，搬過去同住。」

「芙兒……」沈氏伸手輕輕撫過柳芙的臉龐，那嬌豔若花綻放的玉顏映入眸子，是那樣的嫵媚明亮，不由得一嘆。「是娘連累了妳……妳不問娘為何哭泣，卻只是一味求我搬過去與妳同住。妳好不容易得了這長公主的名號，娘也被賜了一品夫人。可是，一旦有人追究起咱們母女的出身，豈不……」

緊緊抓住沈氏的手，柳芙臉色一凜，竟變得十分嚴肅起來。「娘，您為何要說這些話！是不是誰在外頭說了什麼，教您聽見了？」話到此，柳芙突然明白了。「難道是胡氏！娘，您如今的身分，誰敢質疑一句，那就是欺君辱國的大罪。」

語氣雖然嚴厲，但既然說到了這兒，再想起柳冠傑，柳芙已非當初的心死哀戚了。

自從由姬無殤口中知道當年實情，柳芙心裡就止不住的生出一絲澀意來。但就算是事出有因，柳冠傑拋棄自己母女也是不爭的事實。

看到女兒神色變化如此複雜，沈氏除了心疼，別無其他。「芙兒，我哭，不是因為胡氏，而是因為……柳冠傑，他昨天過來了一趟。」

「什麼！他怎敢上門！」柳芙幾乎從炕上跳了起來，臉色變得通紅。「他雖然常在文府門口徘徊，可決計不敢上門找事的。門房怎麼回事，護院怎麼回事，哪裡就能容他登門！」

「妳別著急，聽娘說，好嗎？」沈氏當然知道這都是柳芙的安排，於是伸手拉了她坐回身邊，用著略有些發涼的手掌輕輕覆蓋住她的。「他這些年在西北，人倒是淬礪了不少。以前的稜角，以前的抱負，還有以前的種種，娘都看得出來，他是真的看破了。」

「娘，您別信他。」柳芙只覺得鼻頭酸酸的。當年姬無殤告訴自己柳冠傑主動投軍，她還不信，她不信他會捨棄京中的榮華富貴遠去受苦。可事實卻是，他在西北軍營一待就是三年。若非姬無殤平定北疆之亂後召他回京，她知道，他這輩子是再也無言面對自己母女了。

「芙兒，娘不是三歲小孩兒，他雖然有苦衷，卻是真的負了我、棄了妳，這樣的過去，我沒法忘記，更沒法原諒。」沈氏自然明白女兒介意的是什麼，趕緊解釋了起來。「可這次他過來，卻告訴我，他要辭官回蜀中。他……他說要等我回去。」

「等您回去？」柳芙睜大了眼。「娘，您莫不是心動了吧？」

沈氏搖頭，目色堅毅中透著果斷。「我與他夫妻情分已絕。聽他如此說，我竟沒有一點兒感覺，彷彿他是一個不相干的人，說著一些不相干的話，做著一些不相干的事兒。」話語至此，沈氏的淚也已經逐漸乾了，彷彿這一場痛哭，是為了傷悼她面對柳冠傑已如死灰的心……

第一百八十五章　與君緣分淺

勸動了沈氏過兩天就搬去長公主府，柳芙才從流月百匯堂出來。只可惜此時文從征還在朝上，不然，柳芙還想好好和他說說話。

剛來到廳堂，卻迎面碰見一個熟人，正是自回京後還沒來得及私下說話的李墨。

李墨回京後受姬無殤重用，卸去軍職，轉回文官，此時已是正二品的督察院右都御史，專門替皇帝清理不稱職或貪污受賄的官員，地位十分要緊。

此時的他一身朝服還未褪下，見前方緩緩而來一身形窈窕的女子，面容清然若月，笑顏皎然若華，不由得愣了愣。

「這位大人，見到長公主殿下，還請行禮。」隨侍一旁的侯嬤嬤上前輕輕擋了擋柳芙，十分護主的樣子。

「李大人是本宮的知交好友，侯嬤嬤，妳去準備車輦，既然在此碰到，李大人可願意撥冗片刻與本宮閒話敘舊？」上一句話交代了侯嬤嬤，後一句話，柳芙則是對著李墨說的。

「長公主殿下有吩咐，微臣自然願意奉陪。」李墨語氣略微有些飛揚，即便掩飾得極好，也能從其眼底看到一絲激動。

侯嬤嬤略停頓了片刻，見兩人的確是熟識的樣子，這才躬身退下了，只是走之前用略帶渾濁卻精明十足的目光看了一眼李墨，意在告誡。

「走吧，我們去養心堂說話。」柳芙見侯嬤嬤識趣地離開，也不耽擱，伸手輕輕一揚。「看你的樣子，也是替文爺爺去養心堂拿文書吧。」

「真是什麼都瞞不住長公主殿下。」李墨手持一個紅色的封袋，卻開著口，明顯是空的。上頭一角落了個「文」字，正是文從征平日裡常用來裝文書的袋子。

兩人一路行至養心堂，都極默契地沒有說話。等到入了內室，柳芙這才沒有顧忌地讓下人把門關上了。

「這裡是文府，你不用拘束。」柳芙見李墨看了一眼緊閉的屋門，似乎有些猶豫，便出口道：「再說，我如今的身分，與你單獨見面也不怕別人說什麼閒話。況且，別人也不敢說什麼閒話。」

李墨想了想，也對，只甩甩頭。「今時不同往日，是微臣多慮了。」

「私底下，你不用拘禮。」柳芙伸出手，親自為兩人斟了茶。「還好文爺爺保持著在書房留茶的習慣。」

「您私下召見，可有什麼吩咐？」李墨目光落在柳芙纖細白皙的手指上，襯著那粉瓷的茶碗，晶瑩似玉，讓他不敢上前接過。

「我想把真兒嫁給你。」柳芙卻只將茶盞推到他面前，示意他坐下。「你若同意，我便請皇上賜婚？」

走到柳芙對面，李墨雖然遲疑，卻還是坐下了，只半晌沒有回答。

看著李墨略垂目，那眉頭微蹙的樣子，柳芙已經知道了答案。「天下多的是盲婚啞嫁，但真兒與你一同經歷過甘苦，彼此瞭解。讓你們成親，也是水到渠成之事。你若不娶她，難道還有更好的歸宿不成？」

「有時候，人心不一定如外表那樣，可以輕易猜度的，不是嗎？」李墨緩緩抬頭，如墨般漆黑的眸子裡閃過了一抹晦澀之意。

「真兒的歸宿，我是真的在意。她喜歡你，我便要成全。只是若逆了你的意思，我只有道一聲抱歉了。」柳芙被他看得有些不自在，竟自動道歉起來。「況且，真兒是個好姑娘，你們相處下去，將來未嘗不會幸福呢！」

「沒關係，只要是妳給我的，我只會笑著接受，不會說一句不好。」

突然地，李墨冒出來這一句話，讓兩人都是一怔，不知該如何繼續。

「對不起……」

李墨有些後悔，可話還沒說完，柳芙已經打斷了他。

「看來，你我之間只能我對不起你了。你又何來對不起我呢？罷了，不說這些，今日既巧遇，正好有一件事我想託付你。」

從柳芙的反應中，李墨便能知道她心中的答案是什麼，無奈地將片刻洩漏的心意再次掩埋，只點頭道：「無論您吩咐什麼，只要我能做到，便是赴湯蹈火也在所不辭。」

「這次選秀大典，太后讓我來主持。」柳芙見他很快的調整了心態，心底略鬆了口氣，繼續道：「我想，讓你幫我在秀女裡安插一個人，一個你可以掌控並熟悉的人。」

「您可有人選？」李墨聽了，不置可否，反問柳芙。

柳芙心中已有人選，便直言道：「我想從扶柳園裡的姑娘裡挑一個精明的，只是你得幫我把她的身分問題解決。」

李墨點頭。

「正好我老家一位七品知縣近日過來，想求我辦事，他膝下有一女兒，年屆十六，正好可以參選。您挑好了人，直接讓她來我府上即可。」

「那好，這事就說定了。」柳芙見李墨很容易就答應了，便起身來。「改日再敘吧，記得，你既然已經答應，以後要好好待真兒。」

「嗯。」李墨也趕緊站起身來，朝柳芙拱了拱手，目送她推門而出，纖細窈窕的身影被外間濃烈的日光所掩蓋，只留下白晃晃的一片，即便站在室內，也是如此的刺目。

一路出了文府，柳芙坐在車輦上，總算鬆了口氣。

李墨那一絲似有若無的情意，她不是感受不到。但自己一直敬他為友，一點兒旁的心思都沒有。

當初，她看中李墨的沈著冷靜，機敏睿智，雖加以利用，可後來卻坦誠相交，就是想要贏得一個助力。

但男人和女人之間，若走得近了，難免會產生一些微妙的感情。李墨會有那樣的念想，柳芙並不覺得奇怪，也並不討厭。反而，有著他對自己的情意，兩人之間的關係也會更加牢靠，不容打破。

而且柳芙清楚明白的知道，自己並非他的良人，將真兒嫁給他，也是為了彌補自己的愧疚，斷了他的念想罷了。

想到此，一絲輕嘆不由自主地逸出了唇邊，只閉上了眼，任由搖晃的車廂將自己帶入夢境。

第一百八十六章　自作孽不活

住進粉飾一新的常挽殿，柳芙突然覺得自己這一路走來，很可能都被姬無殤算計在內了。不然，他怎麼會同意自己以長公主的身分入住這樣一個偏殿，又提前將其從內到外重新修整過來呢？

七天之內安排好宮外的各項事務，又讓內務府的人領著親自去看了自己所得的三所皇莊，當然，九華山的溫泉莊子也入了長公主的名下。接連出去視察莊子，讓柳芙沒有精力再去猜度姬無殤的打算，入宮後，只吩咐巧紅把箱籠整理了，自己便直接往浴池而去。

但出乎柳芙意料的是，姬無殤並未在此等她，於是乾脆褪下衣衫，滑入了池裡沐浴。

只是剛瞇了不過一炷香的眼，柳芙就聽得一陣極輕微的腳步聲，也不睜開，只揚了揚唇角，露出一抹淡淡的笑意。「我當皇上不會來呢。」

「妳耳朵越來越靈了。」姬無殤蹲在柳芙的身後，低首看著她白滑如玉的肩頸，伸手輕輕拂過。「我記得上次過來，妳傻傻的，被人看光了還什麼都不知道。」

含著半分嗔怒，柳芙仰起頭，就這樣看著頂上的姬無殤。「上次某人是偷窺而來，所以用了內家功夫行步，我一介弱女子，又怎能知曉此處來了人呢？這回可不一樣。」

看著仰頭直視自己的柳芙，姬無殤又往下埋了埋頭，伸手捧著她的下巴。「有何不一樣呢？」

「你這次來，是明知我等著，雖然步子極輕，卻也掩飾不住。」被姬無殤一雙大手輕輕捧住自己的臉頰，柳芙臉微微有些發紅。「我難道說錯了嗎？」

「妳一點兒也沒說錯。」姬無殤笑了笑，落了一個吻在柳芙的前額，這就放開了她。「起來吧，母后讓我帶妳一起過去用膳。」

「可以不去嗎？」柳芙依言，扯了浴袍蓋住身子從池子裡起身，繞到屏風後，很快地更了衣又出來。「最近夜裡都熱得慌，若是去見母后，又得著長公主的常服，回頭出了汗還要再沐浴一次，又麻煩，又不舒服。」

「沒關係，等會兒咱們一起回來，我親自幫妳沐浴。」湊到柳芙的耳邊，姬無殤的聲音極低，帶著三分挑逗。「妳只待著不動就行了。」

「沒個正經！」柳芙伸手推開了他，將衣衫的繫帶繫好。「也罷，選秀大典在即，我且去看看你那一群後宮妃嬪們的反應。到時候，也能甕中捉鱉。」

於是換上柳色的六尾金鳳袘地長裙，外罩月白掐絲的輕薄對襟坎肩，柳芙坐上六人抬的肩輿，一路往慈寧宮而去。

今日宴請，照例有柳嫻等後宮妃嬪作陪，令柳芙意外的是，竟在下首座席中看到了敏慧。

將近三年不見，以前總是神采飛揚、驕傲無比的敏慧郡主，如今就像變了一個人似的。消瘦的臉龐上一雙晶亮的大眼睛格外突出，卻顯得有些晦暗，幾乎毫無神采可言。身子也清清瘦瘦的，一件孔雀飛羽的五彩裙衫就像掛在身上，風一吹，空蕩蕩地便揚了起來，露出皮包骨的手腕。

「敏慧，妳還好吧？」柳芙見得她如此形容消瘦的模樣，心底澀澀的，想起自己北上和親之前，唯有她親自來常挽殿提前相送，一副哀婉的樣子，似是有話要說，卻愁苦地無法表達。

原本只是低首把弄著身前的一只粉瓷茶杯，聽見柳芙和自己說話，敏慧抬起了頭。「長公主殿下，妳我可是認得？」

「稟長公主殿下，賢妃娘娘這半年抱病，卻是失了神志，以前的事情，統統都不記得了。」

開口的是坐在下首頭席的柳嫻，只見她臉色有些不好，側身看了一眼旁邊的敏慧。「平日裡她都是不出門的，今日不知怎麼了，竟一起來了，長公主殿下莫怪才好。」

「怎麼沒有人告訴我敏慧是得的失心瘋！」柳芙很是驚訝，只可惜此時太后還沒出現，姬無殤也避嫌地有意要晚兩刻才來，面對下首眾多表面恭敬內心卻不敬的妃嬪們，這話雖然問出了口，卻也得不到真正的答案。

已是貴妃身分的柳嫻只能起身來，走到中央前方的位置，福了福。「稟長公主殿下，賢妃與您非親非故，她得的什麼病，也輪不到嬪妾等來開口。不過……」

「不過什麼？」柳芙不忍再看敏慧，轉而盯住柳嫻，語氣不由得有些嚴厲。

「不過，按之前賢妃和長公主殿下的交情，既然今日碰見，嬪妾少不了要給您解釋一二的。」柳嫻看到柳芙對敏慧那樣關心，心裡很是不舒服，卻只能忍耐著，故作恭敬地道：

「賢妃的外家，與嬪妾的外家都是一個姓。雖然外朝不禍及內宮，但她性子剛烈，遇見那樣的事兒，自然心怒難平，久了，便失守清明。這也不怪她……」

說著，柳嫻不經意的抬眼，眼底射過一抹難以掩蓋的仇恨。

「貴妃，妳當著長公主的面說什麼呢！」

說話間，正是太后從側殿踱步而來。

以前的太后，雖然精明聰慧，卻總是和和氣氣的一個人。如今身為太后，聽得柳嫻提及當年敏感的謀逆之事，當場臉色一變。「這些話，是妳一個妃嬪能隨便說的嗎？來人！掌嘴二十，以儆效尤！」

「太后！」柳嫻眼中的仇恨被後悔所代替，她只能跪地求饒。「臣妾不敢，臣妾以後再也不敢了。」

「妳當然不敢！」太后坐上鳳椅，伸手指著跪地不起的柳嫻。「妳若再敢嚼舌，哀家就直接叫人拔了它，看妳還敢不敢！」

嚇得一哆嗦，柳嫻也不顧身分，往前爬了兩步，挪到階梯下方，伸手往前拉住了太后的裙襬，哭喊著。「太后息怒，臣妾一時嘴快，臣妾這就自罰，這就自罰！」話還沒說完，柳嫻就坐起身，雙掌張開，一左一右竟自己開始自摑起來。

啪啪啪……

清脆的掌聲在慈寧宮的大廳中響起，席間的妃嬪們都冷冷地看著這一幕，沒有一人露出同情的表情，更沒有一人上前替她求情。

柳芙有些不解地看向了太后，覺得她這個太后當得有些過於嚴苛，好像是在作戲給自己看一樣。

似乎接收到了柳芙疑惑的目光，太后轉頭望向她，收起嚴肅的表情，微微笑了笑，竟是示意她不用擔心，轉而便吩咐了身邊的宮女。「去抓住貴妃的手，讓她停下來。」

第一百八十七章　一年為限期

看著一身華服的柳嫻腫著臉，卻被面無表情的宮女拖出去的時候，柳芙幾不可察地蹙了蹙眉，復又側眼望向立在鳳位之上的太后。

是她允許柳嫻穿紅著綠獻上一舞，因而使其得以晉封為貴妃。可如今不過才幾日時間，竟全然不顧柳嫻的面子，當眾如此羞辱，到底，她是為了什麼？

正好，太后也朝著柳芙看了過來，兩人眼神相碰，前者卻只是柔柔一笑，轉而道：「大家不必將之前的事兒放在心上。貴妃失德，哀家會好好規勸，妳們都起來吧，各自坐回位子去。另外，賢妃身子不適，還是先回寢宮歇息吧。」說完，又示意伺候的宮女去「請」了敏慧離開。

看著敏慧目色一片渾濁茫然，柳芙心底微微有些不忍。

正當殿中氣氛有些尷尬之時，姬無殤到了。

因是初夏，姬無殤褪下龍袍，只著了件薄綢的紫金衫子，透出裡頭黑綢的長袍，長髮也並未攏冠，僅用同色的緞帶隨意地繫在了腦後，看起來很是閒適，卻免不了露出幾分淡漠清冷之意。

下首眾位妃嬪齊齊起身來恭迎道：「皇上金安！」

上首的柳芙卻不用站起來，只頷首略點頭，算是福禮。「見過皇上。」

「皇兒，今日有些晚了。」太后看到姬無殤走進來，滿眼的慈愛。「朝中雖然事忙，卻還是要按時用膳的。」

「讓母后和長公主久候，朕失禮了。」姬無殤連看也不看下首行禮的妃嬪，直接撩起前襬，登上了首席高臺。

太后眼神跟著姬無殤落坐後才轉開。「既然你已經到了，哀家就傳膳了。」

柳芙則和姬無殤默契地對望了一眼，隨即撇開目光，各自拿起杯盞，品起了香茗來。

等晚膳一一擺上，這夜宴算是開席了。

「母后，朕仔細想過了，挑選秀女也算是一件好事兒。」姬無殤先乾為敬，等太后和柳芙都飲了一杯，他才放下酒盞，朗聲道：「新君登基，廣納全國賢德兼備的女子充盈後宮，也能讓老百姓暫時忘卻之前北疆戰事帶來的艱難。只是……」

聽得皇帝同意選秀，太后鬆了口氣，下首妃嬪們卻提了心到嗓子眼兒。姬無殤上一句是說同意選秀，下一句話，卻帶了「只是」兩個字，讓人情緒不得不隨之起伏不定。

「只是什麼？」太后有些不太樂意，柳葉似的細眉壓得低低的。「選秀又不是什麼行軍打仗的事兒，哪來那麼多講究！皇兒也說了是一件好事，為何總那樣不痛快呢？」

「母后若不願接受兒子的這個『只是』，那兒子便不接受選秀的提議。」姬無殤態度強硬，面對生母的慍怒之意，竟絲毫不讓。

始終，讓步的還是太后，愣了半晌，她點點頭。「好吧，只要不是再等三年才臨幸妃嬪，哀家什麼都答應你。」

「其實朕的要求很簡單。」姬無殤見太后服軟，也不由得放輕了幾分語氣。「新進的秀女，需經過一年的宮規訓練指導，再由母后和朕一起冊封位分，之前，一律充作女官。若是願意接受這個條件的女子，那便可以來參選，若不願意參選，或者對這個條件有不滿者，可以棄權。畢竟此次選秀乃是母后格外開的恩典，亦不用循慣例。」

「皇兒，那你得答應哀家一個條件。」太后一口悶氣嚥了下去只能接受，但卻不會白白讓自己這個狡猾兒子鑽空子。「中秋過後，你便開始召幸妃嬪。若一年之內龍嗣有望，無論是公主還是皇子都行，別說讓新進秀女充作女官，就是全放了她們回原籍，哀家也都依你便是！」

兩人你一言我一語，說得旁人都心驚肉跳，心緒起伏不定。

第一百八十八章 事已至此了

夏季的夜晚，如果來陣夜雨，便十分涼爽。

此時天上就落起了黃豆大小的雨滴，「噼啪」打在宮殿的屋簷和琉璃瓦上，更加襯得殿內寂靜無比。

柳芙略低首，手裡捏了個杯盞，和下首妃嬪的心態不一樣，她聽見太后讓姬無殤開始召幸妃嬪，並沒有想像中那樣灑脫和不在意，一抹澀意直衝胸臆，憋得她有些無法呼吸。

姬無殤未曾想到母親會這樣步步緊逼，蹙著眉，片刻之後，還是幾不可察地點了點頭。「也好，國喪再不久後就期滿。八月十五，人月兩團圓，朕會翻牌子召幸妃嬪的，請母后放心。」

就像是久旱逢甘霖那般，下首為數不多的十來個妃嬪都面色一喜，渴望的目光變作了癡迷沈醉，似乎今夜就是那團圓之夜，她們已經像綻放的花兒一般，只等郎君前來採擷。

只有柳芙，手中的杯盞略傾了傾，但很快就又拿正了，順帶往前一送，看向了太后。「在此，兒臣先恭祝母后早日抱得龍孫。」一口飲盡杯中瓊漿，柳芙卻看也不看姬無殤一眼。「原來下雨了……今日才剛搬入宮，母后，我想早些回去收拾一下，不然這夜雨落久了，出去就不方便了。」

「無妨，妳先回去，哀家叫人送些宵夜過去。」太后看著柳芙有些僵硬的微笑，側眼瞧了瞧從剛才爭執之後便一言不發的兒子，連連點頭。「只是妳也別太著急，慢慢收拾佈置就行了，小心身體，早點休息才好。」

「兒臣遵命！」柳芙隨即便起身，只朝著姬無殤頷首福了福，算是告辭，轉身就從大殿中穿行而去，只留下一抹窈窕倩影，跳動在燭火相映的垂簾薄紗之上。

看到柳芙離去，姬無殤眉心也跟著跳了跳，卻按住了想跟上去的衝動，只和太后隨意說著話，聽她「嘮叨」延續皇嗣的重要。

巧紅帶著肩輿守在慈寧宮門口，柳芙看了看天，示意不用。「夜雨清涼，本宮想散步回去，妳讓肩輿跟在後頭，遠遠的，別打擾了我。」

說著，柳芙提步而出，直接踏入了雨裡，任由裙襬浸在濕漉漉的青石板上，竟是絲毫不在意的樣子。

一旁的巧紅趕緊撐開傘，小跑著跟了過去。「主子，您慢點，這雨看著不大，可滴滴落在手心裡都冰涼沁人，若是因為淋雨而染了風寒豈不麻煩。」

「染了風寒有什麼麻煩的，不過是幾服藥罷了，還能休息幾天，不理這宮裡頭的煩人瑣事。」柳芙語氣淡淡地說。

「主子……」巧紅這些年跟著柳芙，對她的性子也有些瞭解，更對她和姬無殤之間的微妙「關係」完全知情，略猶豫了一下，還是忍住了，只乖乖陪著柳芙回到了居所。

知道柳芙的習慣，巧紅出去時就吩咐了宮人備好熱水。

一回到殿中，柳芙便直接去了浴池沐浴，同樣遣了巧紅和其他人不得靠近，免得姬無殤會「突然襲擊」。

不過……他既然答應了召幸妃嬪，就不會再夜夜膩在自己身邊了吧……

怔怔地，柳芙想得有些出了神。

雖然他和自己有了肌膚之親，雖然他們除了心意貼合之外並無名分，雖然她早就明白，終歸有一天，他會有後宮佳麗三千……可一想到那些女人將一個個被送上龍床，自己的心就沒來由地泛疼。

像是一顆巨石壓在心口，讓柳芙覺得每吸一口氣都那樣無力，那樣痛徹心腑。

她和姬無殤在一起，每每耳鬢廝磨之際，都會直接忽略那一群還等待君王臨幸的妃嬪。她不願提，他不願說，就這樣，這個話題便成了兩人之間的禁忌。

八月十五，月兒圓，人兒同樣也能團圓。就是不知，他第一個召幸的妃嬪會是誰呢？是按品級從柳嫻開始，還是按他的喜好，挑個對胃口的呢？

一邊想著，那畫面就同樣浮現在了眼前，柳芙猛地睜開眼，手一揮，身前一片水花便飛揚四濺起來，打破了她腦中那些個令人作嘔難堪的畫面。

「怎麼了，誰惹妳生氣了嗎？」

說話間，卻是姬無殤來了。同樣的腳步輕緩，同樣的悄無聲息，可臉上卻掛了一抹和平日不同的微妙笑意，淡淡的，只點染在眉間眼梢處，襯著浴池中昏暗的燈燭和氤氳的白煙水氣，並不十分顯眼。

「今天我身子不適，你還是回去吧。」

柳芙的手僵在半空中，直到姬無殤的身影出現在面前，她才無力地收了回來，語氣帶著一抹刻意的冷淡。

聽見她隻字不提自己答應召幸妃嬪的事兒就開始攆人，姬無殤直接坐在浴池的邊緣，伸手輕輕替她撩起了散在水面的青絲，低首道：「妳吃醋的樣子，朕十分喜歡。」

第一百八十九章　願與共白首

氤氳的水霧含著淡淡的清茶香氣，這是姬無殤最喜歡的味道，因為這個味道屬於眼前這個謎一般讓人看不透，卻一如白璧般無瑕剔透的女子。

柳芙細白的肌膚在昏黃的燈光下顯得益發瑩潤，映在姬無殤的黑眸中，更是反射出了別樣的光彩。

斜斜睨著他，柳芙似笑非笑，那表情讓人根本猜不中她心中所想。「你放心，以後會有很多女子為了你吃醋嫉妒，到時候，你可以看個夠。」

自從兩人有了肌膚之親後，便默契地以「你我」相稱，彷彿在獨處之時，這世間就只剩下你和我，其他一切紛擾複雜，都能在這樣隨意的稱呼中被摒棄似的。

姬無殤很喜歡這樣的氣氛，面對柳芙，他總能感到一種別樣的寧靜包圍自身，很溫暖、很安全，讓他可以暫時忘卻姬家賦予他的任何責任、任何重擔。

但此時此刻柳芙這樣說話時，他卻心一沈，感到一種從未品嘗過的澀意漫過全身，連呼吸，都變得苦苦的。「妳若在乎，就告訴我；若不在乎，也告訴我，我只想知道妳的心意是怎樣的。」

「我能在乎嗎？」柳芙挑了挑眉，覺得眼前的姬無殤似乎有些變了，變得比以前更感性和軟弱了些。

但面對痛苦，柳芙不能讓自己變得軟弱，只頓了頓，刻意地提高了幾分聲量。「您是皇帝，是天下的君主，後宮佳麗三千都是您的妻妻妾妾。我算什麼？不過是個和親的『偽公主』，頂著長公主的名號罷了，豈能插手皇上的床笫之事呢？」

姬無殤聽出了柳芙話中所蘊含的淡淡酸意，並不比自己心底的澀意要清淺淡薄，甚至他還能品出這酸意的濃度恰到好處，恰如其分，於是展顏笑了。「妳是我的女人，妳當然能插手。」

「我怎麼插手？」柳芙憋不住，嬌嗔而出，扭回了頭。「母后要你八月十五開始召幸妃嬪，你也答應了，難道還能作假不成？」

「妳不知世上有種迷情藥嗎？能使人自以為與人交合。」姬無殤脫口而出，似乎早有盤算的樣子。

「可是……」柳芙抬眼，復又看向了姬無殤。「你是皇帝，召幸妃嬪綿延皇嗣乃天經地義之事，也是你身為大周朝皇帝的義務。你這樣做，對你，對朝廷，都沒有任何好處。而且……」說到此，柳芙有些欲言又止。「你這樣做，又是為了什麼呢？」

「妳的心思，我全明白。」

姬無殤卻突然釋然了一般，大大方方的道：「妳說的責任，是我身為大周朝皇帝的責任。但作為一個男人，我卻必須肩負起對妳的責任，妳懂嗎？」

眼中有淚光閃現，柳芙卻不敢相信自己所聽到的。「我……不懂……」

姬無殤見眼前的人兒流淚，心疼得不顧身上衣衫還在，直接滑入了浴池將柳芙擁住。

被人呵護的感覺，柳芙很少經歷，除了母親，便是文從征待她一如親人。姬無殤之前和她的關係只是利用與被利用，自從兩人在一起之後，也幾乎從未「交心」。所以他的話一出口，柳芙有些難以置信。

眼前的他那關切的眼神，那緊緊擁住自己的動作，卻是真真實實的，騙不了人的，這讓柳芙感到胸臆間有滿滿的幸福在蔓延。但與此同時，她不能意氣用事，因為愛她的男人，並不是等閒之人，而是這偌大皇朝的君王。

就算他願只守自己一人又如何？她的身分，注定不能光明正大地陪在他身邊，成為他的妻，甚至為他生兒育女。

腦中劃過一片清明，柳芙含淚搖了搖頭，將姬無殤輕輕推開。「你能為我想到這些，我已十分感激。可事實就是事實，你躲得了一時，可能躲得了一世？那些妃嬪並非普通人，俱是功臣之女。你之前以國喪為藉口，避開了很多你不願意做的事。可一旦你開始召幸妃嬪，妃嬪們卻久久不曾有孕，不但母后會懷疑，那些功臣們也會懷疑。到時候國家根基動搖，我便是罪人了。我不能拖你的後腿，絕對不能……」

姬無殤看到柳芙目色清澈，知道她並非一時氣話，而是認真的，他心痛地低聲道：「有些話，現在我不方便和妳說得太清楚。我只問妳一句，妳可相信我？妳可願意後半生與我攜手，與我……白頭到老？」

沒想到姬無殤聽了自己一席話竟還不妥協，柳芙怔住了，透過他沈黑如星的眸子，看得出他並非是玩笑。

半晌之後，柳芙終於點了點頭。「我若不信你的真心，當初就不會把自己的安危交給你。說起來，無論是北上和親，還是從北疆返回京城，我的命、我的心早就不屬於自己了。」

對於自己終於願意承認這一點，柳芙有些淒然無奈地笑了。「我一直否認著自己的心，卻無法否認事實。你我之間的聯繫，就是千萬利刃恐怕也割不斷的。你能說得如此真心，我也願意把自己的心交給你。只是……你我現在的關係，始終是見不得光的。而龍嗣的問題，最多一年，一年之後，終究還是得面對。不過，只要我還能完全地擁有你一年時間，對於我來說，也足夠了。」

說到這兒，柳芙的笑意變得嫣然而動情起來，伸出手，輕輕攀上了姬無殤的胸膛，兩團酡紅也浮上臉頰。「一開始，我便不在乎我們的未來會如何。我陪在你身邊，也只想有個人能陪著我。哪怕不能到老，有了這一年多的珍貴回憶，我此生也無怨了。」

姬無殤被柳芙一席話說得心神激蕩，她的理解和包容教他更心甘情願地對她負起責任。「其實，我只想要妳為我生兒育女，就妳和我的，別人，絕插不進來。皇嗣的事，我自有辦法，妳就放心吧。」

「嗯，我放心，我放一百二十個心。」柳芙依靠過去，輕輕用手指在姬無殤的胸口畫著圈。「只是這一年裡，我不能有孕，不然紙包不住火。所以，這幾天過去後，我要開始服藥，你得有個心理準備才是。」

柳芙這樣說，也斷了姬無殤「貍貓換太子」的念想，他不置可否，只是擁緊了她。

第一百九十章　有女梅若蘭

數日後，秀女名冊由內務府送入了常挽殿，呈給主持這次選秀大典的柳芙過目。

秀女名冊是大紅的底兒，描金的字兒，柳芙一頁一頁隨意翻看著，下首負責送名冊來的內侍垂首站立，卻是嘴上不停地介紹著。「稟長公主殿下，按照以往慣例，每三年一次的選秀至少有三百多名秀女參加初選，今次乃太后恩典，各地官員未免準備不足，所以人數少了些。加上驗明身分等流程必須得走全，還請長公主殿下不要怪罪內務府辦事不利才好。」

柳芙聽了這姓杜的內侍說話，不由得看了過去。「杜公公這是什麼話，本宮要向太后奏明賞賜你們還來不及呢，何來怪罪之說？放心吧，這一次，你們只有領賞的分兒，可沒受罰的分兒。」

柳芙說著，正好名冊翻到山西晉南所入選的秀女，一眼便看到了「梅若蘭」的名字。

此女正是她讓冷三娘從茶樓裡挑出來的「內應」。

此女柳芙印象頗深，看起來比同齡女子要沈穩可靠，性子也內斂得很。最特別的是，她因出身書香之家，從小開蒙，識文斷字、女紅功夫都很不錯，加上冷三娘的愛護，比起那些清倌人，看起來就像個正兒八經的閨中小姐。

只是美中不足，她容貌並不算出挑，但身姿纖細窈窕，加上氣質襯托，好歹也算是個清秀佳人。

見柳芙看得仔細，這送來名冊的杜公公不由得悄然抬眼打量了一下。

都說長公主殿下端莊敦厚、性情平和，乃是天下女子的典範。可他只看了一眼，就被那張過分耀眼的嬌容給刺得不敢逼視。更別提她在翻看名冊時，一雙水眸中所不經意流露出來的睿智和精明，簡直和傳聞中不相符啊！

柳芙見下首杜內侍的表情複雜，不由得提高了聲量。「這位公公，本宮問你，秀女何時入宮初選，你可聽見了？」

聽到柳芙問話，杜公公才猛然回過神來，臉色微窘。「稟長公主殿下，秀女們過了八月十五就會入宮，統一住在偏殿錦瀾宮。三日後開始初選，按照太后的要求，只留五十人複選。明兒個負責教習的十二個嬤嬤到齊，也會由奴才帶來給您請安。您就辛苦了！」

擺擺手，柳芙不置可否。「該本宮分內做的事兒，公公也不用如此賠小心。只是有一條，別人管不著，但本宮這兒可要給你說明白了。」

「且聽長公主示下！」杜公公趕忙躬身福禮，一點兒也不敢怠慢了。

「據本宮所知，每一次的選秀，都會有秀女往後宮去『找門路』。」柳芙說著，笑容收斂，粉唇一抿，變得嚴肅起來。「秀女一日未留牌入選，就一日是外人。內外私通，絕不允許在本宮的眼皮子底下出現。若抓住一個，便杖斃一個，你可聽明白了？」

「奴才明白，奴才遵命。」杜公公趕緊跪地領了吩咐，哪敢說一個「不」字。

見這杜公公「聽話」，柳芙這才放軟了些語氣，淡淡道：「好了，你先退下吧。明日午後本宮再接見負責教習的嬤嬤們。」

說著，柳芙便端了茶。

杜公公從常挽殿退出來，這大中午的太陽明晃晃地刺眼。可就是這大熱的天兒，他卻不由得感到一陣發涼，額前的冷汗也止不住的冒了出來。

本想這「長公主」沒什麼經驗，到時候秀女和後宮妃嬪拉關係，他們內務府可以得許多「好處」。卻沒想，對方一下就點中了要害，並下了死令要處死和內宮私通的秀女。這下，他還得回去提醒提醒內務府的同僚們，這一次，大家得打起了十二萬分的精神，好好應對才是！

第一百九十一章　君當作磐石

因得天氣炎熱，加上選秀的事要開始忙了，太后免了柳芙每日的晨昏定省，只讓她得空的時候過去坐坐就行。

每天黃昏，等暑氣漸消之後，柳芙還是會去慈寧宮給太后請安，避免落人口實，說她壞了宮中規矩。

眼看就要到八月中秋，慈寧宮那邊的動靜十分大，妃嬪們都排著隊去奉承太后。

柳芙當然知道這些妃嬪的心思是為了早些爬上龍床，卻並沒有放在心上。

姬無殤都告訴自己了，他會用秘藥來解決這個問題，要她不用擔心。

這天下午，剛剛見了十二位負責秀女教習的嬤嬤，給她們點醒了這次選秀的重要，柳芙這才得空，去了常挽殿庭院的樹蔭下避暑。

斜靠在細竹的美人榻上，柳芙半瞇著眼，不一會兒就聽見了腳步聲，知是巧紅來了，才睜眼。

「主子，該喝藥了。」

巧紅手裡托著個粉瓷小盅，神色警惕。「今兒個去熬藥的時候，差點被侯嬤嬤撞見。主子，您要吃這藥吃到什麼時候啊？萬一被發現……」

「一年以後再說吧。」柳芙拿起瓷盅，一點兒沒有耽擱就一口飲盡了，只覺得口中苦得發麻，趕緊摘了身邊果盤中一顆葡萄塞進去去味。

「主子，您這樣辛苦，皇上可知道？」巧紅見柳芙臉色有些差，不由得嘟囔了起來。

「別多嘴。」柳芙擺擺手，示意巧紅不必多說。

「怎麼了？可是受委屈了？」

說曹操曹操到，大白天的，姬無殤毫無顧忌地便從正門入了常挽殿，一身雪綢青衫襯得他多了幾分柔和，少了些君臨天下的威儀冷峻。

「沒什麼，巧紅，妳下去吧。」柳芙抬眼看了看姬無殤，總覺得他和以前有些不一樣了。但具體哪裡不一樣，自己也說不上來，只趕緊讓巧紅退下，免得被他看見自己「吃藥」的事兒。

誰知巧紅一見姬無殤就像耗子見了貓，嚇得直哆嗦，伸手去收瓷碗，卻一不小心就摔破在地。

殘留在碗底的藥汁灑在被太陽曬得極熱的地上，淡淡的腥苦之氣驟然升起，惹得姬無殤眉頭一蹙。「妳不舒服嗎？怎麼在吃藥？太醫院為何沒來稟報！」

「奴婢該死、奴婢該死，奴婢這就收拾！」被姬無殤一質問，巧紅大驚失色，當即就跪在地上，趕忙去撿那碎成渣子的瓷片，連手被劃破也不顧，猩紅的顏色更是刺目。

「巧紅，不用收拾了，妳下去吧。」柳芙見狀，甩了甩頭，她知道姬無殤粗通藥理，這藥裡頭極濃郁的紅花和麝香味道，瞞也瞞不住，只嘆了口氣，對姬無殤說：「我慢慢給你解釋。」

眼見巧紅跌跌撞撞的走了，姬無殤才鬆開緊蹙的眉頭。「妳身邊也沒個得力的，這巧紅雖然忠心，卻未免呆笨了些。」

「呆笨些才好，太過伶俐，難免將來不會想著吃裡扒外。」柳芙攏了攏頭髮，因為天氣熱，她只懶懶綰了個髻兒在腦側，斜插了支海棠碧玉簪，一身水綠色的薄綢衫子，入目皆是一片沁涼舒心之感。

姬無殤覺得暑氣的燥熱全被眼前的嬌人兒給驅散了乾淨，走上去將她輕輕攬住，低聲道：「妳說給我解釋什麼，說罷。」

柳芙推了推他，拉開兩人的距離，臉色有些嚴肅，直視姬無殤的黑眸，好半晌才開口道：「我沒病，那藥，是讓我避免受孕的，先前跟你說過這事兒了……」

那輕若鴻毛的嗓音卻像一擊重錘落在了心口，姬無殤原本還微笑著的柔和表情頓時變得僵硬起來。

柳芙能感受到姬無殤情緒的變化，只覺得周圍的氣氛都驟然凝固了一般，變得十分緊繃。

好半晌後，姬無殤伸手捧起了柳芙的嬌顏，聲音低啞中含著一絲晦澀的意味。「對不起，讓妳受委屈了。」

聽見姬無殤的話，柳芙先是有些驚訝，隨即一股溫暖和感動直衝胸臆。

作為男人，作為君王，他竟沒有對自己置氣，卻反過來替自己擔心，甚至道歉，這在柳芙看來，根本就是不可能的。

前生記憶中的姬無殤也好，重生後所瞭解的姬無殤也好，都不是會如此「體諒」人的，更遑論開口道歉了。

可自從兩人之間「坦誠相見」後，他卻改變了，變得柔軟，變得體貼了起來。

柳芙搖搖頭，清眸含淚地鑽入了姬無殤的懷中。「有你這句話，我的委屈便不算什麼了。」

「此藥傷身，而且妳讓巧紅那丫頭去熬藥未免太過不妥，回頭我讓陳妙生尋給妳更好的來代替。」姬無殤輕撫著柳芙的後背，感到她微微的顫動，心下也柔軟了起來。

兩人在樹蔭之下溫存了片刻，這才分開，柳芙親手替他剝了葡萄。「秀女裡頭，我安插了個眼線進去。若後宮那邊有異動，應該能及時察覺。只是……」

「只是什麼？」姬無殤摟著柳芙的纖腰，見她如蔥似的纖纖玉指餵到嘴邊，不由得心神一蕩。可想到她吃藥所受的苦楚，卻硬生生地壓下了慾想。

「我給內務府下了死命，若有秀女和後宮妃嬪私通，一律格殺勿論。」柳芙收回手，臉紅紅的，像一抹霞雲浮在粉頰上，十分嬌豔。「只是怕母后那邊，不知她有何安排。」

「放心，昨天，母后找我談話了。」姬無殤卻突然展顏一笑。「今日我來，就是迫不及待想要和妳說此事的。」

第一百九十二章　除非己莫為

樹蔭下灑落點點金色的光斑，有些落在地面的青石板上，有些落在了那一襲柔柔青綠的裙襬上，還有一、兩點，悄然落在了斜倚著姬無殤的柳芙頭上，映著她緋紅若霞的嬌顏，更顯出這盛夏午後中難得的一絲清涼。

「母后可說了什麼？」柳芙仰頭，看向姬無殤，正好使得那光斑的位置落在眉心處，晶瑩的光芒蔓延開來，讓她整張臉都泛著迷人的光彩。

低首輕輕吻了柳芙的側頰，姬無殤壞壞地笑了一下，這才道：「想要穩住她，別只著急抱孫子，有些話，我就不得不提前和她說明白。」

「怎麼說明白？」柳芙有些緊張，身子也隨著僵了一下。

都說「醜媳婦見公婆」，柳芙卻知道，遲早有一天，太后會發現自己和姬無殤之間的關係並非表面那樣。有時候柳芙甚至在給太后請安的時候，看向她，也會想若是她有一天知道了……還會那樣溫和如長輩的對待自己嗎？

「難道，你告訴了她……」她不由自主地把心提到了嗓子眼兒。

姬無殤眨眨眼，竟有些調皮的表情浮現在了臉上，不過瞬間便換上了那種睥睨天下、捨我其誰的冷酷樣子。「我喜歡的女人，藏著掖著有什麼意思，雖然現在時候未到，但怎麼樣也得讓我唯一的親人知曉才行。」

「那母后怎麼說?」柳芙心一緊,這太后的態度雖然對兩人的關係不是十分重要,但她若接受自己,那以後的事情便好辦了許多。

「她是我親生母親,絮絮叨叨說了半天,最後還不是一句『只要你喜歡就行』。」姬無殤挑了挑眉,那明顯是在得意。

「可是……」不知為何,柳芙的心還是懸吊著的。

「沒有可是。」姬無殤將柳芙擁得緊了些。「母后之前就知道我中寒毒之事。後來是妳救了我,她也從父皇那裡知道了全部實情。我告訴她,因為火龍朱果的果肉藥力有所不足,恐怕還是不能輕易得續龍脈。」

「什麼!」柳芙杏目圓瞪。「你是忽悠母后的,還是真的……」

「我的毒早已解除,不過,若非這樣說,她抱孫心切,早晚會察覺出問題的。」姬無殤可不會顧慮騙了自己生母是否不好,只懶懶的摩挲著柳芙的後背。「這樣一來,至少這一年中,即便我開始『召幸』妃嬪,母后都不會起疑心的。」

「我不知道你的如意算盤是怎樣的,但對於你的那些妃嬪們,柳嫻此女且不說,其他人都是無辜的。到時候,她們又該如何?」柳芙睜大了眼,目色澄澈得沒有一絲雜質。她的確是重生復仇而來,可現在的她陷入了溫柔的包圍之中,幸福且舒適,所以對於周遭的人和事,都多了一分感懷。

「我若真召幸了她們,她們便沒有了退路可尋。保有處子之身,到時候,至少她們還能獲得她們想要的另一種生活。」說到這兒,姬無殤收了口,涉及自己將來的打算,他不能讓柳芙知道太多。一來，計劃並未完善；二來，此事比起和胡家鬥，更要難上百倍。如何滴水不漏地讓兩人可以在一起，而且是光明正大的在一起，他就不能讓她也犯險。

柳芙似乎明白姬無殤的考量，見他不再多說，便也不多問，只輕輕點了點頭。「情情愛愛，的確會讓人變得軟弱吧。這幾日沒怎麼看到柳嫻，我卻是幾乎將她忘了。」柳芙也冷靜了起來，心口透出和姬無殤有些類似的涼意。「她們母女若就此死心，安安分分過完這一年便好。若她們有所異動，我便絕不會姑息了。」

「現在，妳是我的人，她們若敢有任何異動，哪怕只是有了想法，我也不會放過的。」姬無殤心一緊，他寧願看到柳芙臉上只有笑容，也不願見她露出半點愁色。

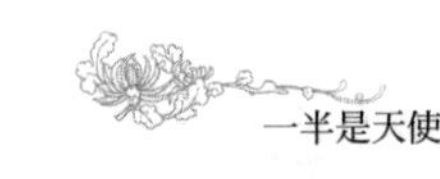

第一百九十三章　拜月求姻緣

八月十五，團圓之夜，也恰逢秋分。

按照大周朝的慣例，帝王需代表天下百姓，春分祭日、夏至祭地、秋分祭月、冬至祭天。其祭祀的場所分別為日壇、地壇、月壇、天壇，坐落在京城四角。

頭一天，身為皇帝的姬無殤就和太后啟程前往了月壇。因為沒有皇后，所以太后便代表天下之母，代替行使祭祀之責。隨行的，自然還有後宮諸位妃嬪。

而他們此行除了依照慣例祭月之外，還有一個重要的環節，那就是「問天」。

誰能作為後宮表率，頭一個獲得天子召幸承寵，並非皇帝或者太后就能輕易決定的。由欽天監在月壇擺下占卜問卦，讓上天來決定，其結果才能服眾。說白了，也是給這一批出身功臣之家的妃嬪們一個臺階下，同樣也是安撫她們背後的各個家族。

今夜，月壇的氣氛緊張而熱鬧，後宮，卻清冷得一如天邊那輪冷月，淒淒然，落下了一地的愁緒。

柳芙立在常挽殿的庭院中，抬眼看著頭頂的月亮，覺得這皎月清冷，似乎和在蜀中、在宮外，甚至在北疆草原上看到的，並沒有什麼兩樣。

想起此時月壇行宮中應該是鶯聲燕語歡欣一片，柳芙扯著唇角，冷冷的笑了笑。

就是不知，今夜會是哪一個幸運兒被上天「挑中」，成為首位承寵的妃嬪呢？

「主子，香案已經設好，您可以祭拜月神娘娘了。」

正好此時巧紅回來了，一身桃色宮裝，梳了一對俐落的羊角髻，已是十五歲的她看起來出落得十分水靈清麗。

嘴上說著話，巧紅的手一點兒也沒停。一個人已經將祭拜月神的大香案擺好，上頭除了宮中特製的十八羅漢月餅之外，還有西瓜、蘋果、紅棗、李子、葡萄等果品。而且西瓜也切成了所需的蓮花狀，那碧綠的皮兒、鮮紅的瓤兒，即便是在銀白的月色之下，看起來也十分鮮嫩誘人。

「等我祭拜了月神娘娘，妳也在此求一求姻緣吧。」柳芙笑笑，只是那笑容和天上那一輪皎月一般，雖然美得讓人窒息，卻帶了幾分寂寞。

巧紅一聽，興奮得俏臉微紅。「主子大度，可奴婢怎能用主子的香案？奴婢……來之前已經和其他姊妹都拜過了呢。」

「月中嫦娥，以美貌著稱，故少女拜月，願『貌似嫦娥，面如皓月』。」

柳芙看著嬌俏無比的巧紅，不由得心情變得輕鬆起來，笑道：「咱們家的巧紅也長大了，知道拜月求姻緣了呢。」

「主子！」巧紅紅著臉。「可是主子，您拜月，又是求什麼呢？」

「我的姻緣，我自己會作主，犯不著求任何人或者任何神明。」柳芙給了巧紅一席話，卻反過來開導了自己，覺得突然間豁然開朗了不少。

「月光溶溶，桂子飄香，如此良夜何！」

一陣風過，只見半截明黃色的龍袍緩緩從樹後露出，竟是姬無殤出現在了常挽殿之中，驚得柳芙突然就捂住了嘴，也不顧巧紅在場，直接奔入了那個溫暖且踏實的懷中。

柳芙抬眼，水眸中映出一輪漸漸朦朧的皎月。「你來得正好，我要切月餅了。」

「我就是趕著回來和妳團圓的。」姬無殤一身風塵僕僕，一看便是連夜從月壇策馬而回，可眼中的寵溺卻掩蓋了一切的疲憊，只留下一絲微微的甜蜜。

第一百九十四章　小人暫得勢

湖綠色的蜀繡輕絲綢方枕上還殘留著一絲淡淡的溫度，柳芙伸手輕輕拂過，唇邊揚起了一抹笑意。

月色之下，姬無殤急匆匆地來，擁她入懷，一夜兩人只你儂我儂，細細說著話。直到自己漸漸疲累了，便閉上眼睡著了。天色發白，自己醒來，才發現枕邊的那個人已經悄然離開，正如他昨夜悄然地來一樣。而自己身上則蓋著一床薄繭綢的絲被，被角也被人掖得嚴嚴實實。

「入秋了，雖然白日裡仍舊有秋老虎作怪，熱氣直冒，但夜裡卻涼得厲害，記得蓋厚一些的被子，免得著涼……」耳旁似乎還迴蕩著姬無殤臨走時的呢喃細語，柳芙當時已經昏昏然幾欲入睡，雖聽得不真切，但現在一想，卻又那樣鮮明。

柳芙知道，月壇行宮中可不能少了他這個一國之君，所以姬無殤必須策馬急趕回去，免得叫人起疑。只是得了「頭牌」的柳嫻，當她懵然清醒後，不知會不會發現自己仍舊是處子之身呢？

如此諸般細節，柳芙懶得多想，趁著清晨還涼爽不燥，只伸手攬過姬無殤睡過的方枕抱在懷中，又閉眼養神入寐了。

月壇行宮。

天剛大亮，姬無殤就出了寢殿，去給太后請安。

待他到了才發現，後宮諸位妃嬪也都到齊了，特別是立在首位的柳嫻，一臉嬌顏，緋紅瀲灩，那副新為人婦的嬌羞和光彩，將一旁同樣貌美的妃嬪們都比了下去。

「皇兒，快來上座，嫻貴妃正好過來請安呢。」

太后也笑得很是開懷，對著姬無殤招了招手，只是見他眼底一片青色，不由得念叨起來。「雖然皇兒你開始召幸妃嬪，卻也要顧及龍體，切莫貪歡傷身，知道嗎？」

姬無殤臉色略有尷尬，抬手掩住嘴咳了咳，從眾妃嬪中間走過去的時候連側眼也沒瞧一下柳嫻。

原本其他妃嬪對柳嫻還有些羨慕和嫉妒，如今見皇上仍舊待她清冷淡漠，倒叫各人心理都平衡了一些。

當時欽天監竟擲出了寫有柳嫻八字的玉籤，眾人也只能眼睜睜看著柳嫻昂著頭掩不住興奮地被內務府嬤嬤帶走去準備侍寢。不過是運氣好罷了，若是別人的玉籤被挑出來，一樣也能侍寢，並非是因為皇上喜歡才挑了她，得意個什麼勁兒呢？

只是這些妃嬪們不知道的是，那整整一筒十七根玉籤，全都刻有柳嫻八字的，無論哪一根玉籤落出來，都只會是柳嫻的名字。

「來，嫻貴妃，妳上前。」太后見姬無殤表情還是之前那樣冷漠，只得主動活絡氣氛，讓身邊伺候的貼身嬤嬤呈上一物，親自拿起來交給了上前行禮的柳嫻。「這支步搖金釵算是賞賜給妳伺候皇上的，以後不但是妳，妳們都要好好地、盡心盡力地伺候好皇上。之前哀家說過的話算話，誰先懷有龍裔，無論腹中胎兒是公主還是皇子，哀家都會讓皇上下旨冊封為皇貴妃。一旦誕下龍子，便立即賜封為皇后，絕不食言！」

「臣妾一定會盡心伺候好皇上的。」雙手高舉，接過太后賞賜的金鳳釵，柳嫻激動得幾乎雙手都在顫抖。

「臣妾等遵命！」

其餘後宮妃嬪也齊齊起身行禮，大家都心繫了一個念想——誰的肚子爭氣，誰就能得到最後的勝利，笑到最後的人，才會是真正的勝者。

可是令整個後宮、太后、朝野都驚訝意外的是，一連十日，姬無殤都只翻了柳嫻的牌子。柳嫻所居的鸞煌宮每日一到黃昏，內務府的轎輦便會準時停靠在宮門口，等著梳妝一新、面色嬌豔的柳嫻登上轎輦，將她送往皇帝的寢宮。

只是連續十日的專房專寵，柳嫻又是得意欣喜，又是暗暗擔心。

離得每月的月事時間越來越近，若是癸水來了，那就是她並沒有成功懷上龍裔。而敬事房也會在那幾天收了她的牌子，如此便是給了其他妃嬪可乘之機。

第一百九十五章　不忍亂大謀

陽光下，柳嫻髮髻間一支雙尾金鳳步搖熠熠生輝，襯得她一張嬌媚小臉更是貴氣非常。見到迎面而來的「眼中釘」柳芙，那眼神更是藏不住的無禮。

「貴妃娘娘，我家主子還要去給太后娘娘請安，請您借過一下。」柳芙身邊的巧紅見著了柳嫻，見她竟肆無忌憚地站立於前，目光帶著幾分挑釁，行禮也只是略微頷了頷首，便上前一步，冷著聲音道：「若耽誤了請安的時辰，太后豈不是誤會我家長公主殿下不知禮！」

「一個小小的婢女，敢拐著彎兒來罵本宮無禮！」柳嫻正愁沒法子和柳芙發作。睨著眼前的柳嫻，柳芙卻淡淡地笑了笑。「嫻貴妃如今是不同往日了，本宮還道，妳入宮之後會懂得什麼叫做『小不忍則亂大謀』呢。」

「長公主殿下此言差矣！」柳嫻看著四下無人，更是大了幾分膽子。「嬪妾如今已身為貴妃，需要忍什麼？又需要謀什麼呢？」說著，隨即掩口誇張地嬌笑了起來，旁人一聽也能分清這不過是嗤笑罷了。

「好狗不擋道，妳還是趁著沒人看見妳那孟浪的樣子，趕緊在本宮眼皮子底下消失吧。」柳芙看著柳嫻，那張厭惡的臉似乎變得可憐起來。

「妳為什麼用這樣的眼神看著我！」柳嫻用著有些扭曲的臉朝柳芙猙獰地笑了起來。

「妳一個冒牌破公主，驕傲個什麼勁兒？難道妳不知道這些日子皇上天天都翻了我的牌子嗎？很快，我就會是大周朝的皇后。到時候，妳這個長公主又算什麼？」

柳芙冷眼看著柳嫻自己把持不住，竟出言威脅自己，只覺得可笑至極。「趁著四下無人聽見妳的瘋言瘋語，本宮還是那一句話，好狗不擋道！」

面對柳芙的過分自若和鎮靜，只會讓心情激蕩的柳嫻更加無法自制。「柳芙，妳等著，只要有我在後宮的一天，妳都不會快活。妳會時時刻刻感到頭上懸著一把利刃，只要我心念稍微一動，妳就會成為那把利刃下的亡魂。」

撂下這一句狠話，柳嫻還是不得不拂袖而去了。

「主子，嫻貴妃如此，簡直就是欺人太甚！」巧紅見柳芙盯著柳嫻消失的背影，臉上的神情很是複雜難辨，忍不住說道：「她那一句話，竟是毫不掩飾的威脅要奪您的性命呢！主子，咱們一定要把剛才她的話告訴太后、告訴皇上才是啊！」

「她敢那樣說，就是因為沒有人能作證。」柳芙朝巧紅淡淡一笑，好似根本未曾將柳嫻的威脅放在心上。「其實，我還有些期待呢。都說最毒不過婦人心，我倒要看看，她會使出什麼招數來對付我……」

柳芙話這麼說，當然就是不怕柳嫻。無論她有什麼打算，只要自己周圍有異動，姬無殤安排的影衛便會出來保護自己。

與此同時，慈寧宮裡的氣氛也有些異樣。

雖然姬無殤依照太后的建議，開始召幸了妃嬪。但一連數日，都只有柳嫻一人侍寢，雖然明面上其他後宮妃嬪不敢多說什麼，但大家聚到一起，明顯情緒有些低落。

「哀家知道妳們心裡憋屈，可這不過才十來天而已，等嫻貴妃月信那幾日，皇上總會翻妳們的牌子。」太后看到眾人的臉色都不太好，只能主動相勸。

「見過母后。」柳芙剛進入慈寧宮的大殿就聽得太后在說皇上召幸之事，她含笑迎了上去，福了一禮，這就接著話道：「剛剛兒臣還撞見了嫻貴妃，本想恭喜她幾句得聖眷隆寵，可她卻氣沖沖的樣子。別說妳們了，就連正得寵都耐不住性子，母后，兒臣覺著，這樣的風氣可不好。」

「她是有些浮躁了，眼看敬事房送來的冊子，她明、後天就該月信來臨，浮躁些也是正常的。」太后招手讓柳芙過來坐下。「秀女那邊，多虧了妳在打理，不然，後宮可就大亂了。」

「哪裡，後宮有母后您坐鎮，怎麼可能出任何亂子呢。」柳芙這些日子不動聲色打發了幾個想和後宮妃嬪「私通」的秀女，所以惹得下首眾人都含了幾分怨念。

第一百九十六章 運籌帷幄中

雖說已是入秋，但這幾天「秋老虎」卻著實發作得厲害，白晃晃的太陽從一大早就掛在頭頂使了勁兒的曬，直到傍晚才會有淡淡的秋涼之意襲來。

柳芙這幾天忙著錦瀾宮那邊的事宜，加上秋燥，不免火氣有些大。

雖然她只是主持選秀大典的人，但事無鉅細，錦瀾宮的人都會過來稟告，五十個秀女，從吃穿到學規矩，從口角到勾心鬥角，內務府都不敢自己拿主意，只得不停在常挽殿和錦瀾宮之間來回跑。

「長公主殿下，離得九月初九的殿選只有三日時間了，加上『秋老虎』厲害，好幾個秀女都害了瀉症，大家都覺得不穩妥，有幾個膽大的甚至鬧了起來。」杜公公奉命專程給柳芙稟告情況，連日下來，他也算領教了柳芙的厲害。對於秀女之中作亂裝怪的，柳芙一律不手軟，該除名的除名，該送慎刑司處罰的處罰，無論這些秀女的背景如何，都一視同仁，整個錦瀾宮井井有條，後宮也跟著平穩和順了許多。

這下可好，柳芙治下嚴謹，一絲不苟，有條不紊，中間還順帶發落了幾個違規的太監和宮女，誰還敢冒頭作亂？

只是讓這杜公公覺著奇怪的是，這位長公主殿下像是長了千里眼似的，秀女裡頭有一點兒風吹草動，哪怕一根髮絲掉在地上，她都能知道得一清二楚，叫錦瀾宮管事和內務府的人都不敢有半點隱瞞。

如此，只等三天之後，殿選結束，內務府和整個後宮也能輕鬆下來了。

照例是坐在樹蔭下的竹蓆上聽回話，眼看著杜公公恭敬守禮，柳芙擺了擺手示意他起來，淡淡的粉色指甲映在粉瓷的茶盅上，看起來瑩瑩如玉。「讓內務府把各宮妃嬪的冰塊分例送去錦瀾宮。」

「那娘娘們那邊……」杜公公有些犯難了。

「只不過三天時間，忍忍便是。」柳芙可不會在意。「只是太后和皇上那邊別斷就行，本宮的也可以著送過去。」

「那怎麼行！」杜公公趕緊滿臉堆笑。「長公主殿下尊貴無比，怎能少了您那一份。奴才算了算，十七位妃嬪，每日每宮三塊冰，若抽出兩塊來，只晌午後給各宮送過去一塊，讓娘娘們午睡時放在寢殿用，這樣便能勻出不少，足夠了。」

「既然夠了，那便無妨。」柳芙點點頭，示意可以這樣辦。

「只是……」杜公公陪著小心，頓了頓，猶豫道：「有些娘娘們好說話，可有些娘娘……卻不是那麼好說話的。您也知道，嫻貴妃剛剛診出來有孕，太后那邊也下了命令，讓內務府按照皇貴妃的分例好好供著。嫻貴妃怕熱，要是……」

柳芙當然知道這杜公公的意思，擺擺手。「你只說是本宮的意思便好，若有人鬧，讓她來找本宮鬧就是，與你們內務府不相干。」

「多謝長公主殿下體恤奴才等，奴才在這兒給殿下磕頭謝恩了。」杜公公有了柳芙這

「金口玉言」，自然也就放了一百二十個心了。

「好了，你下去吧，三日後還有得忙呢。」柳芙見圍牆邊飛來一隻白鴿停住不動，便端了茶示意送客。

待杜公公離開，柳芙手一招，那白鴿便落在了竹蓆的扶手上，「咯嘟咯嘟」的叫著。旁邊的巧紅立馬從袖口裡取出一個錦囊，裡頭盛了些金黃的小米，她取出一些招了白鴿來啄食。

此時柳芙手心已經多了一封小指粗細的信箋，展開一看，正是梅若蘭每日送來關於錦瀾宮的情報。

連續半個多月，每一日的黃昏，梅若蘭都會讓白鴿送信。裡頭將她所瞭解到的秀女們的動靜寫得清清楚楚。

靠著梅若蘭的消息，柳芙這才能將錦瀾宮的情況掌握得一清二楚。還好當初自己安插了梅若蘭入宮，不然，這秀女裡頭至少有三人和柳嫻脫不了干係。一旦有助力入宮，柳嫻便會更加囂張坐大，柳芙當然不會任其發展。

另外，通過這些秀女，柳芙還替姬無殤理順了一下朝廷外的關係脈絡。這些年輕女子聚在一起，絕對是管不住嘴巴的，比誰的家世好、背景強，總會洩漏些影衛無法查清楚的內幕。

更重要的是，胡家還有些餘孽在外，伺機想要在選秀時作亂。這樣一鍋端，已是有八人落入了影衛的眼線之中，只等順藤摸瓜，將她們背後的勢力一網打盡。

所以這一次的選秀，可謂一舉數得，讓姬無殤和柳芙都十分滿意。等到了九月初九，留下幾個乖巧老實的便是，算應一下景，更能讓太后也樂一樂。

正想著，巧紅主動開口道：「那嫻貴妃如今有孕在身，囂張得不得了，後宮妃嬪哪有不躲著的？之前那個杜公公不敢輕易取消妃嬪的冰塊，還不是怕嫻貴妃找太后鬧。」

柳芙拿起茶盞，裡頭盛的是深綠色的冰糖綠豆湯，喝一口只覺得沁人心脾，渾身舒涼。「嫻貴妃的確是有孕，但懷的時間太短，之前太醫說了不讓她用冰塊，但她說天熱睡不踏實，太后見她煩躁，這才讓內務府送冰塊過去遠遠放著好讓她靜靜心。如此浪費，不如給錦瀾宮的秀女們。她們三、五人一個院子，熱出毛病來可就不好了。這點兒大體，嫻貴妃應該還是能識的吧！」

第一百九十七章　自作自受縛

幾天前，由敬事房稟報，貴妃柳嫻月信未至。第二天，太醫院請脈，證實其有孕。柳芙想著她多半會得意張狂得不知所謂，只覺厭惡，就懶得去慈寧宮，免得與其碰面。

對於姬無殤安排柳嫻「有孕」，柳芙有些不置可否。

柳芙從頭到尾都明白，知道姬無殤不過是想找機會除掉柳嫻罷了。這個世上，有讓人蒙蔽神志以為自己與人交歡的藥，就有讓人假孕的藥。最重要的是，並未真正懷孕的柳嫻再順理成章治她一個假孕欺君的罪名，一切也就了結了。

想到此，柳芙倒覺得柳嫻有些可憐。

只是自作孽不可活，她若消停些，說不定最後的下場還不會太慘，只可惜，她自己一手為自己建造了一條不歸路，到時候墜入深淵不得超生，也就怪不了任何人了。

而自被診出喜脈，柳嫻便順理成章的被晉封為皇貴妃。

她所居的鸞煌宮被內務府送進來的各種賞賜堆得滿滿的，但只有柳嫻自己知道，這多日以來，皇上連一次也沒召見過她，更沒有關心過她懷孕後的身體情況。

看著鏡中自己嬌豔的容貌，柳嫻有些想不明白。

自八月十五那一夜自己被「挑中」侍寢，每每回想，她腦中卻只記得皇上那張比寒冰還要冷峻的臉。過後，便是蝕骨般銷魂的濃情密意籠罩在自己的全身上下，只盼著夜能長些，更長些才好。

可第二天，當她醒來後，除了覺得周身發冷，其餘和皇上歡愉的細節竟一點兒也想不起，讓她心底莫名的感到一陣空虛和發慌。

直到敬事房通稟太后，太醫院來給自己診脈，她一顆懸著的心總算才踏實了。

想起那天和母親胡氏見面所談，鏡中那張嬌花似的容貌露出一抹猙獰來。「柳芙……妳不過是個寡婦罷了。娘親說的對，要對付一個長公主太難，但要對付一個寡婦，就再容易不過了……」

柳嫻從梳妝鏡前起身來，雙手輕輕撫在平坦的小腹上，低首笑道：「寶寶，娘親可不是那等狠毒之人。只是若不除去這個賤人，你又怎能順順利利地誕生呢。娘親不過是剛剛懷上你罷了，她就讓人撤去降暑的冰塊，天知道她後面還會做出什麼缺德的事兒呢？所以啊，先下手為強，這才是道理呢！」

慈寧宮裡總是十分熱鬧，但因還有兩天就是九月初九的殿選，後宮妃嬪們的情緒也有些懨懨。只有一人，神采飛揚，顧盼生姿，臉上是怎麼掩都掩不住的喜悅笑容。

「皇貴妃，如今身子覺著還舒坦？」

太后看著柳嫻，雖然肚子還沒顯，卻笑開了懷，不免覺得她有些招搖，所以語氣稍微有些淡淡的，可想著皇孫有望，臉上還是帶著些笑意。

見太后略不喜，柳嫻卻還是沒能收住那神氣勁兒，朗聲道：「舒坦倒是還舒坦，就是這兩天熱得慌，內務府卻沒送冰塊過來。臣妾本就有些吃不下，所以胃口敗了，人也跟著沒力氣呢。」

「皇貴妃精神氣兒那麼足，怎麼會沒力氣呢！」說話的是公孫環，她說話間雖然笑咪咪地，但任誰也能聽出其話中的淡淡揶揄。

「是啊，皇貴妃有孕，又得以晉升了位分，恐怕是因為太高興了才吃不下的吧！」另一個妃嬪也掩口笑了起來，順著公孫環的話就接了下去，明顯是想乘機「踩上一腳」。

柳嫻哪裡聽不出她們話中有深意，只挑眉笑笑。「各位姊妹沒侍過寢，更沒懷過孕，哪裡知道這裡頭的辛苦？雖然我只是剛剛診出喜脈，可耐不住天氣變化得厲害，加上情緒不穩，這也很正常啊。妳們真是站著說話不腰疼，哪裡知道我的……」

「各位都已經到了啊！」

正當柳嫻借故發作之際，柳芙姍姍而來，一襲湖綠的輕紗薄裙將她原本就高䠷纖細的身子襯托得飄然輕盈，那一張姣好如皓月般的面容，更是顧盼生姿，透出幾分出塵的味道來。而相比起喜怒形於色的柳嫻，柳芙那種骨子裡透出來的豁達凝練之態，自然勝了不止一籌。

各宮妃嬪自不用說，均齊齊起身相迎。坐在上首的太后一見柳芙，更是周身的舒坦，也暗道自己兒子的眼光真是不錯，難怪會一心只想和這樣的女子在一起。

「長公主殿下今日怎麼得空？」

柳嫻見柳芙一來就搶了自己的風頭，自是不悅，但還是耐住性子福了福，算是見禮。

「虧得您撥冗過來給太后請安，臣妾還想問問冰塊的事兒呢。內務府的人推脫，說冰塊給了錦瀾宮的秀女。她們不過是小小的秀女罷了，豈能越過咱們去享受呢？這說起來，也應該是負責選秀事宜的長公主殿下您的失誤吧！」

第一百九十八章　四兩撥千斤

雖然是早晨，但一股暑熱之氣已經瀰漫進了慈寧宮的大殿。熱風拂過，將柳芙的長裙輕輕揚起，她走過柳嫺面前時停也沒停下，直接登上臺階，落坐在太后旁邊，表情一如平常，清明中帶著淡淡的笑意，自然大方得讓人無法挑剔。

「長公主殿下，臣妾懷有身孕，雖不敢恃寵而驕，但向您伸手要兩塊冰，應該無傷大雅吧。」

柳嫺見柳芙看也不看自己一眼，心底氣悶，語氣連帶著也有一絲的不悅。「臣妾的身子不要緊，可臣妾腹中的龍胎……」

「本宮正要說這事兒呢。」柳芙一下子就打斷了柳嫺，臉上掛著清悅平和的笑意。「雖然這日子有些秋燥，但皇貴妃乃有孕之身，怎能輕易使用冰塊降溫？要是連累著腹中胎兒，豈不是罪過？內務府那邊本宮已經責罰了主事的太監，皇貴妃無事，還是多平心靜氣的休息休息，心靜自然涼嘛。」

柳芙這一席話說得不急不緩，又順理成章，讓柳嫺一肚子氣給憋了回去。「臣妾有孕，的確不適合用冰塊，可各宮的姊妹們呢，比起那些個秀女總該是嬌貴的吧。」

「本宮知道大家都有疑問，所以今日才借著給太后請安的機會給大家解釋。」柳芙聽了柳嫺的「指責」，卻仍舊心平氣和，笑意嫣然。「這幾天的秋老虎厲害，卻不至於讓各位娘娘們傷筋動骨。但錦瀾宮人多，三、五人擠一間屋子，秀女們也大多是官宦世家的嬌客，如今已經病了好幾個。本宮便作主讓內務府將冰塊調過去給她們用，一來呢，是安撫人心，二來，也能顯得咱們後宮妃嬪的大度。」

「長公主殿下英明！」

後宮妃嬪聽到這兒，哪裡還會有人心中起怨，只齊齊起身，向著上首的位置福禮一拜。

「罷了罷了，後宮裡頭雖然沒有皇后，但有長公主為妳們操心，為哀家分憂，還有什麼不滿足的呢！」太后見狀，也樂得眉開眼笑，直誇柳芙賢良淑德，操持有方。

如此境況，柳嫻只覺得臉上赧紅一片，臊得慌。就像大家都知書達禮，就她一個刁蠻任性似的。

柳芙卻不給柳嫻任何反應的機會，直接又向太后道：「不過嘛，皇貴妃覺著憋屈也是事出有因。秋燥難寐，母后您不如也免了皇貴妃每日的晨昏定省，讓她好好待在寢宮安胎。」

「也是！」太后點點頭，倒是回過神來了。「過兩日選秀，宮裡也人多繁雜，妳不如好好休息一下，等三個月之後胎象穩定再說。」後一句話則是直接對柳嫻吩咐了下去。

「三個月……」柳嫻當即就愣住了，三個月的時間讓她好好養胎，那豈不是等同於軟禁！而且三個月的時間，足夠那些新人或者其他妃嬪去爭取皇上的寵愛了，到時候自己雖然有孕，卻連皇上的面也見不到，豈不麻煩！

臉色青白，偏偏無法開口，柳嫻這個時候才後悔自己不該用龍嗣來要脅柳芙此女。哪知道會被她倒打一耙！

看來，自己不得不提前動手了！正好藉著安胎的時間，仔細籌劃好，到時候也能藉此洗脫嫌疑。

想到這兒，柳嫻才平靜了些，按捺著不喜，上前給太后和柳芙均福了禮。「臣妾多謝太后和長公主殿下的關心。」

眼看刺激柳嫻的目的已經達到，柳芙也懶得多待，辭過太后讓她一起用午膳的邀請，只說還得去錦瀾宮看望一下秀女們，便提前告辭了。

看著柳芙迢迢而去的背影，太后的眼底是掩不住的欣賞，各宮妃嬪是掩不住的讚賞欽慕，而柳嫻，眼底卻是掩不住的憎恨怨怒。

錦瀾宮——

柳芙每隔三日都會親自來看望一下秀女們，確保到時候選出來的人能乖巧聽話。

還好有梅若蘭這個內應，柳芙將五十個秀女的底摸得是清清楚楚，誰能留，誰必須走，自然也了然於胸。

錦瀾宮的秀女們知道今天下午長公主殿下要來，都卯足了勁想要給她一個好印象。畢竟再兩日就是殿選，長公主殿下雖然不是皇后和太后，但從她主持選秀大典的手段便不難看出，她絕對能決定每一個秀女的去留。

只在大殿裡聽了教習嬤嬤的稟報，再給大家說了一些鼓勵的話，柳芙便離開了。走之前，她眼神掠過梅若蘭，給她使了個眼色。

片刻之後，柳芙便在錦瀾宮外的小花園見到了悄然而來的梅若蘭。

小花園地勢稍高，下頭堆了嶙峋怪石的假山，就算有人走過也不易發現上頭的情形，是柳芙密見梅若蘭最好的地方。

第一百九十九章　人異各有志

涼亭上的葡萄架上爬滿了綠藤，像一把傘撐在頭頂，絲絲微光透過，灑落了一地的溫暖。

「妳想好了嗎？是留在這深宮之內，還是拿了銀子出去？」柳芙看著眼前的梅若蘭，一身秀女常服襯得她娟秀了不少，雖然容貌不如其他秀女出挑，但那種簡單輕若、看破紅塵的氣質卻是其他人所沒有的。

梅若蘭堅定地點了點頭。「長公主殿下，奴婢想好了，奴婢想留在宮中做女官，就算過了二十五歲，奴婢也選擇不出宮。」

「未央宮牆青草路，宮人斜裡紅妝墓。一邊載出一邊來，更衣不減尋常數……」嘆了口氣，柳芙清眸盯住梅若蘭，有些想要相勸的意思。「若妳決定了，那本宮保妳明日過後便是一名女官了。只是妳需要知道，若選擇不出宮。那麼這一輩子，便也伴隨這紅牆青瓦，再也沒有轉圜的餘地了。」

「長公主殿下，奴婢寧願困在這一方天地清清靜靜地死，也不願在紅塵紛擾中轟轟烈烈地活。」梅若蘭卻目色堅毅。「女官雖然辛苦，雖然一輩子不能出宮，但至少比茶樓酒肆那等世俗之地要好得多。以奴婢出身，在外能有什麼好結果？無非是嫁個不喜歡的，再麻木一輩子罷了。在這裡，至少不會有男人來打擾，至少，奴婢能活得自我。」

柳芙嘆了口氣，知道梅若蘭心思已定，便也不再多勸，擺擺手示意她退下。

梅若蘭離開後，柳芙並未立即離開，而是接到了常勝的暗信，又等了片刻，準備在此接見專門負責盯住柳嫻的影衛。

這次影衛帶來的消息很是古怪，只說柳嫻的母親胡氏中秋那日悄悄離京，只送了個身邊長期伺候的嬤嬤入宮，說是幫她照看女兒。此事柳嫻通過內務府稟報了太后和皇上，均得了准奏，這才敢留人。

柳芙問影衛胡清漪去了哪裡，影衛說她匆匆出城，看方向應該是蜀地。

其餘的，影衛也說不出個所以然，柳芙便讓他退下了，只是吩咐一定看緊鸞煌宮那邊的動靜，一有風吹草動都必須前來稟告。

畢竟柳嫻最是要面子的人，怎會做出此等有失德行之事。

宮中妃嬪有孕，均是由專門的尚宮嬤嬤來照顧，若是從娘家調人入宮，就是不信任宮裡的人。雖然暗地裡大家都想用娘家人穩妥些，可明面上卻不能如此，以免顯得小氣。

柳嫻卻這樣做了，到底意欲何為？

柳芙搖搖頭，覺得有些想不通，卻不知道問題出在哪兒，只能嘆了口氣，想等著入夜了和姬無殤商量商量。

秋夜的涼爽是不言而喻的。

白日裡雖然陽光猛烈，可從傍晚開始，陰涼之意就一點一點從夜色中滲透瀰漫出來，直到蒼穹入暮，繁星滿空。

喜歡在這樣的朗夜和姬無殤一起擁著數星星，隨意說說話，柳芙托腮，陷入了沈思。

「常勝應該告訴妳了吧。」姬無殤一身白綢輕袍，黑髮懶懶的用絲帶繫了，看起來沒有一丁點兒身為國君的冷峻和威儀，只像個普通的居家男子，輕擁著身前的嬌妻在閒話家常。

抬眼，柳芙目色微凜。「我想不通。她和胡氏都是聰明人，為什麼會這樣做，一定有原因。」

「妳想知道原因，也不難。」姬無殤的指尖纏繞著柳芙的青絲，不過小小一綹，卻散發著沁人心脾的馨香味道，讓他沈醉其中。「後天便是殿選之日，趁亂，無論她有什麼打算，那個時候最合適。」

憋了好半晌，柳芙終於洩了氣似地嘆道：「是啊，無論她的打算是什麼，又怎能如願呢？影衛將鸞煌宮圍得像滴水不漏似的，連一隻蚊子也飛不進去，她敢有任何動作，都不過是作繭自縛罷了。我卻偏偏白白擔心著，連晚膳都沒用。」

「妳若餓了，可讓宮人備一點兒宵夜過來。」姬無殤寵溺地摟緊了身前的人兒，覺著入宮這些日子，反倒把她養得瘦弱了，觸感不比以前那樣好。

「過了後日，我便要搬回長公主府去陪母親。」柳芙躲開了姬無殤欺下來的一個吻，側眼睨著他。「柳嫻那兒若是後日再無什麼動作，等我出宮，你該如何就如何吧。」

姬無殤當然明白柳芙的意思。「妳想通了？」

「她最在乎的東西一夜成空，就足夠讓她傷心的了。」柳芙淡淡地，語氣有些涼薄。

「呼……」姬無殤像是鬆了口氣似的。「正好我也能拿失去龍胎擋擋母后，免得她逼我召幸那些新人。」

「隨你吧，只是你得擋著母后往郁王府塞人。聽說南宮珥有孕了，母后念叨了幾次，說郁王身邊沒個能貼身伺候的人。」柳芙突然提及了與姬無淵相關的事兒，語氣有些惆悵。「南宮珥還在孕期，可受不住新人來打臉這樣的氣。郁王，也不是個朝三暮四的人……」

「不用妳說，我也會照辦的。」姬無殤挑挑眉。「我這個二哥，別的不說，專一的性子倒是和我如出一轍。雖然一開始南宮珥並不討他的歡心，但相處下來，他倒是挺呵護的。為了照顧妻子，還請旨在府中閉門不出，著實難得。」

「是啊……」柳芙也附和著點點頭。

自己入宮主持選秀大典之前，南宮珥曾登門拜見。甜笑的臉龐，透露著幸福和喜悅。而她前腳離開，姬無淵後腳也悄然來訪。臉上同樣是掩不住即將為人父母的歡喜。只是隨後他還說了些莫名其妙的話，類似要自己珍重，他會讓自己的將來真正幸福之類的……

柳芙知道姬無淵話中有話，或許和姬無殤的「打算」有什麼關聯，但她卻不去追問，更沒打算向姬無殤探詢。

第二百章　九月九重陽

九月九日，日月並陽，兩九相重，故名重陽。

沿襲前朝風俗，大周朝百姓都會在這一天舉家出遊，「踏秋」插茱萸、賞菊花。

肆虐了好些日子的秋老虎終於過去，天氣清爽明亮，舒服至極。一早，柳芙便將親手所製的香囊繫在了姬無殤的手臂。

「這味道怪怪的。」姬無殤看著繫在中衣裡極小的香囊，不過指腹大小，卻散發出一股十分辛烈的氣味，不覺苦了苦臉。「怕是一丈外都能嗅到吧！」

「你不是沒佩過『辟邪翁』吧？」柳芙坐在梳妝鏡前，將巧紅一早送來的鮮摘金菊簪在了髻中，透過鏡子看向姬無殤。「這茱萸氣味雖然辛烈，但卻是一味可製酒養身袪病的良藥。九月九，男佩茱萸女戴菊花，這可是歷朝歷代傳下來的風俗。」

「風俗？」姬無殤蹙了蹙眉。「是嗎？以往這天，內務府不過是送來茱萸串子掛在門口罷了，可沒人給我佩這茱萸香囊過。」

柳芙見姬無殤追問不停，終於憋不住，俏臉一紅。「那是因為你……」說不出口是因為那時他身邊沒有妻子，柳芙的話音戛然而止。

「因為什麼？」姬無殤一臉疑惑，似乎並沒有看出柳芙的異樣。

「罷了罷了，你不願意，我便將這茱萸香囊隨意送給誰戴就好，免得臭了皇上您！」柳芙從鏡前起身，緋紅著臉氣鼓鼓地向姬無殤走過去，作勢要取下他臂上的香囊。

「別！」姬無殤此時才露出得意的笑容，十分狡猾的模樣。「這可是夫妻之間才會有的俗例，妳既為我繫了茱萸，又豈能隨意取下。」

「什麼夫妻之間的俗例！」柳芙掩口嬌笑著，雙頰緋紅晶瑩。「我不但給你做了茱萸香囊，還給巧紅做了，給宮外的母親和文爺爺做了，還讓暖兒收了三個，讓她給李墨和真兒一人戴一個。哦，對了，我還給常勝做了一個呢！」

柳芙說著，姬無殤的臉色已經變了起來，並不是惱怒，而是憤慨。「好啊，其他人也就算了，常勝算什麼！妳怎麼能給他送茱萸！」

柳芙見姬無殤那副吃醋嫉妒的表情，只覺得心底大爽，咯咯地笑了起來。「嗯，我還讓常勝捎帶一個給陳掌櫃的，還有廣真……」

姬無殤氣得捶了捶胸，本以為可以借此「調戲」一下柳芙，卻被她反過來捉弄，只擺擺手。「罷了罷了，不與女子一般見識。」

「好了，你別氣，我這菊花酒可是親手所釀。」說著，柳芙走過去，將茶桌上的粉瓷青梅酒壺提了在手，斟出一碗甘冽清甜的菊花酒，遞給姬無殤。「只給你一人喝，可好？」

板著臉看了一眼柳芙手中的酒液，淡淡菊香瀰漫開來，姬無殤憋不住，一把奪過。「這還差不多！」

看著姬無殤露出孩子氣的表情，柳芙又樂得如花枝亂顫般，笑聲輕妙得直透宮牆。

午時三刻，吉時到。

五十位秀女一字排開，依次往內殿覲見皇帝和太后，若留中，便直接被記名，先送尚宮局做女官，滿一年，可選才德兼備者晉為妃嬪。

內殿，除了皇上和太后，長公主也高坐首位側席。

「皇兒，今日乃是選秀大典，你怎麼一身的酒氣！」今日太后一身富貴百花遍地金的大紅裙衫，頭上是金釵鳳冠，顯得貴氣逼人。此時她正小聲地責備著身邊的姬無殤，只因滿息都能嗅到他身上飄出的酒味兒。

姬無殤一副心情極好的樣子，只挑了挑眉，向太后笑著打趣道：「今日乃是重陽，飲菊花酒也是俗禮，回頭兒臣也給母后送點兒過來。」

「誰送你的菊花酒？」太后倒是也和兒子一般表情地挑了挑眉，不經意往姬無殤身邊端坐的柳芙看過去。

眉梢含情，眼梢帶俏，一身百合綻放湖水藍的裙衫將柳芙襯得嬌顏如玉、清瑤若仙。只是那唇角微微一翹所洩漏出的俏皮，讓太后也忍不住跟著笑了起來，哪裡還捨得逼問兒子，便道：「好了，外面都是嬌客，今日若選出來幾個稱心的，還能在晚上的重陽夜宴一併熱鬧熱鬧。禮官，開始吧！」

「奴才遵命！」

下首站立的禮官聽得太后朗聲吩咐，趕緊行了一禮，這才拉開嗓子，對著外頭垂首站立的秀女們道：「選秀大典開始，請秀女依次入殿，御前覲見——」

隨著禮官話音落畢，秀女們便按照之前學習的規矩，一個個挨著往內殿魚貫而入，只是步子都刻意邁得極緩，方便上頭的貴人相看。

這其間，若有滿意的，太后或者皇帝可以叫停，讓看中的秀女上前問話。

眼瞧著排在前幾個的梅若蘭進了殿，柳芙抬手，示意秀女的隊伍停下。「上前來，給太后和皇上瞧瞧。」

屈膝福了福，梅若蘭看樣子有些緊張，手上的絲帕都有些抖了起來，三步上前，跪地行禮道：「奴婢梅若蘭，晉南人士，見過皇上。」

受選的秀女非召不得抬眼直視天顏，只能自報其名，並只需要給皇帝行大禮。梅若蘭是第一個被叫上來的秀女，雖然緊張，但一舉一動、說話行事皆按照宮中規矩來，半點失誤也沒有，一下子就給太后留下了個好印象。

「梅若蘭，抬起頭來。」太后對柳芙主動選人很是歡喜，連帶著對梅若蘭也已經有了幾分好感。「德行倒是周全，讓哀家和皇上看看妳的模樣如何。」

「奴婢遵命！」梅若蘭依言緩緩抬頭。

黑眸如水，朱唇一點，不施粉黛的梅若蘭看起來十分清秀，並不出挑，亦非平庸，倒是給人一種親切感。

「好，簡簡單單，安安靜靜，梅若蘭，妳可願留宮一年為女官，伺候皇上？」太后點了點頭，目中透出滿意之色，主動探問她的意願。

「奴婢願意。」梅若蘭就是想做女官，當然想也不想就點頭唱喏了。

「皇帝，你看呢？」太后見梅若蘭大大方方，更加喜歡了幾分，但還是要看過自己兒子的意見才行。

隨意飲著清茶，姬無殤只掃了一眼，覺得梅若蘭此女娟秀素淨，倒也不讓人討厭，只點了點頭。「兒子隨母后的意思，您喜歡就行。」

第二百零一章　飲盡再成空

作為負責選秀大典事宜的主人，柳芙第一個做了表率，早早點了梅若蘭將其留牌，這讓太后很是滿意。

接下來的事情就簡單許多了，姬無殤作為皇帝，親自挑了兩個秀女留牌子，太后則挑了三個，其餘落選的，則降旨發回原籍另行婚配。

如此，選秀大典便正式畫上了句號。

但後宮中卻並未因此而重新清靜下來，因為今夜，無論是留牌的新人，還是落選的秀女，都要齊齊參加重陽夜宴，與皇帝、太后還有滿朝官員一起，和天下百姓同慶同歡。

重陽宴設在重陽樓，是一座有九層宮闕的獨樓，其四面鏤空，每當九月九這一日，從第一層到第九層都會坐滿賓客，足有九百九十九人。

能坐到頂層的，自然只有大周皇朝最尊貴的幾個人。

「皇貴妃，聽說您初孕便反應極大，如今天氣涼爽，您身子可舒坦些了？」南宮珥今日也應邀參加了重陽夜宴，已有數個月身孕的她面色紅潤，小腹微凸，正笑咪咪地看著同為孕婦卻有些消瘦的柳嫻，很是關心的樣子。

「多謝郁王妃關心，本宮好得很。」對於南宮珥「哪壺不開提哪壺」，柳嫻臉色略有不豫。但今日因為重陽夜宴的關係，自己能走出宮闈來透透氣，心情還是極好的。不過她眼底泛著淡淡的青色，明顯是憂思過度的樣子，看起來像是瘦了許多，露出衣袖的細腕上，那一只金鑲玉的鐲子也晃蕩得厲害。

南宮玥雖然有了身孕，卻並不傻，見柳嫻擺譜，便斷了與其閒話的興致。

「聽說皇貴妃身邊不是進了個嬤嬤嗎？」拿著杯盞的柳芙卻插了話，笑意盈盈，襯著一身秋香色綴茱萸果粒子的裙衫，猶如天邊黃燦燦的晚霞一樣，看著就讓人心生暖意，舒服得很。

聽見柳芙問及自己娘家入宮的嬤嬤，柳嫻閃過一抹警惕之色，只應付著露出了有些僵硬的笑容。「讓長公主殿下笑話了，我娘家的嬤嬤怎麼敢來重陽樓現眼呢，不過是母親放心不下，想放個人在我身邊好看著罷了。」

「是嗎……」柳芙笑意如舊，語氣卻輕飄飄地，其他人聽不出，但柳嫻明白得很。因為她此話一出，在頂層作陪的一眾後宮妃嬪都露出了鄙夷的神色，只是不好直接表露，而是垂目交接罷了。

柳芙也不再理會她，只側身問著下首的南宮玥胃口好不好，又和姬無淵一起算生產的日子是在什麼時候，太醫院誰在主診等等一些問題，絲毫沒顧忌到旁邊一臉嚴肅的姬無殤。

「長公主殿下雖然瘦了些，可精神見好，臣妾本以為您這段時間忙著主持選秀大典，所以也沒能入宮請安。」南宮玥看著柳芙，又看看身邊貼身照顧自己的夫君，眼中滿滿盡是感謝。

「多日不見，長公主殿下別來無恙。」姬無淵已經蓄了三寸鬍鬚在下頜處，看起來老成內斂了不少，但一雙清潤溫和的眸子卻一如既往，特別是在看向柳芙的時候，一句「別來無恙」彷彿能柔軟地化去尖刀上的利刃。

柳芙卻當姬無淵是感慨罷了，只笑笑，語氣依舊，清然恬淡。「本宮不過是勞碌命罷了，越是忙，就越是精神。」說著，便不由自主地看了一眼身邊的姬無殤，兩人默契地對視，心底那一絲甜甜的溫情便悄然洩漏了半點出來。

「朕起個頭，諸位乾了這杯菊花酒，賀重陽佳節，闔家平安，國運昌隆！」

不想被人發現這屬於兩人之間的微甜，姬無殤順勢就舉起了杯盞，朗聲而誦，整個重陽樓的賓客都紛紛起身，跪伏參拜，齊聲高喊。「闔家平安，國運昌隆！」

菊花酒雖然清冽，並不十分醉人，但耐不住一杯接著一杯，柳芙雙頰已然有些發燙，卻並未醉去。

樓下一層陪坐的六位新人也接著上來給太后及皇上敬酒，梅若蘭首當其衝，儼然其中領袖。

只是當她舉杯上前敬皇上時，那緋紅的臉頰竟像熟透了的蜜桃，顯然並非是因為飲酒所致。後面跟著過來敬酒的新人也無一例外，那俏臉紅紅的樣子，就像新娘子見了新郎官，掩都掩不住的害羞嬌怯，讓旁人一見，只當熱鬧笑話看了去。

而坐在姬無殤身邊的柳芙看在眼裡，心底微微一凜，卻並不在意。

姬家兄弟相貌英俊，姬無殤更是天生從骨子裡散發出一種邪魅冷峻的致命魅力，也難怪初次面聖的這幾個新人會有那樣的反應。況且她們被留牌子，一年之後便有可能成為眼前這個絕世男子的枕邊人，如此吸引力，誰又能輕易抵擋呢！

想到此，柳芙飛快地睃了一眼姬無殤，見他表情一如往常，還是冷得像一塊萬年不化的冰，這才會心一笑。

正心底得意之時，柳芙覺得袖口中的手被人緊緊一握，抬眼再看，姬無殤臉色絲毫未變，只微微側過頭，在她耳邊低語。「放心，她們再嬌羞，也嬌不過那一夜妳的表情，羞不過那一夜妳的嬌嗔……除了妳，我眼裡其他女人便是千篇一律了……」

溫熱的氣息加上挑逗的話語，柳芙只能反手將姬無殤的大掌狠狠一掐，算是撒氣。身邊人兒無聲的嗔怒，更讓姬無殤得意得掩不住喜悅，眉梢微動，只能藉飲酒來擋住表情外露了。

雖然兩人位居上首，離得其他人有些距離，可他們的一舉一動卻悉數落入了一人的眼中。

姬無淵眼底一抹酸澀，半晌過後，卻是無可奈何地一笑，似乎釋然了什麼，順手抄過酒壺將空杯斟滿，一飲而盡……

第兩百零二章　薄涼秋意盡

秋風送爽，秋夜亦涼薄如水。

即便是有披風罩在肩頭，也極難擋住沁涼入心的寒意悄然襲來。不過被那冷風一吹，柳芙倒是覺得酒醒了一大半，原本有些昏沈的腦袋也清醒了許多。

南宮珥的幸福，姬無淵的平和，柳嫻的怨怒，還有梅若蘭等幾個新人的嬌羞……歷歷在目，如走馬燈似地在腦中轉換。

不過這一切都抵不過廣袖之下，從頭到尾那一隻緊緊握住自己的手掌，溫暖，寬厚，微微摩挲，便已是整個世界。

回到常挽殿已是月上枝頭，梳洗更衣，再嗅著安神香睡下，柳芙只覺得倦意襲來，卻挑燈看著窗花投影在菱形的青石地板上，似乎在等著什麼。

安靜下來，柳芙不免又回想起之前從重陽樓出來時的情形。

太后今日高興，多飲了幾杯，抵不住醉意提前離開。柳芙也適時地跟上，隨侍在側，免得姬無殤高興起來動作太大，被人察覺就不好了。

唇角微翹地扶著太后，柳芙在眾人豔羨的目光下離開，畢竟在後宮中有資格伺候太后的只有皇后，如今皇后之位空懸，也只有她可以如此了。

「芙兒，真是委屈妳了。」後宮之中兩個身分最為尊貴的女人走在一起，氣氛卻並不見多麼嚴肅和緊張。反倒是有些醉意的太后臉上表情十分放鬆，伸手輕輕握著身邊柳芙的柔腕，心疼的拍了拍她的手背。「若不是當年的陰錯陽差，今日妳的身分就應該是我的兒媳了。」

太后的意思，柳芙聽得分明。

當年姬無殤有意要留自己，可柳芙卻知道，北上和親勢在必行。但若是她選擇留下，卻又是一番光景。

於是唇角微揚，柳芙笑意如那秋夜的皎月，雖然清冷，卻透著微暖的甜意。「塞翁失馬，焉知非福。失之東隅，收之桑榆……連古人都告訴了我們這些道理，我又有什麼委屈的呢。」

「我終於知道為什麼無殤會在心中為妳留那一個位置了。」

太后抬眼，借著月色仔細打量著身邊的女子，絕代佳人，如那天際的繁星一般，周身都散發著迷人的光彩，也難怪自己的兒子會動心。「放心吧，有我這個太后在的一天，就有妳這個長公主在的一天，無殤也不能負妳……」

「母后……」柳芙有些感動，畢竟自己以長公主的身分和姬無殤有了情，卻是世俗所不容。身為一國太后，更是姬無殤的生母，太后能夠這樣，已是極為不易。柳芙反手將太后挽住，語氣柔和親暱了不少。「他真心待我，其餘的，我不會在乎。」

「好孩子！」太后聽了柳芙的話，懸著的不安的心也隨之落了下來。「這幾年怕是不行，等等，到時候妳若願意，總是有可能的。」

「兩情若是久長時，又豈在朝朝暮暮？」柳芙卻豁達地笑了，笑容中是掩不住的直率和灑脫。「若有情，若有心，身分地位只是外相罷了；若無心，即便是嫡妻正宮，到頭來也只是守著空閨孤寂度日罷了。您是過來人，可曾在乎過？」

一句反問「您是過來人，可曾在乎過？」聽得太后一愣，隨即也釋然地點了點頭。「是啊，是我執著於表相了。其實只要你們兩個幸福，其他的，又有什麼重要呢？人世間，能真正以情相攜到老的，從古到今怕是還沒幾個呢……」

「以情相攜到老……」常挽殿內，柳芙盯著地上的窗影，覺得心裡頭很是踏實。太后這樣通情達理的「婆婆」，她能遇見，著實是緣分使然。也讓她和姬無殤的路，能夠走得順利些吧。

柳芙正思緒流轉之際，重陽夜宴的喧囂此時還在進行著。

大家吃著菊花酒，賞著各色菊花，輪流賦詩詠菊，整個皇宮都被這重陽樓的熱鬧給感染了，褪去了幾分陰冷肅穆，也多了幾分人氣。

「主子，鸞煌宮有動靜了。」

常勝不知從哪裡冒了出來，直接從屏風後繞到首席，也不經通傳就來到了姬無殤的身邊，低聲在他耳旁說道：「是個高手，人已經到了常挽殿的周邊，被屬下等拿下了，只等皇上和長公主吩咐怎麼處置。」

「走吧，這裡的戲唱罷，那邊也去看看有什麼跳梁小丑出來。」姬無殤眉梢一挑，一副盡在掌握的模樣，抬手示意禮官「起駕」。

而下首的柳嫻見到常勝出現，本就有些忐忑緊張，如今見姬無殤要起駕回宮，忙迎了上去。「皇上，今日重陽佳節，您不多飲幾杯酒盡興再回宮去嗎？」

語氣有些發顫，柳嫻明顯對姬無殤還是存了幾分敬畏之心，不敢太過張揚，但還是鼓起了勇氣，央求道：「不如，今夜讓臣妾陪伴皇上您……」

「重陽夜宴不可無主，太后和長公主走了，朕一走，這幾百位賓客怎麼辦！」姬無殤只一笑，輕描淡寫道：「愛妃身為皇貴妃，還是辛苦一下，暫時替朕盡盡女主人的職責，好好招呼著賓客吧。朕不勝酒力，想提前回宮休息休息。」

柳嫻聽得姬無殤所言，酥得一身骨頭都鬆了，哪裡還會強求跟隨，連連點頭，眼底俱是掩不住的興奮和激動。

第二百零三章　行事遭敗露

突然覺得身上一冷，柳芙轉醒後才發現自己竟然等著等著就睡著了。

難道自己真的是放下了？

自嘲的笑笑，柳芙撐著起身來，用手捶了捶有些發疫的肩頭，抬眼看著虛掩的窗外，冷月高懸，毫無一絲黑雲，漆黑的天幕中嵌著密密麻麻的繁星，點點閃爍，迷離而絕美。

耳畔還能聽見重陽樓傳來的嬉鬧喧譁，柳芙取下髻上簪子，挑亮了燈芯，正準備起身，卻聽得門響。

推門而入的正是姬無殤，一身明黃龍袍還未來得及褪下，臉色嚴肅而凝練，讓柳芙一時間也沈下了心。「她果然出手了嗎？」

「帶進來！」姬無殤走過去將柳芙擁住，話音冷冽地朝身後吩咐了一下。

和姬無殤齊齊落坐，柳芙才看到常勝帶著兩名影衛和一個黑衣人進入了屋子。

明亮燭光將跪在下首的那個黑衣人照得分明，纖細的身材、清秀的眉目，還有眼底一如死灰般的麻木……看得柳芙蹙起了眉。「妳是什麼人？」

「事情敗露，生死由命，長公主不必多問了。」黑衣人話音一出，滿屋的人都愣住了。

不為別的，因為從黑衣人的身材樣貌看來，大家都以為他是個女子。可「她」甫一開口，卻是低沈無比的男聲！

「你從鸞煌宮夜行潛入常挽殿，是何居心？」常勝卻不管那麼多，一腳踢在了黑衣人的小腿肚。

「咔」地一聲雙膝跪地，黑衣人咬牙忍痛，搖了搖頭，卻是一個字也不吐露。

「男女莫辨，從鸞煌宮夜潛入我的常挽殿……」柳芙從黑衣人的身上，似乎已經看到了答案，語氣不由得犀利起來。「你應該就是胡氏安排入宮的那個嬤嬤吧！若只是為了刺殺我，根本沒必要找你這樣一個似男非女、雌雄莫辨的人……柳嫻讓你潛入我這兒，是想讓你污了我的清白，對嗎？」

猛地一抬眼，黑衣人似乎根本沒有意識到柳芙會這樣說，呆愣的一瞬間，便已經洩漏了所有的底牌。

「賤人！」姬無殤開始還沒想明白怎麼回事兒，柳芙這樣直接說出口，他才暴怒而起，一個飛踹至黑衣人的心窩。「歹毒至此，你若不交代，就別想活命！」

「今日行動，無論成敗，我都只有死路一條。難道，還需要怕死嗎？」黑衣人竟開了口，可語氣卻冷靜得可怕，似乎死對他來說是輕而易舉的一件事。

「柳嫻或者胡氏無非是抓住了你的把柄才送你入宮來做這件事，我猜得沒錯吧？」柳芙語氣比黑衣人更冷靜，每說一句話，都恰好打在了黑衣人的要害上。

搖搖頭，黑衣人竟苦笑了起來。「長公主真是聰慧絕頂，早知如此，我就該直接尋死，也免得這番周折麻煩。」

「你若有苦衷，且告訴我，說不定，你根本不需要死。」柳芙揚了揚頭，對於黑衣人的話並不買帳。

原本枯槁如死灰的眼神突然射出一抹光彩，但隨即又隱了下去，黑衣人沈默了半晌，卻還是搖著頭。「胡氏控制了我的小妹，但我連小妹身在何處都不知道，就算告訴長公主我的苦衷，又如何呢……」

「胡氏要脅你，讓你潛入我的寢宮，壞我清白。若你不從，你的小妹就會遇害；若你從了，你還能僥倖逃過一劫，是嗎？」柳芙嘲諷似的笑了，笑聲像秋風裡裹著的沙礫，讓黑衣人渾身一顫。

「我從沒想過僥倖逃過一劫。」黑衣人看了一眼柳芙，眼裡竟有些佩服的神情浮現出來。「自從入宮，我便抱著必死的決心。但至少，我的小妹還能有機會活。」

「你也算是有情有義之人。」柳芙說完這句，便不再看黑衣人，望向了身邊一直沈著臉沒有說話的姬無殤。「賜他一個全屍吧，順帶，讓常勝去尋一下他的小妹。」

「多謝長公主！多謝皇上！」黑衣人淒慘的一笑，隨即便閉上了眼，似乎一切已成定論。

姬無殤卻還沒消氣，冷峻的眼神死死盯住黑衣人，咬牙道：「你難道不怕朕找到你的小妹，殺了洩憤？」

「長公主亦是有情有義之人。」黑衣人倒是聰明，並未回答姬無殤的話，反而睜開眼，看向柳芙。「相信，結局不會是皇上所言的那樣吧。」

「你招不招供，對我來說並沒有多大的區別。」柳芙不置可否，只閉上了眼，擺擺手。

常勝見狀，看了一眼姬無殤，收到對方肯定的點頭之後，對著兩個押解黑衣人的影衛打了手勢，三人便拖著黑衣人退下了。

等柳芙再次睜眼，屋裡已經只剩下了她和姬無殤兩人。

「那黑衣人本該千刀萬剮。」姬無殤伸手將她攬住，語氣有些淡淡的涼意。

「他不過是胡氏和柳嫻的一顆棋子，賜他全屍，也不為過。」柳芙也將頭靠在姬無殤的胸口，深吸了口氣，彷彿要將胸臆的空洞填滿似的。「我反而要感謝他呢。」

「為鼠常留飯，憐蛾不點燈。」柳芙語氣微冷，吐氣如蘭。「她們可以斷絕人性，我卻不能迷失本心。那黑衣人也算是幫了我一個忙，讓我能徹底地下決心。」

「柳嫻那邊，妳可想好了如何處置？」姬無殤收緊了手臂，將柳芙略帶涼意的身子給擁住。「還是都交給我，妳別操心了。」

柳芙閉上眼，粉唇微動。「以其人之道，還治其人之身。說實話，她若只是想要殺害我，毒害我，取我性命，都好。可她既然想出來這樣陰毒的法子，那我便也不用心軟了……」話到此，柳芙的聲音已經幾不可聞，只細細的、冷冷的將她的打算告訴了姬無殤。

姬無殤聽著柳芙低低的說話，心底微疼，眉頭深蹙，卻只是問了一句話。「只這樣，妳便能放下了？」

「黑衣人，我奪他性命只是為了成全。」柳芙話音肯定。「而柳嫻，奪她性命只是便宜了她，只有這樣，才能讓她一輩子痛苦，一輩子活在煉獄之中，不得超生！」

第二百零四章 自作孽不活

慈寧宮是整個後宮裡頭最為輝煌華麗的宮殿，離得皇帝所居主殿也極近，乃是姬無殤為了補償生母多年的付出，特意讓工部重新修飾一新後才請其入住的。

宮殿的地板俱是用漢白青玉鋪就，潤澤如水，踏步而上，悄然無聲，也是因為太后喜靜，特別是睡覺的時候，宮人們即便走動路過也不會吵到。

可此時此刻，已是子時末，重陽夜宴的喧囂早就停歇，深幽且寂靜的慈寧宮內竟然響起了「啪噠啪噠」的腳步聲。

「太后、太后……不好了，出大事兒了……」

宮人尖利的嗓音，混合著驚恐的語氣，直接劃開了這看似寂靜卻暗湧不息的重陽之夜。

突然睜開眼，太后只覺得心跳漏掉一拍似的，掀開被子就翻身下了床，身上的白色中衣在秋夜中飄然而起，襯得散落的青絲更加如墨般漆黑。

貼身伺候的嬤嬤也驚醒了，草草披上外衣就找了披風過來，臉色極差地給太后裹上遮風，這才趕緊走到寢殿的門口，手一揮。「如此喧鬧，簡直放肆！來人！」

「罷了，定是有什麼要緊的事兒，問清楚再處置也不遲。」凝練沈著的表情透出身為太后的威儀。「先讓他進來稟報吧！」

叫嚷的宮人是個年紀極輕的內侍，此時臉色青白，額上豆大的汗珠順著耳邊滴落下來，被燈燭照得晶亮。旁邊跟著的是負責值夜的太監，看到驚動了太后，嚇得雙膝跪地。「奴才該死、奴才該死，這個人嚷著就衝了進來，奴才等還沒回過神他就已經衝進來了，太后恕罪、太后恕罪……」

一抬手，太后示意值夜的太監不用多言，只瞪著眼前此人。「且容你稟報，罪罰後面再議。」

「稟太后，大事兒不好了！」內侍哭喪著臉，全身都在發抖。「鸞煌宮那邊出事兒了！」

「你是哪一宮的當差太監？怎麼連回個話都不會？」貼身嬤嬤氣不打一處來。「這麼大半夜的，你鬼叫什麼，驚擾了太后，你擔得起這罪名嗎？」

「對……對不起……」太監被訓了一通，總算開了點兒竅，斷斷續續地就說開了。「實在因為鸞煌宮的宮人都被影閣的影衛拘了起來，奴才是悄悄躲著才從側門跑出來的。」

「他們拘鸞煌宮的人做什麼？」太后一愣，臉色益發難看了起來。「給你三句話的機會，說不清楚，哀家也不用聽你說話了，直接送慎刑司！」

太后已發話，這小太監哪裡還顧得上懼怕，趕緊磕了三個響頭。「太后息怒，奴才這就說。接近子時那會兒，奴才正巡門檢查，鸞煌宮裡突然傳出來皇貴妃娘娘的尖叫聲。可沒等咱們宮人回過神來，影閣的影衛們已經將周圍圍得死死的。奴才平日裡雖然膽小，卻知道自己的主子懷有身孕，半夜尖叫絕非好事兒。加上影閣的影衛個個殺氣騰騰地就衝了進來，不許任何人離開鸞煌宮一步，奴才下意識地拔腿就跑，只想著一定要讓太后您知曉才好，不然皇貴妃娘娘有個萬一……」說到這兒，小太監還適時地擦了一把眼淚，一副忠心耿耿的樣子。

「擺駕鸞煌宮，哀家要親自去看看到底怎麼回事兒。」太后只覺得頭疼，擺了擺手。

小太監接了吩咐，果然轉身拔腿就跑，像丟了魂兒似的，看得慈寧宮的人俱是一愣，若非是要緊的時候，一定會笑出聲來。

此時，鸞煌宮燈火通明，聲聲淒厲的尖叫不斷傳出，已經驚動了整個後宮。

寢殿內，柳嫻跪在地上，一身嫣紅的薄綢睡袍緊貼著身體曲線，平坦的小腹隔著薄紗依稀可見，而她身下，則是同樣顏色嫣紅的一片，散發出淡淡腥味兒，竟是汩汩濃血從裙襬間滲透而出。

「皇上，臣妾冤枉，臣妾冤枉啊！」

柳嫻一出聲，竟還有淡淡的酒氣從口中散發而出，惹得立在她面前毫無表情的姬無殤皺起了眉。

「人是妳宮裡出來的，守衛那裡也證實他的確是妳娘送來的，此時雖然已經死了，卻並不是死無對證。況且剛剛太醫驗過，妳是因為亂性才落胎，這難道還能有假嗎？」

姬無殤一字一句，就像尖刀利刃插在了柳嫻的胸口，她只覺得腦中「轟鳴」，下腹又是萬般的絞痛，怎麼回想，也想不出這一切怎麼會倒過來發生在自己的身上。

側眼處，一具半裸男屍橫陳在自己的床榻上！

這王立乃是母親胡氏從胡家剩餘的死士裡挑出來的，因為他容貌男女莫辨，才讓他入宮，藉要脅他的胞妹讓他深夜潛入常挽殿，準備先奪了柳芙的清白，再剷除沈氏。

自己今夜有些興奮，有些得意，想著菊花酒不醉人，也沒多想身孕的事兒，只多喝了兩杯而已，怎麼就醉了。還醉得不省人事，竟與這王立發生了……發生了關係呢！

不對、不對，此時尖叫著的人應該是柳芙那賤人才對，怎麼會是自己呢？還有，自己手邊的這把匕首，還有自己身下的一灘濃血，還有腹中那要死人般的絞痛，到底，這一切是怎麼發生的？

柳嫻腦中已經紛亂如麻，雙目也隨即變得赤紅起來，股股凶光和猙獰直透而出。「是柳芙！是柳芙那個賤人害我！」

話一出口，柳嫻似乎已經十拿九穩，不顧身子癱軟一團，支撐著爬到了姬無殤的腳下，張口嘶吼道：「皇上，臣妾根本不知道此人竟是男子，根本不知道他怎麼會死在臣妾的床上，臣妾有孕，怎麼會醉酒，又怎麼會隨便和一個男子……」深吸一口氣，彷彿續命般，柳嫻喉嚨都吼啞了，還繼續道：「一定是柳芙，她恨臣妾，她陷害了臣妾，是她、是她，是她啊！」

第二百零五章　彼道還彼身

微涼的夜風直吹進了大門敞開的寢殿，陣陣安息香的氣味已經被驅散，只留下滿滿的血腥之氣在瀰漫著。

面對腳下柳嫻的淒厲失魂模樣，姬無殤非但沒有被勾起半點同情，反而嫌惡地一腳將她給踢開，那聲音一如上朝時的冰冷威儀。「今晚的夜宴，長公主早早便與太后離開，此時正在常挽殿休息，怎麼也和妳身邊的男屍扯不上半點關係。妳倒是告訴朕，妳懷疑長公主的理由是什麼？」

柳嫻張開嘴，卻像是被人用拳頭塞住喉嚨，半晌吐不出一個字來。她總不可能告訴姬無殤，這個黑衣男屍原本是自己派去常挽殿侮辱柳芙的，卻莫名其妙反過來爬上了自己的床，又被自己莫名其妙的刺殺而死……

一抹絕望的表情掛在了臉上，柳嫻終於知道什麼叫「自作孽不可活」了。

「怎麼，說不出話來？那就讓朕替妳說吧！」

姬無殤看著柳嫻有苦難言，除了鄙夷和厭棄，根本沒有絲毫的憐憫，只走過她的面前，坐在了屋中的廣椅上，低首冷冷地看著她。「妳剛剛說，妳也不知道此人竟是個男子。可他分明是妳娘親自送進來的，還在妳的鸞煌宮待了大半個月的時間。妳告訴朕，這段時間他貼身負責照顧妳，難道妳都不知道他是男是女？」

張了張嘴，死灰般的眼眸中一片枯槁之色，柳嫻只覺得姬無殤的話，還有他的表情，都刺得自己生疼，由肌膚到肺腑，無處不在逐漸潰爛腐敗中。

看著柳嫻絕望的垂下頭，姬無殤卻並沒有打算就此放過她，語氣從冰冷無情變得犀利起來。「在朕看來，分明此人就是妳的老相好。妳娘胡氏送他入宮，就是為了和妳私會吧。說不定，妳連懷孕都是和此人珠胎暗結。從頭到尾，都是妳膽大包天，才敢做出此等喪德敗行之事。最後，還錯手殺了妳的情夫……朕說的對嗎？」

被姬無殤一問，柳嫻猛地抬起了頭，滿腹的委屈偏偏卻沒有一丁點兒淚水可以流出來，只傻傻地搖著頭，由慢到快，不停的搖著頭。

「妳搖頭做什麼？」姬無殤冷冷一笑。「事實都擺在那兒，妳也不用狡辯什麼了。朕先把妳這個賤人打入冷宮，再徹查此事。若妳娘也牽連其中，一樣也逃不掉！」

「此事與臣妾的娘無關！還請皇上放過她！」聽見姬無殤提起自己的母親，柳嫻終於開了口，只是嗓子已經啞了，低低的透出幾分淒厲。「皇上請相信臣妾啊……」

「是嗎？與妳娘怎麼個無關法？」眼看柳嫻「就範」，姬無殤翹了翹唇角，想起柳芙對自己說的話。

「以其人之道，還治其人之身……她要污我的清白，她以別人的親人為人質要脅，我便統統都還給她，一樣不少，一樣不剩……」

果然不出柳芙所料，一旦提及胡氏，柳嫻便會乖乖就範。惡人不是沒有死穴，只是要找準罷了。柳嫻此女雖然可惡，和胡氏卻感情極好。母女兩人一唱一和，關鍵時候卻成了制約彼此的奪命索！

看到姬無殤眼底閃過的冷意和狡黠，柳嫻似乎悟到了什麼，終於恢復了神志，堅定地點了點頭，不顧腹下鮮血直流，刺痛入骨，掙扎著撐起身子，以伏罪跪地磕頭的姿勢道：「這一切都是臣妾的錯，臣妾與此人……確有關係……但是臣妾真的不知道他怎麼會死在臣妾的床上，還請皇上明察！」

「妳的意思，妳認了通姦之罪，卻不願認殺人之罪嗎？」睨著腳下的柳嫻，姬無殤冷哼一聲。「妳可知道，妳身為後宮妃嬪，通姦之罪也好，殺人之罪也好，都是死路一條，並無區別。」

「臣妾死不足惜，腹中孩兒卻莫名沒了……」柳嫻語氣哽咽，不顧嗓子火燒般的辣痛，仰頭淒然地看著姬無殤，卻再也說不出話來。

「妳腹中孩兒到底是不是皇帝的！」突然一聲叱問從寢殿外響起，正是急匆匆從慈寧宮趕過來的太后。「哀家只問妳一句，妳腹中胎兒到底是不是皇帝的！」

語氣中掩不住的揪心之痛和憤慨之意，太后臉色青白，雙目圓睜地看著地上一灘鮮血和那富貴花梨拔步床上仰面半裸的男屍，只覺得胃中翻騰，「哇」地一聲竟吐了出來。

「母后，您怎麼來了！」姬無殤看到太后如此，立刻趕上前去扶住她，一邊低聲問候著，一邊朝常勝揮了揮手，示意他處理此地事宜。「別讓這些髒東西污了您的眼，讓兒子陪您出去，再仔細告訴您詳情吧。」

「不！」太后吐了一陣，覺得輕鬆了不少，加上常勝已經手腳極快地將床上男屍用錦被遮住，讓她眼前沒那麼噁心的景象了，只指著跪地的柳嫻。「賤婦，哀家待妳不薄，妳竟敢做出如此大逆不道的事情來，妳難道沒有一丁點兒人性嗎?!」

說出口的話，潑出去的水，柳嫻若早知道太后會趕來，她根本就不會承認與王立通姦的事兒。可此時此刻，什麼都已經晚了，太后親耳聽到了她承認是自己的錯，還能如何？

思緒至此，那淒然如死灰般的笑容又浮現在了柳嫻的臉上。「人性是什麼？不就是成王敗寇嗎……只要皇上和太后不累及臣妾的家人，臣妾一切都認命便是了……」

太后臉上閃過一抹厲色。「賤婦，妳竟行此穢亂宮闈之事，還殺人滅口。如此滔天的罪行……皇兒，你怎麼處置她？」後一句話，則是問向了姬無殤。

「母后執掌六宮，應該您來發話處置。」姬無殤輕輕帶起太后的手臂，也不再理會柳嫻，兩人往寢殿外走去。

「這些年在後宮，看得多了，也累了，不想管了。」太后嘆了口氣，話音中濃濃的無奈似乎比這秋夜還要沈寂。「趁芙兒還沒回長公主府，讓她幫忙處置吧！」

「明白。」姬無殤聽得太后要把柳嫻交給柳芙，心下一怔，不禁回頭看了一眼。

同樣的，跪地不起的柳嫻也聽見了太后的話，臉色一變，突然仰天狂笑起來，混合著淒厲的嘶吼，像是野鬼一般，讓人不寒而慄。

第二百零六章　最是女兒心

九月初十，皇貴妃小產的消息不脛而走。

懷孕不到一個月就落紅小產，欽天監前來占卜，發覺皇貴妃所居的鸞煌宮有點兒不乾淨，於是請來龍興寺住持廣真法師幫忙做了一場法事。

但三天之後，法事完畢，鸞煌宮也隨之被落了鎖，遵皇上聖旨，裡頭所有人無詔不得出入，違者，斬立決！

如此，柳嫻的下場也就只能是終身被囚了。

九月十五，柳芙終於離開皇宮，回到長公主府。

因為太后要她暫時留下料理鸞煌宮那邊的事宜，柳芙只能暫緩了出宮的安排。

未曾料到太后會讓她來處置柳嫻，柳芙似乎覺得，太后是有意如此的。身為姬無殤的生母，太后從頭到尾應該都知道自己母女的身世，也知道柳嫻和胡氏對於自己來說是多大的威脅，更知道自己被送上北疆和親也是出自胡家之手……所以，太后才給了自己一個親手了結一段恩怨的機會吧！

「想什麼呢，如此出神？」

說話間，沈氏已經推門進屋，看著女兒一臉的倦意，心疼得不行。「宮裡頭的事情早就傳出來了，說實話，柳嫻得了那樣的下場，娘看著也覺得可憐。」

「娘……」柳芙看到沈氏之後，心底暖暖的，伸手拉了她便蹭了過去。「有句話說得好，可憐之人，必有可恨之處。她自己造的孽，自然要自己來還債的。」

沈氏抱住女兒，輕輕捋著她的鬢髮，沈聲道：「這樣天大的罪孽，的確是活該如此的。不過，世人的命皆是源於自身，芙兒，妳別多想，也別放在心上，就讓這件事過去吧……」

「娘，女兒有件事，想和娘商量。」柳芙說著，抬起頭來，晶亮的眸子除了疲憊，閃出了幾抹別樣的神采來。

柳芙的確是有事想要和沈氏商量，也想借此轉移沈氏的注意力。況且，她和姬無殤之間，別人要瞞住很容易，自己的親娘，卻不好隱瞞。

「乖女兒，妳說吧。」沈氏被勾起了好奇心，柔和的目光中也多了幾分神采，想知道是什麼能讓柳芙一如沈水般的表情突然能夠變得波瀾旖旎起來。

微微頷首，柳芙唇角微翹，腮邊淡淡紅暈一抹，看起來很是嬌羞的模樣。「娘，姬無殤他……女兒和他好了……」

「妳和皇上？」沈氏怎麼也掩不住驚訝，當即就從座位上站了起來。「姬無殤……妳稱呼皇上的名諱，那肯定就是了……可……芙兒，皇上是天子，妳和他乃是兄妹啊，這能成嗎？」

沈氏對自己的關心不言而喻，這讓柳芙有些竊喜，至少母親沒有立馬反對，而是擔憂起了自己和姬無殤的將來和幸福。

「娘，如果他願意為了我而放棄皇位、放棄江山，那我們之間的問題就不存在了……」

說出這句話來的時候，柳芙自己都嚇了一跳。她一直以來都選擇了相信姬無殤，但並不表示她不會去猜測他會怎麼做。

兩人的關係，若姬無殤是認真的，就只有這一條路可選。

這點，柳芙早就想過很多遍了。

「天哪……」沈氏搖著頭，似乎不敢相信柳芙所言。「芙兒，妳是給他下了迷魂藥，他才會這樣吧。天下男子，有誰肯為了美人捨棄江山的？芙兒，妳確信他會這麼做嗎？」

「他讓我給他一年的時間，一年後，我們便能廝守在一起了。」柳芙說出這句話後，沈默了半晌，最終還是點了點頭。「我信他。他如果只是騙我，就不會想方設法拒絕召幸妃嬪。他若放棄皇位，按大周朝的律法，後宮的妃嬪未曾被召幸過，可放出宮自行婚配。他一早就想好了退路，所以才會幫我除去柳嫻。」

「柳嫻的路，是她自己選擇的，怨不了別人。」沈氏聽柳芙又提及柳嫻的名字，語氣也淡淡的，她從頭到尾都知道柳嫻懷孕的內情，更知道柳嫻和胡氏對自己女兒設下的奸計。

嘆了口氣，沈氏拉住柳芙的手，輕拍著。「好吧，娘答應妳，只要姬無殤為了妳肯放棄皇位，娘就絕不反對你們的事兒。將來天涯海角，娘都陪著你們去浪跡就行了。」

「娘！」柳芙有些激動，眼眶微濕。

「有家人的地方，便是家了，妳知道娘不在乎這些的。」沈氏看到女兒動情，柔聲安慰著，像是哄著懷中嬰兒一般，那語氣叫人放鬆，也讓柳芙有著無限的安全感。

第二百零七章　金蟬脫殼計

自從回到長公主府，柳芙就睡得特別安穩。

隔壁院落住著沈氏、暖兒，每日大家都聚在一起，做做針線女紅，聊聊女人家的瑣事兒，時間彷彿停滯一般，慢慢的過著，卻十分充實。

長公主府雖然清靜無擾，但身為長公主，柳芙還是必須得每日入宮，晨昏定省，馬虎不得。

流水紋的素淨紫裙，外罩秋香攏月花樣的對襟衫子，柳芙穿著沈氏新給自己做的秋裳，用過早膳後便入宮去了。

自從出了鸞煌宮那檔子事兒，慈寧宮就沒有以前的熱鬧勁兒了。

妃嬪們來給太后請安，也是謹言慎行，不敢有半分鬆懈，不為別的，太后那張臉上過分嚴肅和冷峻的表情，就足以讓妃嬪們緊張了。

這種情況，只有長公主柳芙前來請安時才會有所好轉。

「母后，今日看您精神還好，不如咱們挪了地方，帶諸位妃嬪一起去御花園賞賞秋桂吧。」柳芙一臉柔和的笑容，就像一縷春風吹進了這原本結冰似的宮殿，化去了嚴肅和緊張的氣氛，讓所有人都為之一笑，鬆了口氣。

「妳一進來，哀家就聞到了一股子桂香，甜甜的，卻不膩人。走吧，大家也都去沾沾香氣，去去黴氣！」太后起身來，任由柳芙攙扶自己，向著下首眾人吩咐了一聲，便和柳芙走在了前面。

「芙兒，妳娘還好吧。」太后每每和柳芙在一起都十分舒服，最喜歡聽她拉扯一些家常，總覺得那個離得不遠的長公主府才有家的味道似的，所以剛湊到一起便問了起來。

「母后，您有心了。」柳芙客套了一句，這才又道：「皇上抱病已有三日，朝也沒上，妃嬪們應該都很著急吧。」

「她們敢！」太后語氣有些嚴厲，但說話的對象是柳芙，下一句便又恢復了如常的口氣。「她們心心念念想哀家開口讓皇帝召幸妃嬪侍寢。可這個關口，皇帝還在傷心之中，哀家若勸得動，早就勸了，哪裡還用她們來操心？」

「皇上……還好吧？」柳芙抿了抿唇，眼底閃過一絲狡黠的笑意，故意問。「聽太醫說，皇上是傷心過度，加上飲食不善，秋邪入肺，咳嗽不止呢。母后您還是得勸勸皇上，讓他別太操心國事，畢竟有郁王監國，朝政一切都井井有條，他只放心將養身體才好。」

聽著柳芙說話，太后側頭，斜眼瞧了瞧她，似乎在仔細觀察她的表情似的。「丫頭，別說妳不知道！」

「知道什麼？」柳芙故作不解，搖搖頭。

「那小子能吃能睡，每日還去練功房和常勝對陣。他非要對外堅稱患病，還讓郁王來監國，我看，他定有什麼打算才是！」太后看了一眼身後離得遠遠的妃嬪們，也不自稱「哀家」了，語氣頗為不滿。「他不想召幸妃嬪，那就不召幸便好，偏偏要裝病。好像我這個做娘的要逼他似的。我都說過，先皇也說過，他若有心上人，只有一個皇后也行。但他這樣耗著，皇嗣無繼，而郁王的王妃肚子漸大，萬一生個兒子，豈不叫朝野不安！他……」

一個人念叨著說到此，太后突然反應過來，睜大了眼，看向柳芙。「好啊！臭小子！你給我等著，老娘這就去找他問清楚！」

柳芙看著太后一下子把自己的手一甩，連後面的妃嬪一個也不顧，徑直轉身就往姬無殤所居的正儀殿而去，不禁啞然失笑。

這個太后，性子直爽，又心疼兒子。這一回過去「質問」姬無殤，恐怕也問不出個所以然來。但她卻不笨，反而既聰明又有心計，只要仔細一琢磨，不難猜出來姬無殤的真實打算。

想到這兒，柳芙搖了搖頭，只覺得替姬無殤頭疼。

第二百零八章　洩漏心內事

秋意瑟瑟，然而御花園中卻是處處金桂飄香，綠樹環繞，溪水潺潺，加上假山怪石點綴其間，讓人胸臆抒懷，只覺得春意仍在。

既然入宮來，明面上身為長公主，柳芙知道自己必然要走一趟正儀殿才行。想到這兒，柳芙吩咐巧紅。「走吧，去過皇上那兒再回府，應該來得及趕上和母親她們一起用午膳。」

只是柳芙剛走出御花園，迎面就在正儀殿前頭的迴廊轉角處看到個有些熟悉的身影。

翠色宮裳，高綰髮髻，通身素素淨淨，娟秀清麗，豈不正是留宮為女官的梅若蘭！

「若蘭？」因離得遠，柳芙不很確定，等走近了，才開口叫道：「前頭的可是梅若蘭？」

聽見有人叫自己，那翠色的身影猛地一轉身，見來人竟是柳芙，臉上掛著的淚痕擋不住眼底的驚喜，當即就趕緊上前福禮道：「長公主殿下！」

「幾日沒見，妳瘦了些。」柳芙見她穿著低階女官的服飾，薄施粉黛，一頭青絲高高綰成個髻，也只在腦後別了支梅花玉簪，整個人都瘦了一圈，下巴尖尖，反倒多了幾分女子的嬌柔媚態。

「長公主殿下可是來探望皇上的？」梅若蘭手裡捧了個小小的酒壺，青花瓷的，淡淡藥香瀰漫四散，看得出她很珍惜這酒壺，雙手護住抱在了胸前。

柳芙點點頭，掃過一眼她手中的物什，再看她眼底的期待和臉頰猶在的淚痕，挑了挑眉。「妳怎麼不在尚宮局當差，來了這正儀殿外頭遊走？」

被柳芙一問，梅若蘭原本期待欣喜的眼神變得有些黯淡了。「奴婢知道皇上抱病，本想送些安神的藥酒過來，可……」

「正儀殿可不是能隨意進出的，就連後宮妃嬪無召也不得入內，更何況是妳！」說話的是巧紅，她看著梅若蘭的樣子可憐，上前了一步。「正好主子要去探望皇上，妳這藥酒交給我吧，替妳帶進去便是。」

「果真！」梅若蘭神采復現，看向巧紅的時候充滿了感激，可隨即又猶豫了起來，半埋著頭，並未立馬將酒壺交給巧紅。

「怎麼了？」巧紅覺得奇怪，回望了一眼柳芙。

柳芙卻只是笑了笑，走上前去。「若蘭，莫非妳還有其他事兒？」

「奴婢這藥酒乃是家傳，用法和用量都有講究……」梅若蘭聽見柳芙相問，抬起了頭，語氣有些勉強。

巧紅聽了，直接道：「妳這藥酒的用法用量先不說，給皇上的東西，太醫都要驗過才行。再說了，藥酒無非是內飲或者外敷，太醫院那些大夫哪個不比妳清楚。」

「長公主殿下……」被巧紅這麼一說，梅若蘭臉有些發燙，淡淡的紅暈浮現在兩頰，看起來更是動人。「奴婢想……想跟隨您一起進去，不知……」

「妳告訴我，妳非要進入正儀殿的理由。」柳芙看著嬌羞怯怯的梅若蘭，已經什麼都知道了，但對於她來說，此女不像那些個妃嬪，隨意打發了便是。她畢竟是自己當初安插入宮的眼線，身分也是偽造，若叫人知道了還有些麻煩。

「奴婢……奴婢只是擔心皇上。」梅若蘭羞赧之意愈濃，頭都埋到胸口了，似乎極為艱難才擠出了這幾個字來。

巧紅一聽就不樂意了，當即便冷冷道：「若蘭，連主子探望也得通稟過才知道能否進去。妳開這個口，豈不是讓主子為難嗎？」

沈吟了半晌，柳芙看著梅若蘭的樣子，不覺蹙了蹙眉。

看來，此女是對姬無殤動心了。

也難怪，姬無殤身為天子，年輕，英俊，是個女子都會為之傾倒。若非他過分冷冽的氣質擋在那兒，身邊恐怕早就鶯鶯燕燕滿天飛了。

梅若蘭入宮時雖然一心只想當個女官，但見過姬無殤，少女的春心蕩漾期待，也是常理。

想到這兒，柳芙只含笑道：「若蘭，巧紅的話妳也聽見了，我能不能進去還得憑召，又怎麼能隨便帶人一起呢。妳還是將藥酒交給巧紅吧，其他的，恐怕是不能如妳所願的了。」

第二百零九章　妄想總成空

原本就緊張且拘謹的梅若蘭聽見柳芙拒絕了自己，咬咬牙，只得側身讓開了道。可眼看柳芙高眺窈窕的背影就要消失在轉角處，梅若蘭下意識地卻跟了上去。「長公主殿下！」

並未回頭，柳芙停下了腳步，語氣聽不出喜怒，平淡得就像這秋日午間的樹梢，紋絲不動。「若蘭，妳是否對皇上起了淑女之思？」

「奴婢……」梅若蘭本想直接否認，可聽得柳芙言及「皇上」和「淑女之思」這些字眼，由不得她違心，只羞得雙頰燒紅，好半晌才點了點頭。但柳芙是背對自己，梅若蘭狠下心，快步上去繞到了前頭，一把便跪下。「長公主殿下，當初，奴婢可是聽從了您的安排才入宮的。」

低首看著跪地懇求的梅若蘭，那嬌羞之色，那含情之眸，無不透出女子思慕男子的春心……柳芙緩緩閉上了眼，深吸了口氣，復又睜開，吹氣如蘭，幽幽中透著一絲無奈。「當初，本宮可是問過妳的意思。妳一心只為女官，本宮才挑了妳……如今，妳卻是拿此事來要脅嗎？」

「奴婢不敢！」梅若蘭大驚，「砰砰」兩下就磕了頭，抬起眼來，已是滿面的異色。「奴婢怎麼敢要脅長公主殿下您！只是……只是當時……確實是您讓奴婢入宮為秀女的啊！」

「妳先別急著撇清，告訴本宮，為什麼？」柳芙側眼看了看巧紅，示意她去前頭守著，免得有人闖過來。

巧紅聽得梅若蘭說話，本已經氣得跺腳想要開罵，奈何柳芙吩咐，只得憋著一口氣跑到迴廊前，乖乖放哨去。

梅若蘭見柳芙一臉平靜的樣子，膽子回來了一點兒，猶猶豫豫，磕磕巴巴，卻是誠實地道出了心中所想。「奴婢本沒有那樣的心思，只想著做了女官，這一輩子就如此簡單地過下去便好。可……」

說話的間隙，梅若蘭也偷偷觀察著柳芙的表情，見她目如沈水，看不出喜怒，不免有些心虛。「可自奴婢在選秀大典上見過皇上，又在重陽夜宴上給皇上敬了酒……奴婢的心裡就總是慌得很。平日裡總聽幾個留牌的秀女商量，要如何脫穎而出引起皇上注意，奴婢就想，她們有這個資格，奴婢同樣也有這樣的資格。說不定，將來哪天就能麻雀變鳳凰，成為人人豔羨的後宮妃嬪呢。」

羞紅的雙頰益發燒燙起來，梅若蘭一口氣說到這兒，期期艾艾便無法繼續下去了，只能又垂下頭，等著柳芙開口。

柳芙看著下首跪地不起的梅若蘭，語音淡淡的，夾雜著一絲冷意。「妳祖籍晉南，祖父曾中舉，後家道中落，寄於叔公梅鴻家。又獲選秀女，留宮為女官。」

梅若蘭聽著聽著，目露茫然之色，緩緩抬眼看向了柳芙。「長公主殿下，這……」

「梅若蘭，妳的身分已經無法改變，妳的來歷，妳的祖籍，甚至是妳的父母雙親祖宗八代……」柳芙話已至此，沒了半點的耐性。「總而言之，沒有人知道妳來自扶柳園，沒有人知道妳曾經是賣藝清倌人，更沒有人知道妳我是在宮外相識。妳可明白了？」

「奴婢不明白！」梅若蘭眼看柳芙說完這句話就轉身要走，趕緊爬上前去下意識地伸手扯住了柳芙的裙襬。

蹙著眉，柳芙有些厭惡地將她甩開。「妳起了對皇上的愛慕心思，乃人之常情，並沒有錯。可妳卻妄想用以前的事拿來做籌碼要脅本宮……妳就大錯特錯了。」

梅若蘭懵了，被柳芙這樣冷峻的語氣和臉色給嚇懵了，哆嗦著，手放開了柳芙的裙襬。

「奴婢不知道……只是一心想要伺候好皇上……」

「若妳從此不再出現在本宮的面前，本宮可容妳苟且偷生。」柳芙側眼看著呆坐在地的梅若蘭，只覺得可笑，不免語氣益發冷峻起來。「若妳妄想其他，妳可就是自掘墳墓。這下可明白了？」

呆呆地點了點頭，梅若蘭臉色從緋紅到極致的蒼白不過一瞬間的事兒罷了，渾身的冷意襲來，只得強撐著從地上爬起，逃也似的從九彎迴廊踉蹌而去。

守在迴廊前的巧紅不一會兒就看到梅若蘭跌跌撞撞地從裡頭出來，正想迎上前去奚落她兩句，可對方青白的臉色，發抖的身子，連看也不敢與自己對看一眼就灰溜溜地逃走了，倒讓巧紅愣住，趕緊撒腿就去追柳芙。

「主子，您真厲害，三言兩語就把那異想天開的小娼婦給打發了！」巧紅可不會放棄這個奚落梅若蘭的機會。「也不照照鏡子，就那樣還妄想呢。妄想就不說了，竟然還把那檔子事兒扯出來，真是活膩了！」

「妳哪兒學的這些粗話，走吧，我都聞到飯香了，得進去討一頓御膳填填肚子。」柳芙無奈地笑著甩了甩頭，也不理會巧紅，徑直往正儀殿而去。

而她並不知曉，剛才她和梅若蘭的對話，已經一字不漏地通過影衛傳達給了正儀殿內「養病」的姬無殤，引得他狂笑一通，只期待著和她早點兒見面！

第二百一十章　厭則如螻蟻

秋日午間，帶著點微暖之意，總讓人不禁身心舒展。

身體「抱恙」的姬無殤此時就十分自得，一身白衫，長髮後束，正悠閒地坐在正儀殿庭院中，瞇著眼等待柳芙的到來。

「母后呢？」

柳芙的身分自然可以自由進出正儀殿而不經通傳。此時見姬無殤一副悠閒的模樣，不由得也展顏一笑，將適才梅若蘭帶給自己的膈應給拋到了腦後。

「她看到我無恙，自然滿心安慰的就離開了。」姬無殤張開手臂，示意柳芙過來。

忍不住笑意，柳芙走了過去，將他的手臂拍開，端坐在他身邊。「母后見你是裝病，難道不會問你原因嗎？」

「可憐天下父母心。」姬無殤揚眉笑笑。「她見我吃得好睡得好，就已經放心了一大半。」

「一大半？」柳芙也挑了挑眉。「那另一半的擔心呢？你藉口柳嫻小產之事裝病，又讓你二哥負責監國，還晾了一堆後宮妃嬪在那兒，別告訴我你母親，也就是當朝太后一點兒都沒有過問！」

「有時候，有個聰明過頭的媳婦兒也是件麻煩事兒啊……」

姬無殤素來冷峻的臉龐竟露出一抹無奈之色，整個人慵懶著，看得柳芙禁不住伸手輕輕攀住了他的胸膛。

「快告訴我，母后是什麼反應？」柳芙可不管姬無殤想要隱瞞的初衷是什麼，太后的身分不但是太后，更是自己尊敬並視為親長的人。

嘆了口氣，姬無殤也知道瞞不住柳芙，輕輕攬住她的肩，低語道：「我告訴了她我的計劃。」

「你……」柳芙一驚，抬起了頭。「你連我也沒說，竟先告訴了母后！她作何反應？」

「我不告訴妳，一來想打點周全後給妳一個驚喜；二來，妳那麼聰慧過人，也不難猜出我的意圖吧。」姬無殤打趣地伸手點了點柳芙晶瑩的鼻尖，笑意十分恬淡。「可母后卻不一樣。要讓她配合，就必須在恰當的時候告訴她真相才行。」

「那母后是什麼反應？」柳芙有些緊張，就像「醜媳婦總要見公婆」，即便知道對方更可能無法接受那樣驚人的事實，但心底總是想事事能夠如願的。

姬無殤撇了撇唇，無奈地道：「她一張嘴幾乎能塞進去一顆蛋了，什麼話都沒說鐵青著一張臉就走了。」

「這樣嗎……」柳芙歎了口氣，不知該怎麼說才好。

「當然不是這樣。」姬無殤卻突然笑了起來。「母后的確張大了嘴，驚訝於我的打算。可這麼多年來，她欠我一個屬於自己的人生。所謂國家命運的職責，我已經完成了。接下來，誰也無法阻擋我想要追求幸福的權利。」

「可你的想法實在太過大膽，我真的懷疑，母后是否能夠同意。」柳芙卻不樂觀，抬眼，眼中有著勉強的笑意。「不過無論結果如何，我都和你站在一起，絕不分離。」

有些感動無須言語，姬無殤聽了柳芙的話，只將她的頭壓向自己的胸口，另一隻手緊緊環住她的纖腰，就這樣，兩人緊貼著，半晌之後才不捨地分開。

「那個梅若蘭，可有必要除去？」姬無殤的指尖輕輕掠過柳芙的下巴，那滑膩如玉的觸感讓他嗓音不禁低啞了起來。

因為心疼柳芙要「吃藥」，這些日子以來他儘量克制住自己不去碰她。可每每與她接觸，又總能挑動他身體裡最原始的慾望，讓人難以自持。

輕蹙了蹙眉，柳芙嗤之以鼻。「她一個小小女官，值得你這個當朝皇帝動了『除去』的心思嗎？」

「她威脅了妳，就是找死。」姬無殤還是姬無殤，即便和柳芙在一起之後變得有了一點兒人情味，但「情」卻只對柳芙才有，至於其他人，他絲毫不放在眼裡。

「你既然都知道了之前外頭發生的事兒，也就應該知道我對她說了些什麼。」柳芙吐氣如蘭地說。「若她違背了，我也不會輕易留她這個威脅。你讓人看著她，一舉一動、一言一行、和誰接觸都不要漏掉。」

「若她有意洩漏了選秀頂替之事，那就由不得妳心軟了。」姬無殤眼底閃過一抹狠戾之色。

柳芙卻目色平靜，如一汪深潭。「魚網之設，鴻則罹其中；螳螂之貪，雀又乘其後。」

「妳的意思是？」姬無殤聽得十分明白，只是看著柳芙的模樣，有些心疼。「其實妳大可不必如此，一切簡簡單單，不是更好？」

「她若要洩漏，讓她洩漏便是。她自己挖個坑，也免了我等為她勞神。」柳芙說完這句，只覺得有些疲累了。「我想去和母后說說話。」

柳芙的手掌輕輕貼在姬無殤胸口，隔著白衣棉衫，就能感受到滾燙的溫度。「你消消火，咱們夜裡再見。」

「那得索點兒甜頭才能等那麼久。」姬無殤邪邪一笑，伸手又將柳芙撈回身前，欺下狠狠吻了一把這才放開她，對於梅若蘭的事兒，似乎早已拋到九霄雲外去了。

捂著發紅的粉唇，柳芙氣惱地瞪了姬無殤一眼，可看著他像個孩子一般向自己眨眨眼，什麼氣也都消了，只道：「本想過來討一頓午膳吃，看來得餓著肚子去給母后賠小心了。你卻閒適自得，真是不公平！」

「哪裡不公平了！」姬無殤卻有些正色地笑了笑，認真道：「今天下午，我會去一趟長公主府，求得令堂同意。」

「你……」今天已經有太多的驚訝了，聽見姬無殤突然這麼說，柳芙有些回不了神。「你說什麼？你要去見我娘？告訴她你的打算？」

「別說妳沒和令堂講過母女間的貼心話。」姬無殤一副早有打算的樣子，起身，理了理衣袍。「我去，是讓她相信我是真心對妳。這和妳去慈寧宮見母后，是一樣的。」

第二百一十一章　輾轉總是情

自從皇貴妃小產，鸞煌宮封門，以及皇上龍體抱恙以來，後宮中的氣氛就有些微妙。緊張，慌亂，猜疑，甚至還有莫名的恐懼，從妃嬪到宮人，沒有誰能真正擺脫這些複雜情緒。

身為長公主，柳芙在後宮行走從來都是閒庭信步一如自家後院的。此時她吹著微涼的秋風，倒是覺得心裡頭舒暢了不少。

臨近慈寧宮，柳芙步履有些緩慢了。

深吸了口氣，抬眼看著天邊飄過的一絲雲彩，知道今日若不說清楚，太后定會與自己埋下嫌隙，只能面對，無法再逃避了。

慈寧宮的庭院裡花開花謝，即便是秋日冬夜，也有不同的景致，算是整個後宮中最美的地方了。

此時，太后一身清冷白衫坐在葡萄藤下，面前一把古琴，正隨意地撥弄著琴弦。

「主子，長公主殿下來了。」一貼身伺候的嬤嬤從月洞門進來，小聲地在太后耳邊稟報。

點點頭，太后嘆了口氣。「該來的總會來，讓她進來吧。另外將番外進貢的蜜荔枝拿一盤過來，給長公主嚐嚐鮮。」

「奴婢遵命。」一貼身嬤嬤領了吩咐，便退下了。

埋頭繼續撫琴，太后聽得一陣腳步聲，知是柳芙來了，也不開口，更沒起身，手指一動，琴聲亦是一變。

柳芙不敢打擾，只端立在旁，聽著太后琴音從急促漸漸變得平緩，緊繃的心弦也隨之一鬆。

「芙兒，妳可知伯牙子期的故事？」太后面若沈水，靜若逸雲，雖未抬眼，亦知道聰慧如柳芙，是能聽出自己琴音中情緒變化的。

面對太后的「拷問」，柳芙自然有問必答。「據《列子・湯問》記載：伯牙善鼓琴，鐘子期善聽。伯牙鼓琴，志在高山，鐘子期曰：善哉，峨峨兮若泰山！志在流水，鐘子期曰：善哉，洋洋兮若江河！伯牙所念，鐘子期必得之。子期死，伯牙謂世再無知音，乃破琴絕弦，終身不復鼓。」

「妳說的一字不差。」太后這才停住手上的動作，看向了柳芙。

一身素淨紫裙，清泠而妖嬈，卻沒有半分魅惑的感覺，只讓人心生歡喜，忍不住想要親近。特別是那微翹的唇角、帶俏的眉梢、晶亮的眸子，就像一陣和煦的春風，能吹化那在嚴寒中冰凍了萬年的寒石。

「可妳改變無殤的，卻並非是妳的聰明，而是妳的真心吧。」說著，太后起身來，走向了柳芙，伸出一隻手，示意她挽住自己。

柳芙微福了福禮，順而將太后的手臂扶住，兩人便向庭院深處走去。其餘伺候的宮人婢女都識趣地並未跟上，只垂首站立原處，謹守規矩。

「知道我為何問妳伯牙子期的故事嗎?」太后一邊走,一邊語氣平淡地開了口。

柳芙想了想,搖頭。「母后您彈的是一曲〈高山〉,但為何要問兒臣伯牙子期的典故,卻是不知。」

「先帝在時,我便時常為他撫琴。先帝對於我,便是子期了。」太后說著,話音裡帶了一絲唏噓。「自從先帝駕鶴西去,我便再沒有撫過琴了,直到今日……」

太后帶著柳芙來到一處竹林,知道這兒說話不會有人打擾,便停下了腳步。「無殤告訴我,他這一輩子能遇見一個女子,值得讓他去疼惜、去憐愛,就像伯牙子期,是有你有我,無你無我的唯一。」

「我……」柳芙微窘,不知該如何開口接話。

「他這樣比喻,是有意勾起我對先帝的思念,也讓我想起了先帝的話。」太后卻了然一笑,配上白裙素釵,就像一個普通的女子,隱去了太后的威儀。

但眼前的太后,卻讓柳芙感到了一絲別樣的親切。「先皇,也是個雅人。」

「他曾經說過,咱們的兒子,若將來有了心上人,就讓他自己選擇生活吧。」太后深吸了口氣,藉以讓自己心緒平靜下來。「如今,大周皇朝的隱憂已除,無殤的重擔也該卸下來了。有妳在他身邊,我很放心。」

「母后……」柳芙面對太后的坦誠,能夠回應的,也只有一個重重的點頭。「我一定不會辜負母后的期許,我會和他……好好的在一起,一輩子……」

「我已經告訴無殤,我要留下來,陪著先帝,守著我們曾經攜手半輩子的『家』。而你們，若要遠離，時常寫信給我，或回來探望我，便足夠了。」
說到這兒，太后臉上露出了釋然的笑容，彷彿心胸突然開闊了似的，眉眼間舒展開來，猶如這秋日的驕陽，是那樣明媚，那樣豁達和耀眼。

第二百一十二章　王八對綠豆

九月一過，便是初寒的天氣，落葉紛飛，金黃滿地，別有一番景致。

柳芙答應了沈氏一起去龍興寺上香，一行人一大早就啟程。

初冬，山中景色有種蕭索肅穆的別樣情懷，長公主府的車輦行至其間，空山幽谷，亦令人心情舒暢。

「芙兒，娘叫妳多穿些，這山裡頭比京中更冷，萬一涼到了豈不麻煩。」沈氏一邊說，一邊給暖兒使了眼色，巧紅會意，搶著取出一件夾棉披風就忙給柳芙圍上了。

柳芙臉色有異，略抿了抿唇，將領口的繫帶自個兒繫好。「女兒又不是豆腐做的，再說這輦子裡也沒風，娘，您就別擔心了。」

沈氏柔和的表情中帶著一絲憐惜，伸手輕輕拉住了柳芙的柔荑。「女兒家的身子薄，最怕著涼。」

「主子，龍興寺到了！」暖兒是個停不住的，扒開了車簾子往外瞧去。「咦，那輛馬車看著眼熟得很呢！」

「長公主殿下，草民陳妙生給您請安了。」

柳芙一笑，隨暖兒下車。「原來是陳掌櫃，您怎麼得空來寺裡上香？」

陳妙生年過四旬，卻生得白面瀟灑，一身青色絲袍，頭戴頂冠，看不出一絲的市井商氣。只見他臉色微微有異，掩口輕咳了咳，這才上前回話。「草民就要娶妻了，想讓廣真大師幫忙算一個好日子。」

柳芙來了興致，揚揚眉。「哦?是哪家的閨秀能讓陳掌櫃動了娶妻之心呢?」

「就是……」陳妙生歷來爽利的一個人，面對柳芙隨意的問題卻顯得有些心虛，一時語氣忐忑了起來。

「唉呀，真是不痛快!」

說話間，陳妙生的馬車上竟又跳下一個人來。紅豔豔的湘裙、精緻的容貌，年逾三旬卻風韻不輸二八少女，豈不正是給柳芙打理茶樓的冷三娘!

「三娘!」

這下，除了柳芙，暖兒也瞪大了眼，後面慢慢下車的沈氏、巧紅也俱是面面相覷，沒搞清楚這到底是怎麼一回事兒。

「見過長公主殿下，您別笑話三娘就是了。」冷三娘走過去，雖然一抹嬌羞的表情掠過，但大膽利索的性子還是壓住了女人家的羞怯。「主子北上和親後，多虧了陳妙生時常幫襯，這才把扶柳園做成了李子胡同……哦，不，做成了京城最負盛名的茶樓!而且陳妙生此人，三娘勉強還看得上，俗話說，王八對綠豆，對上了眼不是?所以，就想將終身大事給了結了。只不過一直沒機會見您，所以才自作主張，準備先斬後奏。」

這冷三娘一席話說得是亂七八糟、莫名其妙，就算她表情再冷靜，也洩漏了心底的慌亂，聽得柳芙也好，沈氏也好，甚至暖兒、巧紅都忍不住哈哈大笑了起來。

「三娘，妳說的這是什麼話！」陳妙生哪裡聽不出來冷三娘話裡的破綻，臉燒得真想找個地洞鑽進去才好。「白白叫人笑話！」

「我說不好，總比你吞吞吐吐像個娘兒們好！」冷三娘是長年混在市井的人，說話自然口無遮攔一些。但被人笑話，總有些臉皮薄。「反正長公主殿下應該是聽明白了我的意思就行。」

「明白明白！」柳芙被冷三娘和陳妙生之間的逗趣弄得笑個不停，心情也疏朗開闊了許多，擺擺手。「走走走，今日碰得巧了，我作主，讓龍興寺給你們起一個好日子完婚，行不行？」

「自是行的！」冷三娘一樂，當即就應了口，惹得陳妙生又是大窘。

「哪裡有姑娘家主動應婚嫁之事的，妳真是！」

「我都半老徐娘了，還什麼姑娘家。你什麼都好，會掙錢，會籌算，就是不會說話！」冷三娘對陳妙生「嗤之以鼻」，語帶諷刺卻猶如媳婦念叨相公那樣，聽得讓人沒來由的覺得一暖。

和沈氏相視一笑，柳芙也甩甩頭，一副無奈的樣子。但眼底掩不住的笑意，卻比這冬日的陽光要溫暖許多，明媚更甚。

第二百一十三章　山中無真人

作為住持，廣真並非什麼客人都會親臨相見，但柳芙卻是個例外。兩人自小相識，似知己良友，對彼此的身分倒是一點兒沒放在心上，所以相處起來格外自然舒服。

坐在山中涼亭，柳芙看著一身鮮紅袈裟的廣真，覺著他益發俊逸如仙，不由打趣。「溫泉莊的進項頗豐，想必你也收到了許多香客的香油錢吧。」

手裡忙著烹茶，廣真連眼睛也不抬一下，只嘆道：「妳以為我故意把進出溫泉莊的路修在龍興寺是為了什麼？走過路過，千萬不要錯過！世俗之人好意思過廟不留香嗎？」

「你這和尚，憑的一股銅臭味兒！」柳芙笑笑，見廣真推過來的青瓷汝窯廣口茶杯，只搖了搖手。

「妳每次來都要品我這山泉水泡的茶，怎麼今日卻推卻，真是奇了！」廣真看著柳芙，像是看著另一個人似的。

「你今日烹的普洱，我不受用。若是淡淡的綠茶還可以。」柳芙卻保持著隨意的表情，笑道：「入冬了，大棗茶也是不錯的。你可有？熱熱的一壺，我一個人都能喝完呢。」

「妳……」廣真仔細看著柳芙，還是那樣高眺而略顯瘦弱的身材，以前尖尖的下巴卻豐潤了不少，眉眼間淡若幽蘭的神采被一抹似笑非笑的暖意所取代，看起來有些變化，卻又看不出到底是哪兒變了。

「你我相交多年，今日來，是有些話想交代你。」柳芙似乎不願被廣真如此打量，主動岔開了話題。「無殤抱恙，你也入宮為他祈過福。你們亦是兄弟，更是知交，想必他的打算也不會瞞你。」

「無殤的確提過他想稱病退位的事兒。」廣真立馬就被柳芙的話吸引了過去。「我本不同意，可他說了原因，我就妥協了。你們兩人，都是一樣的性子，要找到第三個合適的，根本想也別想，所以湊到一對兒過日子也是好事兒。但禪讓皇位之事極為要緊，一有不慎，恐怕動搖國之根本，所以我讓無殤一定要思慮周全。」

對於廣真如此毫無保留地和自己說話，柳芙有些感動，眉目彎彎，笑意恬然。「他做事兒，你還不放心嗎？若無完全把握，定不會開始的。」

「想當年師父讓我好好待妳，說妳將會是改變大周朝國運的女子，我還不信呢。」

廣真看著柳芙，想起了過往，語氣有些感慨和唏噓。「當時我看妳，就比普通女孩子成熟內斂些，懂事些。因為合得來，便引為了知己良朋。後來妳北上和親，我以為師父的話是應在了妳和親的事兒上，可沒想到……卻是應在了更大的事情上啊！」

「無常師父是個有大智慧之人。他的話，自然有其道理的。」柳芙揚了揚頭，別有一番嬌俏的表情浮現在臉上。「所以你這好徒弟，還不乖乖聽話，供我做活菩薩！」

「我這小廟，妳一來就喝最好的茶，吃最好的齋菜，難道還不是當活菩薩供著嗎！」廣真和柳芙玩笑慣了，當即就接了話。「只是以後……妳還能常來嗎？」

「我來，除了給真兒求個安胎的平安符，給陳妙生和冷三娘求合婚日子之外，就是要和你說一些事兒。」柳芙見廣真透露心底不捨，自己情緒也有些低落。「其實我也不知道無殤的打算到底是怎樣的。但無論如何，我都不會忘記你這個知己，不會忘記龍興寺的。」

「有妳這句話就行了。」廣真不想柳芙跟著傷心，臉上勉強露出了高興的表情。「只是到時候溫泉莊子的收益分一份給我就行，不多，兩成總可以吧！」

「溫泉莊子雖然是我長公主府名下的皇莊，但三成是交給內務府充作國庫的。你要分，找無殤要去，我還得留著那剩下的七成做嫁妝呢！」

柳芙歷來「守財」，可不會輕易答應，小算盤一打，就把事情推給了姬無殤。她相信，以姬無殤那張冰山臉，廣真怎麼也要不到半分好處。

「唉……還沒嫁呢，就把口袋捂得這樣緊。」廣真當然知道這是不可能的，只能悻悻地埋怨了兩句。

不過這自然又是兩人的一番玩笑，廣真看著柳芙嬌顏若花「咯咯」直笑的樣子，只覺得心情也隨著那笑聲疏朗了許多。「無殤那廝，外冷內熱，性子差到了極點，人卻著實不錯。當年他從粥棚將妳救走，我就知道，他是動了真心的。而妳經過北上和親，也吃了不少的苦，你們最後能圓滿，我真心祝福你們。無論將來有什麼需要，或發生什麼事兒，龍興寺永遠都是你們的依靠。我保證！」

「廣真，謝謝。」柳芙這是第一次和外人談及姬無殤的事兒，得到廣真的真心囑咐，感到既放心又感動。

廣真接收到了柳芙的「情意」，卻是有些臉紅起來。「知己友人之間，需要的不就是互相支援嗎？說什麼謝謝，妳這是把自己當外人了吧！」

柳芙抬眼看向遠處，金黃色的落葉鋪了滿山遍野，沒有一絲的綠意，卻反而讓人覺得十分溫暖踏實。「我想，我以後會懷念這樣與你山中閒談的日子呢……」

「懷念過去，不如著眼將來。」廣真雙手合十，唱了聲佛號。「說不定，以後妳我還能更常見面呢。無殤稱病，將來必然退位休養，這溫泉莊子屬皇家，豈不正好合適？」

柳芙卻悶悶地笑了笑。「他若是在此退位休養，必然要閉門謝客。我可划不來，吃虧吃大了！」

「妳怎麼算不來這帳！」廣真卻一副自得模樣。「雖是皇莊，卻屬於長公主府名下。朝廷要徵用，到時候各種開銷還不是流水的銀子來供著？妳手心手背都是『划算』二字啊！」

「你這和尚，不去做買賣真是可惜了，算盤比陳妙生都打得精！」柳芙被廣真正兒八經的樣子弄得「噗哧」一笑，卻把他的話給聽進去了。

大隱隱於市，將來兩人若真的在此山中度日，也不遑為神仙般的好去處。

第二百一十四章　真意換真心

既然來了龍興寺，柳芙自不會放過去溫泉莊子察看的機會。

和以往不同，溫泉莊子已經被納入了長公主府名下，乃是屬於她所有的皇莊，自然無須介意被人知曉行蹤。

此時雖正值初冬，溫泉莊子卻比起山下的天泉鎮和京城都要溫暖許多，問過沈氏的意思，柳芙準備在此小住一段時間，以打發閒暇的時光。

而姬無殤的籌劃此時也進入了關鍵的時候，自己遠遠的躲開，也方便他行事。再說，此地離得京城皇宮不遠，就算有什麼變故，也能及早得知。

溫泉莊子經過姬無淵親自監督修建，且不說美輪美奐，卻足夠精緻瑰麗，處處顯出皇家的富貴，以及姬無淵自身所帶出的優雅氣質。行走其間，無論沈氏也好，柳芙也好，甚至是沒心沒肺的暖兒也好，都覺得心情舒暢，神清氣爽。

因為溫泉莊子有溫泉眼，所以使得此處成了一座天然的暖房。許多夏季過後就會凋謝的時令鮮花都仍然綻放吐豔，處處瀰漫醉人的香氣。

姬無淵有心，讓人開闢出一塊小田，栽種了些瓜果蔬菜，雖然量不多，但足夠居住在此的人享用，顯得此處就像個世外桃源。

加上可以隨時泡入溫熱的湯泉，這樣舒服愜意的日子讓沈氏幾乎不想離開，拖著柳芙說一定要在此長住直到寒冬過去，春暖將至。

如此倒是提醒了柳芙。母親喜歡此處，不如留了她在此，反正有龍興寺罩著，母親在這兒絕對安全，更無人打擾。藉著這段時間，自己也能先回公主府，把該了斷的事情都了斷了，也免得母親經歷一些不愉快的場景。

只是柳芙前腳剛踏出寺裡回到長公主府，後腳一位老相識便登門求見來了。

讓巧紅奉茶，柳芙示意她先退出去，好讓自己單獨與這位「訪客」說話。

「你看起來有些不一樣了。」柳芙示意對方坐下，臉上露出了柔和的笑容來。

「妳也是。」一身紫綢長袍的姬無淵看起來意氣風發，長髮束冠，更顯得精神爽矍。「比起以前的清瘦，我更喜歡妳現在略顯豐腴紅潤的樣子。」

摸了摸微微有些雙下巴的臉頰，柳芙眼底略有異色，只笑著轉了話題。「你如今監國呢，應該很忙才對。而且南宮姊姊就快臨盆，你怎麼有空上我這兒來？」

「無殤抱病快兩個月了，也是時候了……」姬無淵並不避諱，目光變得嚴肅起來。「他要禪位，可我卻不想接。做了二十多年的太子，我一直用很多規矩、很多框子來束縛著自己，雖然當初被無殤搶了儲位，我心有埋怨。但事實是，回過頭看我這幾年過得很輕鬆、很自由。我可以鍾情於自己喜歡的園林建造，和妻子平安度日，沒有其他懷著功利心的女子來打擾。那種心無旁騖、一身輕鬆的感覺，實在是比那個『皇位』誘人得多。」

「可你卻是一個比他更適合做皇帝的姬家後人。」柳芙看著姬無淵說話，卻捕捉到了他眼底的一絲情緒。「無殤的性子，於亂世之中打天下還可以，但於和平之中守天下，卻不如你。」

「妳……果真如此認為？」姬無淵眼神透出些茫然。「妳覺得我會是一個好皇帝？」

「你寬厚、謙和、仁慈，也兼具治國之君的謀略和才智。」柳芙表情很認真，並不像是恭維。「只因你身上沾染了胡氏的血脈，這才讓先帝不得已選擇了無殤來代替你。但先帝已逝，你也應該從那段『父子關係』裡掙脫出來了，不是嗎？」

臉上浮現出了苦澀的笑意，姬無淵甩了甩頭。「為什麼最瞭解我的人，只有妳？」

「別這樣說。」柳芙懂姬無淵的意思，搖頭。「無殤的舉動，一部分是為了我，可更大的理由，你我他都心知肚明。他夾在先帝和你之間，不得已只有選擇強硬而冷血地挑起大任。但如今大周皇朝已經歸於平靜，既無內憂，更無外患，他也知道，是時候該把皇位交還給你了，不是嗎？」

「妳知道嗎？」姬無淵聽著柳芙安靜平和的話語，心底沒來由一陣暖意流淌，看向她的眼神也多了幾分莫名的情思。「我寧願身處無殤的境地，放棄江山，放棄皇位，只為一個懂自己、可以陪自己走完下半生旅程的好女子。」

「你身邊不是已經有了這樣一個女子嗎？」

柳芙站起身來，素白的裙襬劃過青石地面，像浪花翻起在水波之上，柔美動人得一如她臉上此時此刻的表情。「更何況，這個女子還懷有你的孩兒。你們已是一體，她為你生兒育女，她會安靜地傾聽你所有煩惱，她會毫無保留的支持你任何決定，最重要的是，她會不離不棄地陪你走完下半生。」

看著覆蓋在自己手背的纖纖玉指，姬無淵覺得很奇妙。抬眼，身前的女子前一刻還是自己心底的那一顆朱砂痣，欲得而不能，讓他極度的想要爭取。可下一刻，當她用手輕輕觸碰自己的時候，之前的所有慾念、妄想，竟然都化作了一汪清水，雖然流淌過心田，卻已然滌淨了所有的情執，只留下了無比安逸清然的感受。

緩緩起身，姬無淵低首凝視著柳芙那張過分嬌美的容顏，知道這一輩子和她只能僅止於此了，於是長長地吁了口氣，話音也恢復了平常的淡然和優雅。「江山美人，於男人是永遠的難題。可任何男子遇到妳，難題都不復存在，因為擁有妳，就等於擁有了一切。」

說完這句話，姬無淵放開了柳芙的柔荑，轉身走到門口，忽地停住了腳步，背對著她，朗聲道：「等一下我便入宮，告訴無殤，我答應他。卻不是為他，而是為妳……」

目中有著一抹愧色，但柳芙心中卻有著更多的喜悅。有了姬無淵這句話，將來即便她和無殤離開，也沒有了任何的後顧之憂。

第二百一十五章 以李代桃僵

冬梅初綻，一點幽香盈盈不散，最是耐人尋味。

柳芙身披雪狐裘襖，神色沈靜地立在窗前，卻不懼冷，任其大大敞開。

「主子，既然您擔心，為何不入宮去探望一下皇上呢？」巧紅托著冒熱氣的大棗蜜茶進了屋，見柳芙立在窗前吹冷風，趕緊上前取了手爐奉上。

接過手爐，目光一動未動，柳芙只看著院中芳香獨具的臘梅，淡淡一笑。「連太醫也回天乏術，我去探望皇上又有何用呢？」

「瞧主子說的，皇上一見了您，保准什麼病都全好了呢！」巧紅掩口一笑，一時忘了自己的身分，竟開起了玩笑。

「不日就要入宮，也不慌在這一時。」說著，柳芙回過頭，將手爐放下，並不介意巧紅在自己面前的隨便，反而喜歡她這種天性。只取了茶盅在手，輕啜著溫暖甘甜的大棗茶，語氣有些平淡，卻音調微揚。「倒是近日宮裡頭傳出消息，說胡氏一脈謀反的案子已經完全定罪，但凡胡氏九族之內，女子統統貶作賤籍為婢，男子統統發配邊疆為奴。」

「主子，這消息來得可真是時候呢！」巧紅跟隨柳芙多年，早已是心腹。對於沈氏和柳芙的身世來歷諱莫如深，雖未言明，卻是心中清明。

如今刑部將這樁謀逆大案審定，胡氏一脈已絕無翻身之機。旁的不說，單單胡清漪作為柳冠傑的妻子，就已經板上釘釘被削去嫡妻身分，淪為賤妾。這也讓沈氏的身分問題迎刃而解，再也無法被抹黑，更無法被胡清漪當作籌碼來威脅。

雖然如今沈氏貴為一品夫人，早已無人敢質疑其來歷，但有了刑部官員的文書，沈氏之前的來歷身分便可通過姬無殤的手段來一應補全，斷了後顧之憂，而柳芙也能以嫡長女的身分入柳氏的族譜。

巧紅都想得通，柳芙更是再清楚不過這胡氏一案其中的「關鍵」。

因為和胡氏一案定論公告天下同時發出的，還有一道「欽諭聖旨」——

奉天承運，皇帝詔曰：因頑疾難癒，朕有負於天下萬民的厚望，難以堪當大任。與文武百官商榷，定於臘月二十八日舉行禪位儀式，由郁王姬無淵接任大位，登基為新帝。朕為太上皇兄，享安成宗封號，並攜皇太妃柳氏遷出皇宮，避居皇室別院。其餘妃嬪因未曾召幸，特大赦其發回原籍自行婚配，終身享有皇室一品夫人供奉，以慰其功。

這聖旨看似平常，卻蘊含了機妙。

且不說禪位之事，其中「皇太妃柳氏」——柳嫻是柳氏，自己也是柳氏，而且是正妻沈氏嫡出的大女兒，並非賤妾胡氏庶出的二女兒。雖然這裡頭有著「前因後果」的關係，但外人哪裡能分清楚？而且皇太妃是皇太妃，皇貴妃是皇貴妃，柳嫻當初在後宮雖然張揚，卻並不為他人所知。這些榮享歸故里的妃嬪們更不會知道陪伴太上皇兄離開的並非是柳嫻，而是柳芙。

就算有人想要追查到宗族譜上，柳冠傑的嫡妻的確是沈氏，柳芙的確是嫡長女，當初的皇貴妃也的確是柳府長女柳氏，那就行了！

而姬無殤先使了「移花接木」一計，不但解決了柳芙長期以來的「家世出身」問題，後面更是來了一計「李代桃僵」，將「長公主」這個名號所帶來的掣肘悉數反過來扣在了柳嫻的身上。

聖旨之後，太后也下了懿旨——因皇帝染病離宮，長公主柳氏即日起搬入內宮陪伴。長公主大孝，將落髮出家為尼，替太上皇兄祈福，終身修行於宮中禪佛院，法號了俗。

如此一來二去，柳芙也終於可以和姬無殤終身廝守，再不會有任何顧忌……

「巧紅，妳先不忙著收拾入宮的行李了，陪我去一趟隔壁淮王府吧。」柳芙收回了神思，臉上笑意盎然。「有個老朋友，趁著我入宮之前的空隙，還是去會一會吧。」

因為長公主府建在王公貴戚的府邸居住區，與淮王正好毗鄰。胡氏一罪定案，這些日子隔壁街老是有怒罵喧囂聲傳來，讓人煩不勝煩。但涉及淮王家事，周圍天潢貴胄們也只有忍了。

但柳芙卻不想忍，招呼了巧紅給自己穿上出門會客的長公主常服，連車輦也不坐，就直接步行往淮王府而去。

第二百一十六章　不速仍是客

淮王府在皇室居住區裡並不是最豪華的一座府邸，但門前兩座青石雕的獅子卻是出自名家之手，栩栩如生，乃鎮宅之寶中的精品。因為淮王無權，加上氣溫驟降，片片落葉捲地而過，整座宅邸都顯得十分蕭條。

「有人嗎？」

因柳芙出門只帶了巧紅一人，所以她走到階梯前便停住了，讓巧紅去叫門。

「吵什麼吵，這裡是妳這個小姑娘能隨便敲門的地方嗎？」

說話間，厚重的宅門開了個縫，裡頭一個身裹青棉衣的下人探出頭來。可話音剛落，見巧紅一身桃紅幅裙外罩墨綠錦繡繭絲小襖，便知來人定是有幾分來頭，臉色一下就變了，將大門拉開來。「這位小姐，您有何貴幹啊？」

「什麼小姊姊大姊姊的！」巧紅打小在宮裡頭長大，面對一個小小的門房，自然全身上下一股子凜然之氣。「長公主殿下造訪，還不趕緊開門，讓你們家主人前來恭迎！」

「是是是是！」門房被巧紅的氣勢給嚇到了，趕緊點頭，作勢就要進去通傳。

「不用了。」

說話間，柳芙拾級而上，抬眼看了看有些斑駁的朱漆匾額，那淮王府三個字雖然蒼勁有力，卻顯得有些單薄無骨，這才低首掃過一眼門房。「你家主子最近煩心事兒多，就不勞他親自過來迎接了，你前頭帶路，本宮這廂前來，是專程探望你們淮王妃……哦，如今應該稱呼胡氏才對。」

雙膝跪地的門房順而抬頭，這才看清了眼前端立的長公主殿下。

一身雪狐裘襖，襯著不施粉黛的臉蛋益發光潔如玉，那臉上清然淡漠的表情，平靜柔軟的聲音，倒叫這門房一時間呆住了。

「看什麼看，長公主殿下的玉容也是你能放肆打量的嗎？」巧紅一下子就擋在了柳芙的前面，厲聲將這癡傻的門房給「喝」醒了。

連連磕頭，門房年紀不過二十出頭，哪裡經得起巧紅這樣的嚇唬，趕緊一咬唇讓自己清醒，這才將身子躬得低低地回話道：「奴才只是個門房，哪裡敢給長公主殿下引路，請長公主殿下稍候，奴才這就去請管家過來！」說完，逃似的一溜煙沒了蹤影。

「人笨，跑得倒是快！」巧紅看著那門房的背影，搖了搖頭。「主子，咱們等嗎？」

「邊走邊說吧。」柳芙卻沒那個耐性，邁步就往中堂而去。

一路走來，柳芙默默地打量著這淮王府。

淮王雖然是個閒王，卻風雅得很，園林庭院的建造倒是很有些意趣，迴廊閣樓也顯得很精緻。只是下人卻沒幾個的樣子，走了這麼久，也只有幾個婆子遠遠停住腳步往柳芙這方打量。

「奴才淮王府外院管家白興盛，見過長公主殿下！」

過沒多久，一位白面的中年太監就急匆匆地趕來了，見到柳芙當即便行了大禮。「有失遠迎，還請長公主殿下恕罪！」

「起來吧，本宮今日過來也是突然興起，叨擾了。」柳芙也淡淡的客套了一下。「不知淮王可在？」

「王爺在王妃屋子裡，太醫正好來給王妃看診呢。」白興盛想也沒想就脫口而出，等說完這句話才臉色大變，又是一個跪禮下去。「是胡氏病了，王爺體恤，這才叫了太醫幫忙診脈開藥。」

「淮王並無妾侍，看來和胡氏感情不錯。」柳芙說著，往前顧自而去。「夫妻情深是好，但若讓人知道淮王仍以王妃之禮待胡氏，恐怕就是欺君的大罪了。」

白興盛趕緊跟上，臉色嚇得蠟黃，大冷天額上竟出了豆大的汗珠。「長公主殿下教訓得是，是奴才等口沒遮攔，但淮王卻是按照聖旨，去了胡氏王妃頭銜的。只因胡氏突染疾病，所以未曾遷出內院正房。恰好與王爺相熟的太醫過來作客，這才私下幫忙瞧瞧的。長公主殿下千萬別誤會！」

「是嗎……」

柳芙語氣清冷，淡淡的，不置可否，卻聽得這白興盛又是一陣冷汗直冒。

「前頭走廊轉角便進入內院，奴才雖是內侍，卻也不能逾矩。」白興盛眼看著就要到二門，而淮王已經迎了過來，終於鬆了口氣。「還是由王爺親自帶長公主殿下進去吧。」

柳芙自然看到了淮王匆匆而來，一身常服，和一個普通人沒兩樣，但和姬無殤有幾分相似的面孔、傲然不凡的氣度，還是透露出皇家子弟別樣的體面來。

「恭迎長公主殿下！」淮王在柳芙小時候就認識她，雖然只是文府裡幾次偶然的見面，但心目中對其印象卻極好。小小年紀的她就是京中聞名的才女，一雙水眸清靈可人，氣度更是嫻雅大方。

直到柳芙在北疆平定後返回大周朝，胡清涵屢次求見未果，回來與他抱怨，這才生了些嫌隙。但他卻一直以為，柳芙不過是驟然居於上位，不懂人情世故，有意冷落胡清涵而抬高自己的身價罷了。此等小姑娘的行為，他倒是從未放在心上過。

但此時看到柳芙親臨，那一如沈水的眸子，那和兒時並無分別的嫻雅神情，淮王就知道，來者肯定「無事不登三寶殿」。「不知本王有什麼地方能幫得上長公主的？」

「你我皆為鄰居，雖然平日裡不曾走動，但近來頻頻聽得府上傳出叫囂聲，所以特來看看，有什麼能幫得上忙的。」柳芙笑了笑，柳眉微揚，卻是聽出了淮王話中的質疑之意。「況且，胡氏之前屢次造訪，正好本宮沒空。如今她身受被貶之苦，本宮過來看看也是人之常情。」

「長公主殿下客氣了。」雖然將信將疑，但淮王也只能迎了柳芙入內院，並親自帶了她往正房而去。「賤內因為被削去正妃之位而抑鬱成疾，若有不妥和冒犯之處，還請長公主見諒了。」

「無妨，相信我見過胡氏，她應該能好些才對。」

柳芙輕描淡寫的語氣，就像冬日一絲冷風，悄然灌入了屋門緊閉的王府正屋。讓正在裡頭接受太醫診脈的胡清涵沒來由打了個寒顫。

第二百一十七章 萬般皆是命

淮王府的正屋一排六扇門，上頭雕了福祿壽雙面花的窗櫺，似是剛刷了紅漆沒多久，看起來油油的，很是鮮亮。

可再鮮亮的大門，也擋不住屋裡頭一陣陣飄散而出的藥味兒。

淮王從柳芙的臉上看不出任何喜怒或破綻，鬧不清她怎麼就親自來探望胡清涵，所以心裡有些沒底。「小王怕過了病氣給您就不好了。」

「王爺不用這麼拘謹。」柳芙停住腳步，側眼看了看半埋著頭的淮王。「況且，本宮還沒聽說過氣出來的病還會傳染的。」

被柳芙這樣一說，淮王愣然地愣住了。等抬眼看，才發覺柳芙已經自己推門而進，趕緊收住心神跟了上去。

「王爺可否請太醫出去，本宮想和胡氏單獨說說話。」

「不速之客」已經進了屋，讓屋中原本正在給胡清涵開方子的太醫一怔。更讓正在婢女服侍下喝藥的胡清涵直接「咳咳咳」嗆了個滿臉通紅。

「長公主殿下！」淮王畢竟是長輩，看到柳芙似乎露出了不善的來意，當即便拒絕道：「賤內與您素來並無交往，不知您專程前來探望，到底有何深意？」

柳芙卻不理會淮王，只冷眼看著斜躺在床榻上的胡清涵。

青白的臉色，瘦弱的身材，無神的雙眸……再加上素淨的小襖和略顯凌亂的髮髻，此時此刻的胡清涵哪裡還有半分王府正妃的雍容之氣！

從頭到尾都未曾說過一句話的胡清涵此時卻開了口，語氣掩不住的悲涼。「罷了，萬般皆是命，王爺您先出去吧，讓太醫也一併下去先休息，長公主殿下與……奴婢，還有些話要說。」

淮王心中雖然疑惑甚濃，卻不願違背胡清涵的意思。畢竟她身子本就虧損得厲害，只得點頭，帶了太醫出去。

巧紅見狀，適時地上去關了門，直接守在外面，一副閒人勿進的樣子。

等屋裡頭沒了其他人，柳芙徑直走到中間的八仙桌前坐下，抬眼看了看一臉灰敗的胡清涵。「妳可認命了嗎？」

胡清涵閉上了眼，眼角有淚，卻不肯落下。「命是我自己的，苦果我也自己吞，犯不著別人來指指點點。」

柳芙卻不想就此放過胡清涵，語音犀利，猶如利刃劃開了胡清涵的心。「覬覦天下，卻只能靠女人。犧牲了自己不夠，還想要一代一代下去，犧牲所有沾染胡家血脈的女子去維繫那個可笑的夙願。敏慧何其可憐，這一生，只能渾噩度過，再也無法醒來了。不過她倒是找到了個好法子解脫開來，總比妳背負一世的賤名苟活於世要強得多。」

「我的敏慧……求妳別說了……都是我的錯……」胡清涵就敏慧郡主一個女兒，自從宮中傳出敏慧得了失心瘋的消息，她就無一日不在煎熬中。加上胡家謀反一案，她的靠山也沒了，被貶為賤籍為奴，連最後的一丁點兒自尊也被剝奪，她每天都如同生活在煉獄之中，已然心力交瘁，不然也不會被氣得纏綿病榻。

「今日我來不是讓妳後悔，或者讓妳懺悔的。」柳芙挑了挑眉，對於胡清涵的可憐樣，卻勾不起哪怕半點同情。「妳的好姊妹不在京城，我來看看妳也一樣。妳們曾經高高在上，只一個念頭便改變了一個普通人的一生。如今苦果自己吞，噎著也好，嗆著也好，就像妳說的，萬般皆是命呢。」

原本氣色灰敗的胡清涵聽了柳芙這樣說，卻突然仰頭一笑，目色猙獰起來。「柳芙，若不是我和清漪求皇后選了妳為北上和親的人選，妳能有今日嗎？妳和親之前，不過是個身分不明的野種，求得文氏庇佑，才勉強保存了妳和妳娘的體面。可和親之後，妳以長公主的身分回京，是多麼的尊貴，多麼的榮耀。妳應該感謝我們胡家人才對！」

第二百一十八章　宿怨終須了

柳芙眼神變得一如沈水，讓人看不到底。「妳知道北邊荒漠的路途有多凶險嗎？妳知道那完顏律揚言要將我割頭獻祭的時候，我是怎樣苦心周旋才逃得一死的嗎？還有這個長公主的頭銜，是我絞盡腦汁冒著性命危險用北疆各國情報換回來的，妳又知道嗎？若換了我只是個十五歲的懵懂少女，那北上之路便是閻王殿！根本就是有去無回！」

一番話說得胡清涵倒抽了幾口冷氣，彷彿脖子被人掐住，連呼吸也艱難了起來。

「另外，」柳芙收起略有些激動的情緒，恢復了如常的平靜，站起身來。「我今日來，卻不是要落井下石，而是要妳看清楚。你們胡家的人注定了沒有好下場，而我，卻能榮享一生的富貴安逸。這，也是命……」

說完這句話，柳芙也不再看胡清涵那張慘白一如怨鬼似的臉，轉身便推門而去。

耳根清靜後，柳芙回想著腦海中胡清涵說的每一句話，只覺可笑。

姬無殤願意為了自己而放棄江山，放棄皇位，自己這個長公主的身分又有什麼好可惜的呢？人世間最大的幸福，莫過於與心愛之人長相廝守，安逸平淡的度過一生。自己已經擁有了一切，那胡清涵也好，胡清漪也好，下場如何，也並非是她所關心的了。

只是這些話，柳芙定然不會說給胡清涵來聽。

柳芙這樣想的時候，巧紅在一旁察覺到了她的輕鬆。「主子，剛才那胡氏看起來好嚇人，話也說得難聽至極。您不進宮請旨責罰她，怎麼卻笑了？還笑得這麼如沐春風呢？」

「古人不是說過這樣一句話嗎——耳中常聞逆耳之言，心中常有拂心之事，才是進德修身的砥石。若言言悅耳，事事快心，便把此生長埋在了鴆毒之中……」

柳芙樂得提點巧紅，細細給她說了道理。等走出了淮王府，抬眼看向自己的長公主府。「有時候一牆之隔，也比人心相隔要好。牆尚能推翻，人心隔肚皮，卻沒法子完全看清楚。」

「主子說得深奧，奴婢似懂非懂。」巧紅撓撓頭，吐著舌頭。「不過看那胡清涵，自己造的孽終究是自己來償還了孽債，還滿口胡言想要給主子您找晦氣，您能不放在心上，這氣度這豁達，奴婢倒是看得清楚明白，要好好學習呢。」

「妳這妮子，腦子笨，嘴卻伶俐得不行。」柳芙知道巧紅是為了讓自己心情好一些，順勢便打趣她起來。「好了，在那淮王府討了一身的晦氣，等回府，妳得好好準備熱水給我沐浴。」

「這是自然，奴婢提前熬好了安神湯，等會兒就放到浴池裡，讓主子您好好鬆乏鬆乏。」巧紅說著就上前攙扶了柳芙。「另外奴婢再讓廚房做幾樣精緻熱呼的小點心，好供主子您沐浴時享用。」

「嗯，這才對嘛。」柳芙聽著就覺得眉頭舒展，笑著點了點頭。「回去我賞妳個手釧，妳不是喜歡紅珊瑚鑲青金石的那個嗎，可好？」

「當然好，當然好！」巧紅樂得拍了拍手掌。眼看著柳芙雪色的背影窈窕而去，絲毫未受那胡清涵的影響，這才真正地鬆了口氣。

「長公主殿下！」

主僕兩人正要返回長公主府內，冷不防身後急急趕來一人，聽聲音，柳芙轉回頭，展顏一笑。「陳掌櫃，你不陪著三娘挑嫁妝，怎麼大冷天跑本宮這兒來串門子了？」

「陳掌櫃的，你手裡拿的什麼？」倒是巧紅眼尖，指了指陳妙生手中托著的一個匣子。

陳妙生嘆了口氣，臉色有些不善，卻禮數恭敬地上前給柳芙行了禮，這才將匣子轉交給了柳芙。「這是常勝奉主子的旨意，讓小的轉交給長公主殿下的。說是……蜀中那邊回來的急報！」

「急報？」柳芙聞言，伸手一把接過匣子，挑開了鎖，取出了一張影閣慣用的殷紅信箋在手。

只掃一眼，柳芙的眉頭便深蹙了起來。「什麼時候的事兒？」

陳妙生忙答了。「應是前夜，正好影衛送了刑部定案的文書至柳侍郎那兒。第二天就傳出了胡氏自縊的消息。影衛沒有耽擱，用黑鷹傳書至宮內。主子直接安排常勝向長公主殿下通報。」

「她自我了結了也好，也算是了了一段宿怨。」

柳芙將信箋揉成了一團，輕輕一拋，眼看著那紙團劃過一道白色的弧線滾落在了街邊，心底多年來抑鬱無解的一團亂麻也隨之拋散開來……

第二百一十九章 聞音知雅意

臘月二十八，禪位儀式將在正陽殿舉行。

二十三，柳芙就被接進了宮中，一直待在正儀殿和姬無殤在一起，並未單獨住在常挽殿。

宮裡，是最清冷幽深之地，但這幾日，柳芙和姬無殤卻過得十分自得。每日同起同睡，同吃同樂，正儀殿被影衛守得鐵桶一般，兩人也不怕被打擾，只有太后常來，三人便一起說些話。

原本心裡有些疙瘩，此時看著兩人相濡以沫老夫老妻的樣子，太后也漸漸接受這個事實。無殤是她的親骨肉，做娘的，只要兒子是真的幸福，其他都不重要。

倒是柳芙乖巧得很，雖敬著太后是長輩，卻親切地待她像自己的婆婆，貼心得很。讓好多年未曾享受過天倫之樂的太后日日來了都捨不得走。

姬無殤看在眼裡，知道柳芙這是在補償兩人即將離開對太后造成的失落，也樂得收起平素裡冷然的性子，臉上常帶著笑。

如此溫暖一如普通人家的日子，雖短，倒也給太后留下了一個念想。或許在不久的將來，她會離開這清冷的後宮，和他們在一起生活也說不定。

入夜後，時間便只屬於柳芙和姬無殤兩人了。

看著柳芙臉色日漸紅潤，身子也微微有些豐腴，姬無殤將她摟在懷中，滑膩舒服的觸感讓他暢快地呻吟了起來。「還是有娘子在身邊的日子舒服。自選秀結束妳離開，我就總覺得空落落的，像是魂兒被人抽走了一般。妳一回來，就填滿了這空空的一半，總算讓我感覺踏實了。」

感受著姬無殤的寵溺，柳芙揚起了唇角。「你這人，做事兒也不和我商量一下，就匆匆下了禪位的聖旨。不過對於你能想到『李代桃僵』一計，我還真有幾分佩服呢！」

輕輕摩挲著柳芙的髮絲，姬無殤低聲道：「妳可同意這樣的安排？我還怕，讓妳和她來個對調，妳會不喜歡。」

「這長公主的名頭有什麼好的？」柳芙卻嬌嗔道：「頂著大金國太后的身分，得守一輩子寡。之前，這身分可保我與母親的平安，可現在，只是一道禁錮我的枷鎖罷了。而且，之後的日子，有你來保護我，還需要這些虛名做什麼呢？我只想做柳氏，安安穩穩、光明正大地陪伴在你身邊的女人而已。」

「柳氏……」姬無殤親暱地低喚著柳芙，唇角微翹，眉眼中俱是自己看不到的溫柔流露。「吾妻柳氏，妳已是姬家第十七代孫姬無殤的髮妻。姬家宗族譜中白紙黑字寫得明明白白，妳可抵賴不了。」

「我才不抵賴呢，只要你不抵賴才好。」柳芙低首，將臉頰緊緊地貼在了姬無殤的胸口。「當初和你在一起，我其實並未想過將來有和你廝守到老的一天。我習慣了你的冷峻、你的無情，和你我身分帶來的不可能……但你卻放棄一切，給了我一個家，一個真正的家，我心歡喜，只願長長久久，不離不棄……」

「柳嫻呢，那樣安排，其實是母后的意思。」姬無殤心生感動，卻還是想問清楚柳芙是否已經徹底拋開了所有的「包袱」。

「母后那樣做，是對的。」柳芙仰頭，清澈的眸子裡看不到一絲一毫的怒氣。「柳嫻雖然可惡，但用她一輩子的自由來贖罪，已是足夠了。我只希望，她能真心向佛，有一天或許我們能化解之前的一段恩怨才好。」

「恐怕不能了。」姬無殤卻一聲冷笑。「胡氏自縊的消息，母后親自帶給了她。她卻叫囂著要妳和妳母親血債血償。若非負責看守她的影衛點了她的啞穴，恐怕她會日日夜夜言語惡毒地詛咒妳們，直到她死。要她向佛，要她明白這個世界是有因果輪迴的，根本就不可能。」

「讓她去吧。」柳芙卻表情輕蔑地一笑。「她的所有痛苦，不過是她加諸在自己身上罷了。總有一天，她會明白，別人何其無辜，要成為她心底慾望的墊腳石呢……」

「休與小人結仇，小人自有對頭。」姬無殤終於放心了幾分，笑道：「妳是這個意思吧！」

柳芙接過話，淡淡道：「此身常放在閒處，此心常安在靜中，誰又能擾我清靜呢？等咱們去了龍興寺的溫泉別院，好日子才剛剛開頭呢，誰還有心思理會那些烏七八糟的東西。」

「妳說，咱們避世後做田家翁好不好？」姬無殤覺得柳芙說得有道理，點了點頭，摟緊了身前的人兒。「然後再生七、八個孩子，就不覺得寂寞了。」

「你還沒去呢，就在想著寂寞的事兒！」柳芙低首暗笑。「放心吧，你一定不會寂寞的……」

「嗯……有妳陪著，會寂寞才怪。」姬無殤說著，並未聽出來柳芙話中的意思，只接過去，一邊描繪著將來兩人生活在一起的樣子，一邊漸漸閉上了眼，唇角微翹，擋不住的笑意從眉眼間洩漏出來。「不過就算閒得無事了，廣真肯定會常來叨擾，那人囉嗦得很，到時候多半還會覺得煩……」

柳芙挑了挑眉，卻也不點破，只往姬無殤身上靠了靠，找到個舒服的位置，也緩緩閉上了眼。不一會兒就呼吸漸穩，睡過去了。

等到了第二天，常勝卻單獨找到了柳芙，說有事稟報。

柳芙接見了常勝，常勝回稟，說有個女官向尚宮局申請，想要調入禪佛院陪「長公主」修行，為皇上祈福。

不用常勝說明，柳芙就知道這個女官一定是梅若蘭。

此時此刻，她即將和姬無殤離開，憧憬幸福的時候倒忘了那梅若蘭。柳芙只想了想，便吩咐常勝，讓他順了梅若蘭的意，送去佛堂「陪」柳嫻修行。只前提是，得讓她落髮為尼，看她是否真心。若只是假意，勸她乖乖待在原處，等皇帝禪位之後，她便能離宮再嫁。

常勝得了吩咐，很快便又回來，只說那梅氏聽聞要落髮為尼才能去陪長公主修行，考慮了很久，最後哭著搖頭不願意。

柳芙聽了，未置可否，只讓常勝提前送了梅若蘭出宮，讓她回到晉南去自生自滅。

第二百二十章　比翼雙飛鳳

京城地處偏東北的位置，入冬後極少有雨。可不知為何，臨近臘月末，老天爺卻淅淅瀝瀝下了好幾天的雨。

臘月二十八這天，禪位儀式舉行。姬無殤藉口身體原因，未讓百官觀禮，只允許接任者姬無淵及家眷南宮氏入正陽殿。

姬無淵在太后的監禮之下接受了印璽，拜姬無殤為太上皇兄，親自躬送其御駕離宮。當天就頒旨大赦天下，並賜封南宮氏為皇后。

親自送南宮氏入住錦壽宮後，獨自踱步回到空落落的正儀殿，姬無淵甚至還能感覺到姬無殤留下的清冷和犀利。

眼神不自覺地落在了寢殿中央黑漆八角富貴海棠鏤空花雕的茶桌上，一盞天青粉瓷的茶碗吸引了姬無淵的注意力。

步步靠近，只看了一眼那茶盞中還殘留的茶水，雖然已經涼透了，卻陣陣清香繚繞不斷，顯然是上等的「白牡丹」才會有如此品質。

當年和柳芙做過「白牡丹」的交易，姬無淵乃茶中好手。他只消得輕輕一嗅，便知道這等品相的「白牡丹」，內務府根本拿不到。

「無殤……」姬無淵將茶盞輕輕摩挲在手，苦笑著一嘆。「當年你奪了我的江山和皇位，如今你把這兩樣東西還給了我，卻又得了我最喜愛的女人……兜兜轉轉，我卻還是輸給了你啊……」

顧自感嘆著，姬無淵手持一盞冷茶，只透過鏤雕九龍拜壽的十二排門往外望去，眼神彷彿能穿透那層層宮牆，直到那幽深靜謐的九華山中。

車轂轆聲「轆轆」作響，配上「淅瀝」不斷的雨聲，猶如好聽的樂音在山間迴蕩。身為太上皇兄，姬無殤的御駕不過僅僅百人護送。但這一百人，卻俱是影閣裡最頂尖的影衛。

車廂內，柳芙一身雪色的軟綢絲袍，懶懶的倚在大紅緙絲靠墊上，此時正含著笑，看著褪去明黃龍袍的姬無殤。「你記得咱們第一次相見時的情形嗎？」

「當然！」姬無殤一身絳紅錦袍，半舊不新，卻是他從前做裕親王時常穿的衣裳。因為影閣影衛的常服就是暗紅色。

「那時我看你，就像耗子見了貓，總覺得你周身都散發出一股寒氣，讓人冷得不敢靠近。」柳芙嘴上說不敢靠近，身子卻故意往姬無殤身上斜了過去，香肩正好抵住他的胸膛，一低首，最是情懷動人。

姬無殤似笑非笑，眼底卻藏不住的一抹幸福流露而出。「我卻記得，那時的妳，眼神就像隻小狐狸。我十五歲執掌影閣，替父皇周旋於胡家之間，自問已經做到了深藏內斂，機謀不輸。可面對不過還是稚齡女童的妳，卻感到了一絲危險。說實話，只差那麼一丁點兒，我就準備除掉妳了。」

「那你後悔嗎？」柳芙伸手輕輕撫過眼前的一片胸膛，這是給她溫暖和依靠的地方，唇角牽起一抹甜甜的笑，絲毫不介意姬無殤所說的，反而嬌嬌地問了這一句。

「後悔什麼？」捉住柳芙的手，姬無殤閉上了眼。

「若非遇上我，你就不會放棄這大好江山，放棄天子之位。」柳芙想要掙脫，可柔柔的細腕卻被姬無殤抓得牢牢的。「這下，你名義上雖然是太上皇兄，實際卻只是個田家翁了呢。」

「有妳做管家婆，我當個田家翁又如何？別人還羨慕不來呢！」姬無殤挑了挑眉。「更何況，我這個田家翁已經後繼有人，將來我的田產地界都統統交給他來打理，把大周皇朝的銀子給賺夠，豈不比做太子要更舒服！若是個閨女，那就給她個十里紅妝，整個大周皇朝的天之驕子們還不排著隊來提親啊！」

柳芙之前還笑著，沒注意姬無殤後面這句話說的什麼，等回過神來，小臉「唰」地一下就紅了。「你說什麼！」

「我說，我們這個孩子乖不乖呢？」姬無殤一手握住柳芙的柔荑，另一隻手直接就探到了她的腹部，輕輕覆蓋住，語氣裡有著說不出的柔軟。「應該還是很乖的吧，我看妳都幾乎沒有什麼難受的時候。」

柳芙感受著姬無殤大掌上傳來的陣陣溫熱，終於洩氣似地嘟囔道：「你是什麼時候知道的？我明明掩飾得極好。」

「妳那麼愛喝茶，入宮後卻只親手替我沖泡，自己一滴不沾，反而讓巧紅泡了蜜棗甜水來。我知妳素來不喜歡甜食，就留意了起來。」

姬無殤輕笑了笑，語氣自如得好像個丈夫在數落妻子。「還有妳這幾日待在宮裡，只讓我抱著妳卻不許動妳，還背對著我睡。以前，妳可是最喜歡我『欺負』妳的……還有，妳雖然看著清瘦，卻抱著有肉，這幾日我抱著妳，總覺得沈了不少，連尖尖的下巴也變得圓潤起來，妳卻吃得並不多……」

「好了好了！」柳芙紅著臉，粉拳捏起，嗔笑著捶打姬無殤的胸口。「真拿你沒辦法，這些細枝末節的東西都能連成一串找到答案，看來以後我的日子是不好過了，存點兒私房錢都要被你搜刮出來呢！」

「妳也捨得瞞我。」姬無殤將柳芙小鼻子點了點，寵溺得不行。「這龍興寺雖然離不遠，但妳這幾日忙著準備行李，事無鉅細，應該是累著了吧。等到了溫泉莊子，妳記得別親自動手了，指點下人幫忙就可以了。」

柳芙只覺得心底一陣暖意襲來，眼眶也略微朦朧濕潤了。「我不過才兩個月，身子輕，懷相也好，沒關係的。」

「都兩個月了！」姬無殤睜大了眼。「妳怎麼不早點告訴我，好讓我有個準備啊！」

「誰叫你心疼我，自從知道我服藥後就沒怎麼……」柳芙沒好氣地瞪了姬無殤一眼。「當我發現沒來月信了，還以為是你讓陳妙生給的藥丸的原因。不過後來覺著不對，讓巧紅找了個民間的大夫把了脈，這才知道怎麼回事。」

「呵呵，正好，廣真那傢伙最擅長給孩子取名，咱們孩兒的小名就讓他先取了。」姬無殤聽著就覺得心裡歡喜得跟什麼一樣，樂呵呵地止不住笑。

「隨你，生孩子是我的事兒，取名是你的事兒。」

柳芙也笑了起來，兩人細語溫情，似乎也感染了這深山。不一會兒，那下了好些天的雨竟停了，山間隨即出現了霓虹，成雙成對，迷離而耀眼。

五年後——

挺著個大肚子，柳芙一身青藍色的細布衣裳，一頭秀髮只綰成個單髻用玉簪別在後腦。如此清素簡單的裝扮，卻更加顯出她肌膚如雪，晶瑩剔透。

此時她正斜倚在一方貴妃竹榻上，手中拿著個繡繃子，仔仔細細地給腹中的孩兒做貼身小襖。「娘，妳們也歇歇吧，這些事兒交給我來做就好了。」

「怎麼，莫非妳嫌棄我們老眼昏花，做出來的花樣子配不上妳肚子裡的這個？」

打趣的是沈氏，一旁同樣埋頭在做小孩兒衣裳的婦人也抬起了頭，和沈氏穿著同樣的明藍色細布衫子，正是太后。「咱們倆來做，總比妳一個即將臨盆的孕婦要方便吧。」

看著和自己母親一唱一和的太后，柳芙滿眼俱是歡喜。三年前，受不了不能經常和兒子還有孫子見面的太后，乾脆對外宣稱皈依了佛門，直接遷到了溫泉莊子來住。每天含飴弄孫，又有個和自己年齡相仿的老姊妹兒沈氏可以嘮嗑閒聊，這日子，簡直比她在宮裡當太后舒服多了！

只是姬無殤卻受不了母親天天在他耳邊念叨，一有機會就帶著已經四歲的大兒子去山裡，教他練功。

柳芙也不擔心會有人發現夫君和兒子，因為自太后搬來，這整座九華山都被封了，龍興寺也不例外，直接由皇家供奉香油，無須接待外來香客。

孕後微豐的面容上掩不住的滿滿愉悅，柳芙見母親和婆婆如此投契，也不再囉嗦，將手上的繡綳子放下，撐著從貴妃榻上起來。「也罷，我進去睡睡，這臨到十月了，總想睡。」

「這才乖嘛！」沈氏和太后對望一眼，兩人笑得十分暢快。

「糟了！」柳芙剛一從貴妃榻上撐起身子，就覺得下腹一痛，頓時一股熱流便隨著大腿流了下來。

已經有過一次「經驗」的柳芙當然知道這意味著什麼，趕緊說：「我要生了！」

「要生了？」

正好姬無殤帶著兒子從山裡頭回來，看到這一幕，是又驚又喜又緊張，飛快上前就一把將嬌妻抱了起來。「娘，妳們快讓廣真把穩婆請來！」

「是是是！」

兩個娘頓時也慌了，丟下手中的繡籃子就各自忙去。

「娘親，一定要給寶寶生個妹妹喲。」

粉嘟嘟的臉上還掛著泥印，眼看原本熱鬧的庭院轉眼就沒了人，被留在院子裡的小傢伙握緊了拳頭，竟毫不緊張，顧自走到一個小矮凳上坐下，雙手托腮，直直地看著緊閉的屋門。「妹妹，哥哥就在這兒等著妳啊，妳快點兒出來……」

果然，兩個時辰的陣痛之後，一聲嘹亮的嬰兒啼哭在山中迴響起來，一直陪在產房中的姬無殤抱著一個被裹緊的小奶娃衝了出來。「小子，你娘不負重託，給你添了個妹妹！」

「快給我看看！」看到兒子抱著剛出生的孫女出來了，太后一個箭步就衝了上去，兩大一小圍著個小奶娃，那情形，一如尋常百姓人家，誰又能料想得到他們曾經是什麼身分呢？

而身在產房中的柳芙和母親沈氏則對視著，聽得外間動靜，雖然疲憊未消，但兩人臉上都露出了舒心的笑意……

——全書完

一半是天使

重生裡無情似有情．機巧鬥智中藏纏綿悱惻／

想要獲得救贖，只能依靠自己。不想愚昧地懷著悔恨再活一次，

她要穿著美麗的外衣，智慧機巧地為自己推轉命運之輪……

絕色煙柳

文創風 079 上

既然天可憐見，讓她重生一回……
她再不是那個任人欺凌的懦弱女子，
纖纖若柳、絕色之姿成了她的掩飾，
堅強的心志才是她扭轉命運的後盾……

那年，十五歲的柳芙，
從軟弱可欺的相府嫡女成為皇朝的「公主」，被迫塞上和親。
絕望的她在踏進草原的那一刻，
選擇自盡以終結即將到來的噩夢。
她奇蹟似地重生，回到八歲那年，
她開始明白，死亡改變不了自己的命運；
「前世」那些教她恨著的一切人事物，照舊來到她的面前；
為了獲得真正的「新生」，
她必須善用我見猶憐的絕色之姿，必須費盡心機、步步為營……
然而，姬無殤……成了她重生路上最大最洶湧的暗潮，
他那蘊藏著無盡寒意的眼眸，那看似無心卻能刺痛人的淡漠笑意……
總能將她帶回「前世」那些噩夢中，驚喘不已……
她愈想避開，他偏愈來糾纏；
他究竟意欲為何，連才八歲的她也緊迫盯人……

文創風 080 中

姬無殤，這個天底下她最該防的男人，
時時刻刻放在心底怕著又躲著男人，
居然開口要跟她交易，
她竟傻得與虎謀皮……

柳芙這不到十歲的小人兒，心思玲瓏剔透，姿色猶如出水芙蓉，
想他姬無殤從不把任何一個女子看在眼內，
但這小小女子竟勾惹起他的好奇心，對她出乎尋常的在意。
然而就算對她上了心又如何，她不過是他計劃裡的一顆棋子，
她要是乖乖聽話，他可以容許她那些小小心眼兒、私心籌劃；
倘若她膽敢拒絕了他的交易，哼，她再沒一天好日子可過了……
這可恨又可惡的姬無殤，懂不懂得男女之別？
說話就說話，老愛貼得這麼近，那霸道氣息就快讓她窒息了。
雖然這副身子還只是個不到十歲的女童，
但她的心智已經是十五、六歲的少女了，
前生的她何曾和男子如此靠近過？更何況姬無殤還是她最怕的男人！
在他威逼的態勢之下，她哪有拒絕跟他交易的餘地……
她的生、她的死、她所在意的一切，無一不在他掌握之中啊！

文創風 081 下

願得一心人，白首不相離……
這是她唯一所願，
卻無法奢望她唯一所愛的男人能承諾實現……

皇上跟她要一句真心話，只要她願意，便讓她做裕王姬無殤的妃子……
她想起姬無殤那個霸道的吻，勾起的並非只是他心底的慾火，
更讓她正視了那顆掩埋已久、悄然生根發芽的懵懂情種。
一天天的，情意蔓延，愛了卻不敢真的去愛；
那種只有彼此相屬的感情，平淡相依、真實相守的日子，
是她想要的，卻不是姬無殤給得起的……
既然如此，不如就深埋起這段情，
為了他和親出嫁，這是她唯一能為他做的、真心真意……
姬無殤終於懂得情之一字有多折磨人！
在國家大事之前，他與柳芙只是兒女私情。
他能怎麼選擇，根本無從選擇！
眼看著自己唯一愛上的女子，穿上大紅嫁衣，和親出嫁……
他第一次嘗到剜心的痛，
他誓言，要在最短的時間內底定大局，迎她回朝……

宅門界新天后／不游泳的小魚

嫡女出頭天，姊妹站起來——

百年大族、詩禮傳家，但宅門裡可不是風平浪靜；

她一個小小姑娘，上門祖母、姨娘，下門不長眼的僕人，

還要小心不懷好意、摸不清底細的姊妹，唉，大小姐真的好忙啊……

望門閨秀

文創風 082 1

出了禍事穿越過來不是她所願，但穿成了比庶女還不如的嫡長女，
就算是百年大家族，她藍素顏依然過得比家裡的大丫鬟還糟糕……
娘親雖是正室，卻被個姨娘扶正的平妻壓到底，
父親和奶奶因為自己八字剋父剋母而不待見，比外人更冷淡，
她和母親明明才是藍家大小姐和藍家大夫人，被瞧不起的卻是她們，
她絕不能如此窩囊，更要為娘親搏出一條路！
萬幸母親還有個手帕交——中山侯夫人，為拯救自己特地登門訂親，
好的親事便是女子的保障，她這大女人雖不認同，也只能接受，
況且未婚夫中山侯世子生得如天人下凡，溫潤如玉，她也瞧得順眼，
與其讓二娘和奶奶胡亂指個男子婚配，嫁給他……可能還不錯吧？
誰知婚書收了，父親卻突然被打入大牢，還殺出個程咬金——
這寧伯侯世子葉成紹壞名遠播，人人都知他是個紈袴公子，
她一見他就不喜，再見他更想離這渾人遠遠的，
他卻說自己是真心求娶她，非她不要，硬是讓她退了中山侯的婚事，
她這個不出名的藍家閨女，怎麼突然成了搶手貨……

文創風 083 2

為何非藍素顏不可呢？
葉成紹其實也不明白，但他知道，錯過她，他再也不想娶別人了——
當初上藍家提親，他要娶的是她二妹，而且只是為了個賭約，
他從不在乎名聲，逼藍家把女兒嫁給自己也不過是惡名昭彰再添一筆，
但怎麼知道這藍家大姑娘真令他開了眼界，聰敏機智卻冷淡如霜，
遇見了訂親的未婚夫毫無女子羞態，對自己更是義正詞嚴，從無好臉色，
偏偏自己就是吃她這套，更懂她的心思；
她想要一生一世一雙人，自己心裡也只能容得下她，
她不怕別人說她量小嫉妒，他更欣賞她如此大膽直率；
反正他府裡那些貴妾、小妾都是別人硬塞過來的，他不過做做浪蕩樣子，
要整治，正需要她這樣勇敢果決的性子，她想怎麼做，後果他來承擔；
既然想盡辦法把她搶來做妻子，他有的是時間慢慢融化她的心，
總有一日她能明白，再壞的浪子也有真心可言……

文創風 084 3

莫名嫁到寧伯侯府，藍素顏才知這裡是更深的一潭水——
侯爺看似很寵葉成紹這個世子，卻不管家裡大小事，
侯夫人表面功夫做得不地道，對他夫妻倆使的手段更是花招百出，
府裡的各個小姐也是摸不清底細，更別提後院裡的小妾們，
有皇后送的、有貴妃送的，還有個護國侯府的大小姐！
她才新婚不久，又要忙著整治院裡的妾，小心應付府裡的明槍暗箭，
還得好好了解身邊這個神神秘秘的丈夫……
為何護國侯願意把女兒送他做妾？
為何皇后身為姑母，卻待他如親生兒子？
為何皇帝貴為一國之尊，卻處處讓著他，任他冒犯？
丈夫身上實在有太多謎團，從前的她不在乎也不想知道，
但如今兩人既是夫妻，她怎能裝聾作啞，假裝彼此相敬如賓就好？
況且他總是一副吊兒郎當模樣，心裡卻真的只放著自己一個，
怕自己受委屈，怕自己離開，那般小心翼翼待自己，
即便她是鐵石心腸，有一天也是會化了的啊……

絕色煙柳 下

國家圖書館出版品預行編目資料

絕色煙柳 / 一半是天使著. --
初版. -- 臺北市 : 狗屋, 民102.04-
冊 ; 公分. --（文創風）
ISBN 978-986-328-037-8（下冊：平裝）. --

857.7　　102004459

著作者　一半是天使
編輯　王佳薇
校對　黃薇霓　黃亭蓁
發行所　狗屋出版社有限公司
地址　台北市104中山區龍江路71巷15號1樓
電話　02-2776-5889～0
發行字號　局版台業字845號
法律顧問　蕭雄淋律師
總經銷　知遠文化事業有限公司
電話　02-2664-8800
初版　102年4月
國際書碼　ISBN-13　978-986-328-037-8
原著書名　《绝色烟柳满皇都》，由起點中文網（www.cmfu.com）授權出版

定價250元

狗屋劃撥帳號：19001626

網址：love.doghouse.com.tw　E-mail：love@doghouse.com.tw